KB023719

살의의
형태

살의의 형태

초판 1쇄 인쇄 2023년 11월 30일
초판 1쇄 발행 2023년 12월 8일

지은이 홍정기
펴낸이 박세현
펴낸곳 서랍의 날씨

기획 편집 김상희 곽병완
디자인 김민주
마케팅 전창열
SNS 홍보 신현아

주소 (우)14557 경기도 부천시 조마루로 385번길 92 부천테크노밸리유1센터 1110호
전화 070-8821-4312 | **팩스** 02-6008-4318
이메일 fandombooks@naver.com
블로그 http://blog.naver.com/fandombooks

출판등록 2009년 7월 9일(제386-251002009000081호)

ISBN 979-11-6169-274-6 (03810)

서랍의날씨는 팬덤북스의 가정/육아, 문학/에세이 브랜드입니다.

살의의
형태

목
차

1

×

무구한 살의

아이스크림을 할짝이던 남자는 잠시 멍해졌다.

아주 중요한 말을 들은 것 같아 몸이 반응했지만 머리가 미처 따라잡지 못했다.

"아저씨! 무슨 생각을 그렇게 해?"

꼬마의 목소리에 퍼뜩 정신이 들었다.

설마, 내가 잘못 들었겠지.

남자는 확인하듯 다시 한 번 되물었다. "뭐, 뭐라고?"

꼬마는 샐쭉 웃으며 녹아 가는 스틱 아이스크림을 핥았다.

가만히 있어도 불쾌감이 치솟는 7월의 장마철. 먹구름 사이로 비치던 태양이 저물고 운동장에는 서서히 땅거미가 지고 있었다. 날이 저물지만 여전히 셔츠가 땀에 흥건히 젖을 정도로 무더웠다. 텅 빈 운동장 구석. 남자와 꼬마는 나란히 그네에 걸터앉아 스틱 아이스크림을 핥았다. 얼마 남지 않은 여름방학에 하고 싶은 일을 물은 남자는 다시 한 번 놀랐다.

"사람을 죽여 보고 싶다고."

어느새 녹아내린 아이스크림이 남자의 손가락을 타고 흘러내렸다. 장난기 가득한 꼬마의 눈빛. 하지만 아이가 내뱉은 말을 장난으로 치부하기에 그 내용은 결코 평범하지 않았다. 남자는 애써 당혹스러운 기색을 감추고 말했다. "아니... 왜? 뭣 때문에?"

꼬마는 어깨를 으쓱 올렸다. "그냥. 재미있을 것 같아서."

남자는 침을 꿀꺽 삼키고 차분히 되물었다. "그러니까. 뭐가 재미있을 것 같은데?"

꼬마는 아이스크림을 한 입 베어 우물거리며 답했다.

"숨이 끊어지는 순간. 그 마지막 순간의 떨림을 지켜보고 싶어." 쑥스러운 듯 시선을 아래로 떨구는 꼬마의 두 볼에 발그레 홍조가 번져 갔다.

이 녀석. 진심인가.

아득한 곳을 바라보는 눈동자. 꼬마는 그 순간을 생각하며 흥분하고 있었다. 남자의 머릿속이 마구 뒤엉켜 혼란스러워졌다.

지금 이 순간. 내가 경찰이라는 사실을 알면 이 녀석은 과연 어떤 표정을 지을까.

문득 남자의 뇌리에 며칠 전 일이 스쳐갔다.

"꼬맹아. 뭐해?"

노을이 붉은 꼬리를 물고 넘어 가는 저녁 즈음. 운동장 구석 플라타너스 나무 아래 쪼그려 앉아 있던 녀석은 뭔가에 열중해 미동도 없었다.

"뭐하는데 그리 조용하냐." 재차 물었지만 역시 대답은 없었다. 남자가 다가가 녀석의 등 뒤에 서자 그제야 녀석은 고개를 돌려 남자를 올려봤다. 시퍼렇게 멍든 눈두덩으로 눈빛을 번쩍이는 아이. 남자는 호기심이 일었다. 남자는 시선을 돌려 꼬마의 어깨 너머를 살폈다.

아이가 집중한 것은 다름 아닌 새였다. 작고 연약해 보이는 새 한 마리. 그런데 상태가 조금 이상했다. 천적의 공격을 받았을까. 날개를 펴고 푸드덕 거렸지만 좀처럼 날지 못했다. 가만 보니 한 쪽 날개가 제대로 펴지지 않는 듯했다. 남자는 대수롭지 않게 말했다.

"날개를 다쳤구나."

"응." 간결한 대답. 꼬마는 다시 관찰을 계속했다.

작은 새는 날갯짓을 거듭하다 이내 지쳤는지 땅바닥에 쓰러져 가쁜 숨을 내쉬었다.

"아무래도 어렵겠는데?"

사실 별 생각 없이 내뱉은 말이었다. 그렇게 보이기도 했고. 그런데 그 순간 꼬마가 벌떡 일어섰다. 얼마나 쪼그려 앉아 있었는지 꼬마의 무릎에서 두둑 소리가 났다.

"응. 그런 것 같아."

감정이 섞이지 않은 심플한 대답. 말을 마친 꼬마는 곧바로 오른발을 가슴께까지 치켜들었다. 꼬마의 기세에 남자가 놀라 외쳤다.

"어...야. 뭐, 뭐하려고." 남자가 미처 말릴 새도 없이 꼬마는 새의 머리를 가차 없이 찍어 밟았다. '빠그작.' 꼬마의 지저분한 운동화에 새의 머리가 으스러지면서 기분 나쁜 소리를 냈다. 꼬마는 천천히 발을 때낸 뒤 다시 쪼그려 앉아 얼굴을 바짝 들이밀었다. 피를 토한 채 참혹하게 으깨진 새의 머리. 하얀 몸통에 붙은 가는 다리가 부르르 떨리며 마지막 경련을 일으켰다.

남자는 참담한 기분에 한숨이 새어 나왔다. "다친 새를 구하려고 지켜보던 게 아니었구나." 꼬마는 아무 말도 없었다. 한없이 웅크린 작은 등. 그 등을 보자 호기심이 일었다. 이 순간 녀석은 어떤 표정을 짓고 있을까. 남자는 걸음을 옮겨 꼬마의 앞으로 돌아갔다.

꼬마의 얼굴과 마주한 순간. 남자의 등줄기로 소름이 돋았다. 죽은 새를 지켜보는 꼬마의 입 꼬리는 기이하게 올라가 있었다.

웃는....건가.

그 순간 꼬마의 눈동자에는 깊이를 알 수 없는 공허하고 싸늘한 눈빛이 감돌았다. 남자는 꼬마의 눈동자 속에 깃든 광기를 의도치 않게 엿본 것만 같았다.

"앙."

꼬마는 얼마 남지 않은 아이스크림을 한 입에 베어 물었다.

소리를 내며 아이스크림 조각을 녹여 먹는 아이의 눈두덩은 여전히 푸르스름했다. 시간이 꽤 흘렀는데도 멍 자국은 좀처럼 가시지 않았다.

"어. 엄마 올 시간이다. 갈게. 아저씨 빠이."

앙상한 아이스크림 막대를 아무렇게나 내던진 꼬마가 땅바닥에 널브러진 책가방을 둘러멨다. 벌써 7시인가. 해가 진 운동장에는 어느새 어둠이 내려 앉아 있었다.

남자는 운동장을 가로질러 뛰어가는 꼬마의 뒤통수를 향해 외쳤다.

"그래. 깜깜한데 조심해서 가."

남자의 말에 꼬마가 운동장 한복판에서 멈춰 섰다. 이내 등에 멘 가방을 앞으로 돌려 뒤적거렸다. 다시 내달리는 꼬마의 한 발자국 앞서 둥그런 빛이 어둠을 밝혔다. 가방에 있던 플래시를 켠 것이리라.

남자는 멀어져 가는 꼬마를 지켜보며 조용히 담배를 빼 물었다. 불을 붙이고 첫 모금을 깊이 들이마셨다. 날숨과 함께 박하 향을 머금은 담배 연기가 대기 중에 사라졌다.

살인이 목표인 초딩이라니.

아무래도 녀석에게 조금 더 신경 써야 할 것 같다.

어둠 속에서 새빨간 담뱃불이 갈피를 못 잡고 흔들렸다.

꼬마의 고백이 마음에 쓰였지만 남자는 좀처럼 학교에 가지
못했다. 상습 소매치기 검거를 위해 지하철에서 거의 살다시
피 했다. 우여곡절 끝에 소매치기를 검거하고 남자는 나흘 만
에 초등학교로 향했다. 편의점에 들러 꼬마가 좋아하는 생귤
탱귤 아이스크림도 샀다. 하지만 꼬마가 있을 그네는 텅 비어
있었다. 혹시나 싶어 학교 뒤편도 살펴봤지만 꼬마는 어디에
도 없었다.

오늘은 일찍 갔나…

내심 실망감이 밀려왔다. 행방이 궁금했지만 휴대폰이 없는
꼬마에게 연락할 방법은 없었다. 남자는 처량하게 홀로 그네
에 앉아 자신과 꼬마 몫의 아이스크림을 먹고 쓸쓸히 발걸음
을 돌렸다.

어둑한 하늘에는 잔뜩 먹구름이 끼어 당장이라도 비가 쏟아
질 것 같았다.

정말로 남자가 집에 들어오고 얼마 뒤.

요란한 천둥번개와 함께 장대비가 쏟아졌다.

오전 6시.

요란하게 울리는 휴대폰 소리에 남자는 잠에서 깼다.

유난히 눈꺼풀이 무거웠다. 잠들기 전 마신 소주 때문인가.
얼굴을 잔뜩 찌푸린 남자는 어렵사리 실눈을 떴다. 어둠속에

서 휴대폰 액정이 환하게 빛나고 있었다. 창에 친 블라인드 사이로 어슴푸레 빛이 들어왔다. 이제 막 동이 트는 중인가. 남자는 짜증이 확 밀려왔다.

대체 누구냐. 꼭두새벽부터....

전화 벨소리는 여전히 귀가 따갑게 울려 댔다. 남자는 머리맡에 놓인 휴대폰을 낚아챘다. 발신자를 확인하고 나서야 남자는 잠긴 목소리를 가다듬고 전화를 받았다.

"네. 오영섭입니다."

잠시 후 남자는 전화기를 고쳐 잡았다.

"네.....네. 네. 알겠습니다."

짧은 통화였다. 하지만 남자에게 남아 있던 숙취는 모두 달아났다.

사건이었다. 그것도 남자의 코앞에서 벌어진 사건.

남자는 그길로 집을 나와 발걸음을 서둘렀다. 남자가 사는 아파트에서 초등학교를 끼고 오른쪽 코너로 5분 거리에 있는 오래된 다세대주택. 남자도 익히 알고 있는 4층짜리 주택이었다. 출퇴근 때마다 오가며 그 주택을 지나왔기 때문이다. 다만 이번에는 출퇴근이 아닌 사건으로 방문하게 됐다.

그 낡은 주택 옥상에서 한 여성이 스스로 목숨을 내던졌기 때문이다.

"자살?"

남자의 물음에 주택 정문 앞에 와 있던 후배형사가 대답했다.

"빨리 오셨네요."

"집 앞이거든."

"아." 후배가 잠시 뜸을 들였다 말을 이었다. "목에 묶인 흔적, 피하 점막 출혈 여기에 기도와 정맥의 울혈까지 고려하면…. 목 매달린 죽음이 맞죠. 일단 자살로 보고 있습니다. 타살여부는 국과수에서 조사 중이고요."

남자가 두리번거리며 물었다. "시신은?"

"주택 뒤편입니다. 이쪽이요."

남자는 후배가 가리키는 쪽으로 발걸음을 서두르며 물었다. "로프가 도구?"

"네. 등산용 로프요. 등산용품점 어딜 가던 쉽게 구할 수 있는 로프에요. 옥상 난간에 로프를 묶고 올가미 매듭을 목에 걸고 뛰어내린 듯합니다. 옥상 난간 안쪽에서 일부분이긴 하지만 사망자 지문이 발견됐어요. 난간을 넘기 위해 잡았던 것 같습니다."

"시신이 땅바닥에서 발견됐다며? 그럼 로프가 끊어진 건가?"

"아뇨. 옥상 난간에 묶은 로프가 저절로 풀린 것 같아요. 매달린 채로 심하게 발버둥쳤는지, 아니면 애초에 로프를 서툴게 묶었는지는 모르겠지만 로프가 중간에 끊어진 흔적은 없었습니다. 일반인들이 묶기 힘든 에번스 매듭이 아니라 올가미 매듭이 사용된 것도 같은 맥락 같아요."

"참나. 고작 3층 높이였을 텐데. 조금 더 일찍 떨어졌더라면 다리뼈가 부러지는 정도로 끝났을지도 모르지. 그 몇 분이 생사를 갈랐구먼."

주택을 돌자 너른 공터가 남자의 시야에 들어왔다. 그렇게 지나다녔는데도 주택 뒤에 이런 공터가 있는 줄은 몰랐다. 공터 한가운데에는 짓다 만 건물의 뼈대가 흉물스럽게 서 있었다. 그리고 그 뼈대 주변으로 높다랗게 자란 잡초들이 빽빽이 들어차 있었다. 간밤에 내린 폭우에 잡초는 물기를 가득 머금고 특유의 풀냄새를 풍겼다.

장마철인 걸 감안해도 어른 키 만한 잡초들로 보아 오랫동안 방치돼 있던 것 같았다.

귓가에 웅성거리는 소리에 남자는 공터에서 시선을 돌렸다. 주택 부지와 공터를 경계 지은 2미터 폭의 시멘트 바닥 위를 국과수 요원들이 조사 중이었다. 사진을 찍는 요원 뒤로 방수포에 쌓인 시신이 보였다. 때마침 시신을 실을 휴대용 들것이 들어왔다. 두 명의 요원이 익숙하게 시신의 머리와 다리를 들어 들것으로 옮겼다.

남자가 방수포 사이로 드러난 시신의 얼굴을 슬쩍 들여다보며 물었다.

"신원은 밝혀졌어?"

"그게 잠시만요." 후배가 수첩을 넘기는 사이.

불현 듯 남자가 숨을 삼켰다. 남자의 표정이 뻣뻣하게 굳었고 순식간에 창백해졌다. 남자는 시신의 얼굴에서 눈을 떼지 못했다. 심상치 않은 기색을 감지한 후배가 수첩에서 고개를 들었다.

"선, 선미 씨…."

남자의 얼굴에 짙게 그늘이 드리웠다.

들것에 실린 시신은 다름 아닌 단골 편의점에 새로 들어온 이선미였다.

그토록 윤기 나던 갈색 머리가 젖은 미역처럼 창백한 시신의 얼굴에 달라붙어 있었다. 눈을 감은 그녀의 얼굴은 죽음의 고통에 온통 일그러져 있었다.

남자는 참담한 심경으로 하늘을 향해 고개를 들었다. 시커먼 먹구름이 낀 하늘 사이로 남자의 시선 끝자락에 주택 옥상이 걸렸다.

옥상 난간에 매달린 붉은 깃발과 흰색 깃발이 정신없이 바람에 나부끼고 있었다.

꼬마와의 첫 만남은 한 달 전으로 거슬러 올라간다.

오랜만에 돌아온 비번 날. 늘어지게 늦잠을 자고 난 남자의 속이 온통 시끄러웠다. 아내가 식탁 위에 남긴 쪽지 한 장 때문이었다.

'당신 같은 일벌레하고는 더 이상 못살아. 우리 서로 생각할 시간을 갖자. 은아는 내가 데려갈게. 마음 정리하는 대로 내가 연락할 테니까 그전엔 절대 먼저 연락하지 마.'

"하아. 젠장. 어쩐지 집구석이 너무 조용하더라니."

그저 열심히 일하고 돈을 벌어온 것 밖에는 없는데. 그게 그렇게 큰 죄란 말인가. 버럭 화가 치밀었다. 남자는 고이 놓인 쪽지를 낚아채 거칠게 구겨 버렸다.

"그래. 마음대로 해라. 나는 지금부터 자유다." 남자는 애써 콧노래를 부르며 소파에 벌렁 누웠다. 하지만 그리 오래가지 않아 몸을 일으켰다. 텅 빈 적막감. 2살배기 아이의 조잘대는 말소리가 사라진 집은 너무나 고요했다.

"끄응..." 마음이 착잡했다. TV를 켜 쇼프로그램을 틀었다. 뭐가 그리 신나는지 연예인들은 쉼 없이 웃어 댔다. 남자는 리모컨으로 TV 볼륨을 높였다. 하지만 화면이 눈에 들어오지 않았다. 왠지 울화가 치밀었다. 한동안 멍하니 있던 남자는 TV를 끄고 리모컨을 소파에 내던졌다. 이마에 맺힌 땀방울이 관자놀이를 타고 흘러 내렸다. 탈탈거리는 낡은 선풍기로는 한 낮의 더위를 버티기에는 역부족이었다. "에이 씨." 남자는 발을 뻗어 엄지발가락으로 선풍기를 끄고 지갑과 담배, 휴대폰을 챙겨 집을 나섰다. 무작정 나왔지만 막상 갈 곳은 없었다. 갈팡질팡 망설이던 남자의 눈에 초등학교 운동장이 들어왔다. 남자가 사는 아파트와 마주한 학교였다. 뜨거운 햇볕이 작열하는 운동장에는 수업을 마친 여남은 아이들이 축구공을 쫓아 우르르 몰려 다녔다.

저놈들은 덥지도 않나.

어이없어 하면서도 발길은 저도 모르게 운동장으로 향했다. 남자는 그늘막이 마련된 계단에 걸터앉아 습관적으로 담배를 빼물었다. 그때 등 뒤로 따가운 시선이 느껴졌다. 고개를 돌리자 땀에 흠뻑 젖어 쉬고 있던 아이와 눈이 마주쳤다.

아. 학교였지.

남자는 멋쩍게 입에 문 담배를 트레이닝 바지에 쑤셔 넣었다. 아이는 한 번 더 강렬한 눈빛을 쏘아 보낸 뒤 운동장 아이들 무리에 합류했다. 생명력 넘치는 아이들의 열기가 운동장에 가득 찼다. 뭐가 그리도 신이 나는지. 아이들은 공을 따라 미친 듯이 뛰어다니고 깔깔대며 웃어댔다. 하지만 조금 전 TV 속 웃음을 파는 연예인들과는 뭔가 달랐다.

몇 년만 있으면 우리 은아도 저렇게 뛰어 다니겠지?

땀 흘리며 뛰어다닐 아이를 상상하던 남자의 의식이 아내의 가출로 이어졌다. 희미하게 떠오른 미소가 걷히고 깊은 한숨이 새어 나왔다. 만약 이혼하면 아이는 아내의 손에 키워질 텐데. 아이 없는 삶을 견뎌 낼 수 있을까. 남자의 가슴속에 다시금 울분이 끓어올랐다. 자신을 이해하지 못하는 아내가 원망스러웠다. 그저 열심히 살았을 뿐이다. 대체 내가 뭘 잘못했단 말인가.

그때였다.

운동장 소음 사이로 희미하게 들리는 비명소리가 남자의 신경을 잡아끌었다.

비명과 욕설이 뒤섞인 웅성거림. 단순히 싸움으로 치부하기엔 일관된 비명이었다. 일방적인 폭행이었다.

남자는 운동장을 등지고 비명소리를 따라 발걸음을 옮겼다. 소리의 출처는 학교 건물 뒤편. 높다란 담장 안쪽 으슥한 공간에 네댓 명의 소년들이 둥글게 모여 있었다. 남자는 숨을 죽이고 천천히 다가갔다. 어렵지 않게 아이들의 발아래서 머리를 감싸 쥔 채 엎드린 아이를 목격할 수 있었다. 요즘 학교폭력은 이런 건가. 무차별 집단 린치와 다름없었다. 빙 둘러선 소년들이 엎드린 아이를 차례로 짓밟았다. 집단 폭행의 열기가 아이들을 흥분시키는 듯 했다. 아무래도 그대로 둘 수는 없었다. 남자가 개입하려는 순간. 때마침 얼굴을 걷어차인 아이의 머리가 하늘로 쳐들렸다. 바로 그때 남자는 일그러진 얼굴로 비명을 토해 내는 아이와 정면으로 눈이 마주쳤다.

남자는 숨을 삼켰다. 빛을 잃은 아이의 눈빛에 남자의 발이 그대로 땅바닥에 얼어붙었다. 어딘가 전선이 끊어진 듯 감정이 결여된 눈빛. 그것은 초등학생의 눈빛이 아니었다.

밟히면서도 남자를 응시하는 아이의 시선을 따라간 가해소년이 남자의 존재를 눈치챘다. 가해소년이 다급하게 외쳤다.

"어. 야. 야. 꼰대다. 튀어!"

"뛰어. 도망쳐."

생각지 못한 남자의 등장에 소년들은 천적을 피하는 영양 때처럼 삽시간에 흩어졌다.

"운 좋은 줄 알아. 새끼야! 다음엔 아주 죽여 버릴 거야."

도망치는 와중에도 아무렇지 않게 다음 폭행을 예고하는 소년도 있었다.

쓰러져 있던 아이는 아무렇지 않게 일어나 옷에 묻은 흙먼지를 털어 냈다. 그러나 연보라 티셔츠에 온통 찍힌 발자국은 손으로 털어 낼 수 있는 것이 아니었다.

"괜, 괜찮니?"

걱정스러운 남자의 물음에 아이는 남자를 물끄러미 바라봤다. 그제야 아이의 얼굴을 제대로 볼 수 있었다. 아이의 얼굴은 말이 아니었다. 상고머리는 온통 헝클어져 까치집을 지었고 왼쪽 눈두덩은 시퍼렇게 부어 반쯤 감겨 있었다. 코피가 번져 볼과 턱이 온통 붉게 얼룩졌다. 키는 1미터 정도는 됐을까. 조금 전 가해소년들과 비교해도 족히 머리 하나는 차이가 날 정도로 작았다.

나중에야 알게 된 사실이지만 아이에게 린치를 가한 학생들은 아이와 같은 3학년이었다. 하지만 그 당시에는 도저히 같은 학년으로 보이지 않았다. 그 정도로 아이는 작고 초라했다. 익숙한 듯 구석에 처박힌 책가방을 메고 사라지려는 아이를 남자는 다급히 붙들었다. 엉망인 아이를 그대로 보낼 수가 없었다. 남자는 다짜고짜 아이를 이끌고 학교 앞 편의점으로 향했다.

남자는 반창고와 연고, 물과 막대 아이스크림 2개를 골라 계산대로 갔다. 계산대에는 먼저 들어온 덩치 큰 남자가 바구니 가득 담은 냉동식품을 계산중이었다. 덩치는 얼굴에 흘러내리는 땀을 연신 손수건으로 훔쳐내고 있었다.

"안녕히 가세요. 어. 안녕하세요. 봉지 필요하신가요?"

보기만 해도 숨 막히는 덩치가 사라지자 그 뒤에서 싱그러운 꽃향기가 날 것 같은 여성이 남자를 향해 미소 짓고 있었다.

"어...어. 네. 안녕하세요. 주세요. 봉지.... 근데 여기 아저씨는 어디 가고...." 당황한 남자가 갑자기 말을 더듬었다.

"아. 야간 알바 하셨던 분이 그만둬서 사장님이 야간조로 가시고 대신 제가 새로 채용됐어요."

"아... 그렇구나. 하. 하... 선미 씨?" 갈색 생머리 끝이 닿은 왼쪽 가슴에 달린 명찰에 이선미라는 이름이 새겨져 있었다. 여성은 쑥스러운 듯 미소 지으며 고개를 꾸벅 숙였다. "네. 앞으로 잘 부탁드려요." 튤립 모양의 똑딱 핀으로 가지런히 정리된 정수리에서 향긋한 꽃 냄새가 풍기는 것 같았다. 남자는 그 향을 맡으려는 듯 남몰래 숨을 들이마셨다.

물건을 봉지에 담은 점원이 남자를 빤히 쳐다봤다. 남자는 그제야 계산을 하지 않았다는 것을 깨달았다. 순간 얼굴이 확 달아올랐다. 급히 바지 주머니를 뒤져 신용카드를 건넸다. 한순간 바보 멍청이가 된 기분이었다. 그 정도로 여점원은 매력적이었다. 155cm 정도 아담한 체구에 컬이 진 갈색 머리가 어깨 위에서 찰랑거렸다. 투명한 피부에 오밀조밀한 이목구비. 무엇보다 가식 없는 눈웃음이 남자의 눈길을 사로잡았다.

나이 서른 중반 유부남이 여점원 앞에서 헤벌려 하는 꼴이라니.... 꼬맹이가 얼마나 한심하게 보고 있을까. 현타가 온 남자가 슬쩍 옆에 선 꼬마를 곁눈질했다.

어럽쇼.

아이를 본 남자는 베실 웃음이 새어나왔다. 그렇게 무뚝뚝

하던 아이가 점원에게 넋을 잃고 있는 것이 아닌가. 시퍼런 멍 아래로 발갛게 피어오르는 홍조에 남자는 터지는 웃음을 참기 위해 이를 악물었다. 나이가 어려도 예쁜 건 다 똑같구나. 피식 웃음 지은 남자는 아이를 잡아끌었다.

"꼬맹아 가자." 남자가 점원에게 눈인사를 건네고 가게를 나갈 때까지도 아이의 시선은 끝까지 점원에게 고정돼 있었다.

처음엔 벙어리 같이 무뚝뚝하던 아이도 만남이 거듭될수록 서서히 말문이 트였다.

그렇게 꼬마에 대해서 조금씩 알게 되었다. 천안초등학교 3학년 3반이라 했다. 1m 20cm로 반에서 가장 작다고 했다. 물론 몸무게도 가장 적었다. 왜소한 체격, 내향적 성격 탓에 친구들과 가까워지지 못하고 겉도는 듯 했다. 무엇보다 꼬마가 왕따를 당하는 결정적 이유는 따로 있었던 것 같다. 꼬마의 엄마가 무당이라는 사실 때문이다. 멍청한 담임선생의 부주의로 꼬마가 감추고 싶었던 엄마의 직업이 공개됐다. 귀신 보는 아이. 저주받은 아이. 재수 없는 아이 등등. 악의적 소문은 삽시간에 끝도 없이 번져나갔다.

어느샌가 꼬마는 아이들에게 증오의 대상이 되어 버렸다.

유일한 보호자인 꼬마의 엄마는 직장에 나가 매일 7시가 지나야 퇴근할 수 있다고 했다. 오후 3시에 하교하는 꼬마는 학교에서 내내 시간을 때우다 엄마가 돌아오는 7시쯤 집으로 돌아갔다. 아이 엄마는 꼬마에게 거의 신경을 쓰지 않는 듯 했다. 아니 방치 수준에 가까웠다. 아이만 남겨 두고 집을 비우는 날도 있는 듯 했다. 꼬마는 매일 같은 옷을 입었다. 옷이 땀에 흠뻑 젖는 여름에도 말이다. 온통 흙먼지가 묻어 있는 셔츠를 며칠 씩 입을 때도 있었고, 목깃에 묻은 잡초가 며칠씩 붙어 있을 때도 있었다.

행주 썩는 냄새가 낙인처럼 꼬마를 따라다녔다. 그 때문에 반 아이들에게 더욱 왕따를 당하는지도 몰랐다.

남자는 언제나 홀로인 꼬마가 신경 쓰였다. 어차피 남자도 퇴근 후 텅 빈 집에 들어가기 싫었다. 어쩌면 가족의 부재로 생긴 상실감을 꼬마로 대신한 건지도 몰랐다. 남자는 일찍 퇴근하는 날이면 학교에 먼저 들러 아이와 시간을 보냈다. 비번인 날은 꼬마가 집단 린치를 당할까 걱정돼 발걸음을 서두르기도 했다. 아이를 보는 날은 루틴처럼 편의점에 가 아이스크림을 샀다. 그리고 그네에 걸터앉아 각자의 아이스크림을 먹었다. 딱히 별다른 말은 필요없었다. 그저 차가운 아이스크림을 먹으며 저물어 가는 노을을 지켜봤다.

그 순간만은 둘은 누구에게도 방해받지 않고 같은 곳에서 같은 풍경을 바라봤다. 아이 엄마가 늦는 날이면 편의점 도시락을 꼬마의 조그만 손에 쥐어 보내기도 했다. 여전히 꼬마는 필요한 말 외에는 입을 열지 않았다. 하지만 남자는 꼬마가 점점 마음을 열어 간다고 느꼈다.

그 와중에 느닷없이 꼬마가 살인 충동을 고백한 것이다.

아이답지 않게 짙게 베인 어둠을 대수롭지 않게 여겼건만. 꼬마의 고백은 가히 충격적이었다. 나이에 어울리지 않는 순

수한 살의를 풍기고 있었기 때문이다.

"왔어?"

학교를 마친 꼬마가 남자가 있는 그네로 다가왔다. 오랜만에 만난 꼬마의 눈두덩은 시퍼렸던 멍 자국이 희미해져 있었다. 꼬마는 그네 아래 책가방을 놓고 남자 옆 빈 그네에 걸터앉았다.

한동안 둘 사이에 침묵이 내려앉았다. 가방을 메고 삼삼오오 모여 하교하는 아이들이 운동장을 가로질렀다.

"너니?"

남자의 목소리가 낮게 깔렸다.

꼬마는 반응이 없었다. 그저 말없이 운동장을 응시했다. 오늘따라 꼬마의 얼굴은 더욱 표정이 없었다. 속마음을 감추기 위함인지, 아니면 정말로 아무런 감정이 없는 건지 알 수 없었다. 답답한 남자가 그네에서 일어나 꼬마의 어깨를 붙잡았다. 그제야 꼬마의 고개가 남자를 향했다. 꼬마와 남자의 눈이 마주쳤다. 그 몇 초의 찰나. 남자는 빛을 잃은 꼬마의 눈동자 속에서 이글이글 불타오르는 불꽃을 엿봤다. 하지만 불꽃은 순식간에 사라지고 꼬마는 이내 남자의 눈을 피했다. 꼬마가 서둘러 입을 뗐다.

"그게 무슨 소리에요?"

남자는 굳은 표정으로 다시 물었다.

"뭔가 알고 있다는 거 다 알아."

꼬마는 남자의 다그침에 어색한 미소를 지었다.

"무슨 소린지 하나도 모르겠네. 아저씨 오늘 이상하다. 하하."

상기된 목소리. 어색한 표정. 그동안 봐 왔던 모습과 달리 꼬마는 묘하게 들떠 있었다. 무엇보다 용납할 수 없는 건 꼬마의 입꼬리에 걸린 미소였다.

남자는 주먹을 불끈 쥐었다.

꼬마의 웃음 띤 얼굴에서 일그러진 시신의 얼굴이 겹쳐 보였다.

현장을 직접 확인했건만 남자는 이미 수사 중인 사건이 있어 이선미 사건에서 배재되었다. 다만 동료 형사를 통해 수사보고서를 받아 볼 수 있었다. 수사방향은 자살에 중점을 두고 있었으나 타살 가능성도 열어 두고 있었다.

부검 결과 최초 현장 감식의견대로 경부압박으로 인한 질식사로 확인됐다. 또한 양쪽 손바닥이 로프에 쓸려 있고 손톱에서 섬유가 발견됐다. 목이 메인 상태에서 숨이 끊어지기 직전까지 살아 있었던 것이다. 그밖에 최소 3층 높이에서 떨어진 것 치고는 경미한 찰과상 외에 골절이나 타박상은 없었다.

사망 추정시각은 저녁 8~10시경. 혈액검사에서 약물 반응은 없었다. 다만 혈중 미량의 알코올이 검출됐는데 사망자가 살던 2층 거실에서 먹다 만 캔 맥주가 발견되어 자살 직전까지 맥주를 마셨던 것으로 추정됐다. 전자레인지 안에는 유통

기한이 지난 폐기용 편의점 떡볶이가 들어있었다. 전원이 켜진 TV는 묵음상태였고 거실 창은 절반쯤 열려 있었다. 주인 없는 거실에서 벽걸이 에어컨이 홀로 작동하고 있었다.

드러난 증거들로 이선미의 행적을 추정하자면 이렇다.

편의점 알바를 마치고 저녁 7시경 퇴근한 이선미는 바로 집으로 귀가. 실내복으로 갈아입은 뒤 캔 맥주를 마시며 TV 쇼 프로를 시청한다. 그리고 얼마 뒤. 이선미는 절반 정도 남은 맥주를 탁자 위에 두고 옥상으로 올라가 로프에 목을 매고 난간 밖으로 뛰어내린다. 옥상 난간 안쪽에서 이선미의 어깨너비로 양 손가락 지문이 발견됐고, 그 가운데 부분에 로프가 묶였다 풀린 자국이 발견됐다. 목이 졸려 한동안 발버둥 치던 이선미는 숨이 끊기고, 느슨하게 묶였던 로프가 난간에서 풀려 시신과 함께 땅바닥으로 추락한다.

시신은 다음날 새벽 4시경 순찰을 돌던 경비원에게 발견됐다. 경비원은 간밤에 내린 비에 흠뻑 젖은 시신이 마네킹인 줄 알았다고 했다. 시멘트 바닥을 향한 채 엎드린 시신의 얼굴을 랜턴으로 비춰 보고서야 2층에 홀로 자취하는 이선미임을 알았다고 했다.

경비실 입구에 설치된 CCTV로 경비원이 이선미의 죽음과는 무관한 것을 확인했다.

옥상은 흡연자들을 위해 상시 오픈돼 있었다. 이선미도 옥상을 찾는 흡연자 중 하나였다. 옥상바닥에 떨어진 꽁초들에서 이선미와 4층에 사는 회사원 박진우의 DNA가 검출됐다.

옥상철문은 손잡이를 돌리지 않더라도 밀어서 열 수 있는 문이었다. 그 때문인지 문손잡이에서 이선미의 지문은 발견할 수 없었다. 이선미 투신 이후 11시부터 쏟아진 폭우로 옥상이나 바닥에서 족적과 유류품 등은 찾을 수 없었다. 대부분 빗물에 유실된 듯했다.

22살 이선미는 국가 자격증 시험에 매진하기 위해 대학교 3학년 2학기를 휴학 중이었다. 자격증 준비 중 생활비를 벌기 위해 편의점에 주간 아르바이트 중이었으며 밝은 성격으로 손님들을 대했다.

하지만 넉넉지 않은 형편 탓에 남몰래 마음고생을 한 듯했다. 그녀의 다이어리에는 좀처럼 줄지 않는 카드빚에 대한 걱정과 흙수저라는 태생적 한계를 비관하는 내용이 적혀 있었다. 다만 다이어리에 자살에 대한 암시는 없었다. 현장에서도 유서는 발견되지 않았다. 하나 쌓이고 쌓인 울분의 폭발로 즉흥적인 자살시도는 얼마든지 가능한 일. 유서의 존재유무는 사건성 판단에서 제외하기로 했다.

자살에 쓰인 로프는 구매한지 얼마 안 된 신품이었다. 개인 SNS에서 이선미가 대학 재학 중 등산동아리에서 활동했던 사실을 확인했다. 추후 등산 용도로 구매했는지 아니면 자살 도구로 충동 구매했는지 여부는 확인할 수 없었다. 후배형사의 말대로 로프는 시중 등산용품점에서 쉽게 구할 수 있는 물건이었다. 하지만 집안에 로프를 구매한 영수증은 없었다. 구매 즉시 영수증을 버렸을 가능성도 배재할 순 없다. 한 가지 특이

점은 이선미의 목에 걸린 올가미 매듭 부위의 로프 안쪽으로 직경 1mm 정도의 구멍이 존재했다는 점이다. 로프 내부로 약 1m 길이로 구멍이 나있는 이유는 알 수 없었다. 다만 제품의 불량이 아니라 인위적인 후천적 손상이라는 것을 확인했다.

현장의 정황들은 대부분 이선미의 자살을 가리키고 있었다. 하지만 남자는 좀처럼 납득하기 힘들었다.

비관적인 일기를 썼다지만 엄밀히 보자면 흔한 신세한탄 정도에 그쳤다. 죽겠다고 입버릇처럼 말하는 사람치고 정말로 스스로 목숨을 끊는 사람은 그리 많지 않다. 형사생활을 하며 나름 눈썰미가 있다 자부해 온 남자가 본 이선미는 자살과는 거리가 멀었다. 남몰래 내면에 어두운 마음을 숨기고 있었다 해도 말이다. 등산동아리 활동 경력이 있음에도 옥상난간 로프를 허술하게 묶은 점. 자살도구인 신품 로프에 손상이 있는 점도 거슬렸다.

그런 남자의 날카로운 신경을 긁은 것은 수사 보고서 마지막 페이지를 봤을 때였다.

현장 주변을 조사하여 발견된 물품들이 나열된 페이지였다. 사진들을 훑던 남자의 눈이 갑자기 커졌다. 인쇄된 사진에는 썩어 가는 동물들의 사체와 뼛조각들이 늘어서 있었다. 잡초가 웃자란 공터의 폐건물 흙 속에서 발견된 사체들. 새끼 고양이와 강아지 심지어 조류까지 있었다.

잘은 모르지만 누군가 폐건물에서 동물들을 잔혹하게 살육한 것이다. 다만 사체 주변에서 타인의 흔적을 찾을 수 없었고 이선미의 자살과 직접적인 연관은 없다는 것이 결론이었다.

남자는 구더기가 들끓는 새의 사체를 보자 등골이 서늘해졌다. 머리 부분이 뭔가에 눌린 듯 형체를 알아 볼 수 없는 사체. 뭔가 쎄한 느낌이 온 몸을 뒤덮었다. 순간 남자의 뇌리를 스치는 장면이 있었다. 남자는 재빨리 두툼한 보고서를 앞으로 넘겼다. 남자는 조금 전 대강 훑었던 보고서 중간 부분을 다시 읽어 내려갔다. 주택 거주자 탐문이 기록된 페이지였다.

사건 당일. 4층 거주자는 지방 출장으로 비어 있었다. 3층에는 28세 무직 남성 박철민이 사건 시간대 LOL 게임 중이었다고 진술했다. 실제로 해당 시간대 게임 접속 정보를 확인했다. 그리고 1층에는 10살 초등생이 홀로 집을 지키고 있던 것으로 적혀 있었다. 아이는 무당인 엄마가 집에 올 때까지 자신의 방에서 숙제를 했다고 진술했다. 유일한 출입구인 주택 중앙 현관에 설치된 CCTV를 통해 엄마가 폭우가 쏟아지기 직전인 10시 50분경 귀가한 것을 확인했다.

아니길 바라는 마음으로 초등학생의 이름을 확인했다.

하지만 남자의 불길한 생각은 적중했다.

꼬마의 이름이었다.

폐건물의 동물 학대는 녀석의 짓이 분명했다. 홍조 띤 얼굴로 사람을 죽이고 싶다던 꼬마의 얼굴이 뇌리를 스쳤다. 대체 언제부터 이런 짓을 해 왔단 말인가. 조금은 알고 있다고 생각했는데. 꼬마에 대해 아는 건 하나도 없었다.

설마. 이선미 죽음에 꼬마가 관여했을까.

"하핫." 순간 남자는 허탈한 웃음을 터트렸다. 머릿속 생각을 떨쳐 내려는 듯 고개를 가로저었다. 왕따나 당하는 허약한 꼬맹이가 뭘 할 수 있겠는가. 형사 체면에 잠깐이나마 꼬마를 의심했던 자신이 수치스러웠다.

하지만 입안에 남은 쌉쌀한 뒷맛이 좀처럼 가시지 않았다. 이선미에게서 눈을 떼지 못하던 꼬마의 눈빛. 그리고 발그레한 두 볼의 홍조가 끈질기게 남자를 괴롭혔다.

며칠 뒤. 이선미의 자살로 사건이 마무리될 것 같다고 후배가 귀띔했다. 그때까지도 남자의 가슴속에는 무언가 돌처럼 딱딱한 것이 걸려 있었다. 남자는 결심했다. 한 번만 더 현장에 가보기로.

어차피 집 앞이 아닌가.

그렇게 찾아간 현장에서 꼬마에 대한 의심은 확신이 되어 버렸다.

"안녕하세요. 오랜만입니다."

희끗한 머리의 중년이 고개를 꾸벅였다. 가게에 들어서는 남자도 중년을 따라 고개를 숙였다. 남자는 다세대 주택에 들르기 전. 떨어진 담배도 살 겸 이선미가 일하던 편의점에 들렀다.

"아. 사장님이 다시 주간에 계시는군요. 선미 씨 일은 안됐습니다."

머뭇거리는 남자의 말에 사장의 얼굴에 그늘이 졌다.

"참 착하고 성실한 아이였는데.... 왜 그랬는지 이해가 안 됩니다. 하아."

한숨과 함께 침체된 분위기에 남자가 서둘러 물었다.

"저야 손님으로 봐서 항상 밝아 보였는데. 사장님이 보시기엔 어땠나요?"

"선미 씬 다른 알바생과는 달랐어요. 스스로 할 일을 찾았고 손님이 없는 시간에는 틈틈이 문제집을 펴고 공부를 했어요. 착실히 미래를 준비하는 사람이었다고나 할까. 그래서 선미 씨가 그렇게 됐다는 소식을 들었을 땐 정말 깜짝 놀랐습니다. 그저 몸이 많이 아파서 결근한 줄 알았거든요."

"사장님도 많이 놀랐겠어요." 고개를 끄덕이는 남자와 사장 사이에 잠시 무거운 침묵이 내려앉았다. 분위기를 바꾸려는 듯 중년 사장이 미소를 띠며 말했다.

"담배 사러 오신 거죠? 지금도 같은 거 피세요?"

남자가 중년 사장 뒤에 있는 담배 진열장을 가리키며 말했다.

"네. 럭키스트라이크 한 갑 주세요."

남자는 중년 사장이 건네는 담배를 계산한 뒤 편의점을 나왔다.

때마침 허름한 차림의 노파가 편의점 건물 뒤 천막 안에서 박스더미를 꺼내왔다. 정오를 조금 넘긴 시간. 따가운 땡볕 아래 얼굴에 땀을 비 오듯 흘리는 노파는 벅찬 숨을 토해 내며 힘겹게 박스더미를 리어카에 실었다. 남자도 거리에서 자주

보았던 노파였다. 굽은 허리로 리어카를 끌고 모은 폐지로 생계를 꾸려 가는 노인이었다. 노인의 처지를 딱히 여긴 편의점 사장이 천막 안에 모아 둔 폐지더미를 넘긴 것이리라.

마주친 이상 모른 척 지나칠 수는 없었다.

"어르신. 제가 도울게요."

남자는 노파를 앞서 천막 안으로 들어갔다. 펼쳐진 채로 차곡차곡 쌓인 종이 박스들이 남자의 허리 높이까지 왔다. 남자는 노끈으로 묶여 소분된 박스더미를 양손에 들고 리어카로 향했다.

"고, 고마우이."

활처럼 굽은 허리를 잠시 편 노파가 이마에 흥건한 땀을 훔쳤다.

"아녜요. 별거 아닌데요. 뭘."

남자가 손에 든 박스더미를 리어카에 싣고 다시 천막으로 향하는 발걸음에 속도를 높였다. 다시 박스더미를 묶은 노끈 틈에 손가락을 걸던 남자는 갑자기 그대로 멈춰 섰다.

"응?"

남자는 천막에서 꺼내온 박스더미를 바닥에 내려놓고 쪼그려 앉았다. 한참동안 박스더미를 이리저리 살피던 남자는 이윽고 휴대폰을 꺼내 사진을 찍기 시작했다. "설마." 벌떡 일어선 남자가 다시 편의점 안으로 들어가 다짜고짜 중년 사장의 얼굴에 휴대폰을 들이밀었다.

"사장님. 이 종이박스 묶은 노끈이요. 이거 사장님이 묶은 건가요?"

중년 사장은 안경을 고쳐 쓰고 휴대폰 화면을 유심히 살폈다.

"이 비닐 노끈을 말씀하시는 거라면. 제가 묶은 게 아닙니다."

"그럼 누가 묶은 거죠?"

휴대폰에서 시선을 땐 사장이 고개를 들었다.

"선미 씨요.... 종이 상자를 그냥 두면 폐지 줍는 할머니가 하나하나 일일이 펼쳐서 가져가야 한다고. 직접 상자를 펼치고 노끈까지 묶어서 쌓아뒀습니다."

"그럼 박스더미를 묶은 매듭들도 전부 선미 씨가 직접 묶은 거군요."

고개를 끄덕이는 중년 사장을 뒤로하고 남자는 복잡한 얼굴로 가게를 나섰다.

남자의 눈빛이 전에 없이 날카롭게 빛났다.

자살이 아닐지도 모른다는 남자의 의심이 확신으로 바뀌는 순간이었다.

남자는 뜀박질에 가까운 빠른 걸음으로 다세대 주택을 찾았다.

담배 한 개비를 입에 물고 불을 붙였다.

옥상에서 불어오는 바람에 땀에 젖은 앞머리가 흩날렸다. 남자는 담배를 깊이 빨아들인 뒤 난간 아래를 내려다 봤다. 수풀이 무성한 공터 가운데 흉물스럽게 서 있는 폐건물이 보였다. 빌라를 짓던 건설사가 도산하여 공사가 중단된 채 그대로 방치된 상태라 했다.

꼬마가 저기에서 동물들을 도륙한 건가. 한낮에도 음산한 기운이 풍기는 폐건물에서 그런 짓거릴 하다니. 참나.

국과수 조사가 끝난 옥상에서는 더 이상 건질 것이 없는 듯했다. 남자는 주택 뒤 공터로 걸음을 옮겼다. 폐건물에 가기 위해 남자는 거침없이 수풀 사이를 헤치고 안으로 들어갔다. 한동안 남자를 가로막은 수풀들을 밀어 길을 트던 남자의 손이 문득 멈췄다. 우거진 수풀들 사이로 한 뼘 정도의 작은 공터가 있었다. 공터안의 잡초들은 꺾인 채 눕혀져 있었다. 남자는 직감했다.

꼬마다. 꼬마가 여기 서 있었다. 그것도 한 두 번이 아니다.

남자는 직접 공터에 서서 꼬마의 키에 맞게 무릎을 굽혔다. 그리고 고개를 들어 주택을 바라봤다.

"이... 이 새끼....."

남자가 나직이 중얼거렸다.

"범인이 잡혔다던데요."

한참 만에 건넨 꼬마의 말에 남자는 현실로 돌아왔다. 남자는 터벅터벅 걸어가 다시 자신의 그네에 앉았다.

"아니야." 남자가 말을 이었다. "범인으로 의심돼서 조사를 받은 거지."

"아." 꼬마는 이해했다는 듯 고개를 까딱거렸다.

"복도나 계단에 CCTV가 있었다면 좋았겠지만. 네 집은 엘리베이터도 없잖아. 그러니 유일한 출입구인 중앙 현관에 설치된 CCTV를 볼 수밖에 없었어. 그런데 사건 시간대 현관을 출입한 사람은 이선미 본인과 네 엄마 밖에 없었어. 만약 이선미가 죽임을 당했다고 가정하면 가장 의심되는 사람은 누구였겠니?"

곰곰이 생각하던 꼬마가 정답을 맞히듯 외쳤다.

"3층 아저씨!"

"맞아. 꼬마인 네가 뭘 할 수 있으리라 생각한 사람은 없었어. 남은 건 주택에 있던 유일한 어른. 박철민 뿐이지." 남자는 꼬마를 힐끔 보고 말을 이었다. "이런 말 하면 어떻게 생각할지 모르지만. 처음에 아저씬 널 의심했었어."

남자의 말이 끝나자 꼬마는 놀랐다는 듯 눈을 동그랗게 뜨고 남자를 향해 고개를 돌렸다.

"헤에에에?"

"네가 첫 번째 살인 상대로 이선미를 골랐다고 생각했어. 넌 이선미와 이웃이니 접근하기 쉬웠을 거야. 어느 정도 친분을 쌓은 뒤 이선미를 옥상으로 불러 내지. 옥상에서 뭔가를 잃어버렸으니 함께 찾아달라고 말야. 착한 이선미는 네 부탁을 거절하지 못하고 널 따라 옥상으로 갔어."

꼬마가 웃음을 터트리며 감탄했다.

"와. 지금 추리하는 거예요? 아저씨 명탐정 코난 같아요."

남자는 꼬마의 반응을 무시하고 말했다.

"넌 미리 로프를 묶어 두었던 난간 근처로 이선미를 유도했어. 그곳에서 중요한 물건을 잃어버렸다고 말이야. 착한 선미 씨는 정신없이 옥상 바닥을 뒤졌어. 그렇게 정신이 팔린 사이. 네가 올가미를 목에 씌운 거지. 선미 씨는 놀라서 일어서지. 그때 경황이 없는 선미 씨를 네가 옥상 아래로 떠민 거야."

꼬마가 김빠진 듯 말했다. "에이. 아저씨. 코난이라기엔 너무 허술한데요. 처음부터 틀렸어요. 난 편의점 언니랑 친하지 않아요. 따로 얘기를 나눠 본 적도 없는걸요. 게다가 옥상 난간이 얼마나 높은데. 제 힘으로 어른을 밀어 넘길 수 있을 거라 생각한 거예요?" 꼬마가 팔을 엑스자로 교차하고 말했다. "삐삑! 불합격!"

남자는 머쓱한 듯 뒷머리를 긁적이며 말했다.

"맞아. 무리지. 그래서 더욱 박철민을 주목하게 된 거야. 이선미가 근무했던 편의점 CCTV를 확인하고 의심은 더욱 깊어졌어. 우리도 종종 마주쳤잖아. 물건을 잔뜩 사 가는 박철민을." 남자는 꼬마와 함께 이선미를 처음 봤던 날 앞서 계산하던 거구의 사내를 떠올렸다. "박철민은 매일 같이 편의점에 출석도장을 찍었어. 그것도 이선미가 근무하는 주간에만. 그리고 이선미가 죽기 3일전. 박철민은 꽃다발을 들고 편의점을 찾았어. 물론 편의점에서 판매하는 꽃이 아니었지."

"고백하러 갔구나."

"응. 결과는... 참담했어."

"쯧쯧쯧." 꼬마가 운동장을 바라보며 작게 혀를 찼다.

"자. 넘치는 애정은 순식간에 증오로 변했어. 자신의 마음을 거절한 여잘 죽이고 싶었을 거야. 그래서 죽였을 거라 생각해. 그런데 어떻게 죽였는지 그 방법을 알 수가 없었어. 조사를 받던 박철민이 고백에 대한 질문 이후로 완전히 입을 다물어 버렸거든."

"에이. 경찰이 그런 것도 못 밝혀요?"

남자가 한숨을 쉬며 말했다.

"하아. 그걸 묵비권이라고 해. 범인으로 의심되는 사람이 입을 다물어 버리면 정확한 증거를 제시하지 않는 이상 방법이 없어."

"경찰도 참 답답하겠네요."

남자는 말없이 고개를 끄덕였다. 갑자기 운동장 절반에 그늘이 드리워 남자는 하늘을 올려다봤다. 어느새 몰려든 먹구름이 서서히 태양을 가리고 있었다. 당장이라도 빗방울이 떨어질 것 같았다. 남자는 서둘렀다.

"자체적으로 조사했지만 고백 이후 3일간의 행적이 묘연해. 아마 그 사이에 로프를 구매했을 거라고 예상하고 있어."

"고백해서 차였다고 정말 3층 아저씨가 죽였을까요? 2층 언니가 자살한 것일 수도 있잖아요."

남자는 단호하게 대답했다.

"자살은 아냐. 자살에 쓰인 올가미 매듭이 달랐어."

"네?"

되묻는 꼬마에게 남자가 천천히 설명했다.

"선미 씨가 평소에 쓰는 매듭은 올가미 매듭이야. 자살할 때 목에 감았던 매듭도 올가미였고. 그런데 묶는 방법에 차이가 있었어. 그녀는 평소 Slip Knot 매듭법을 썼어. 편의점에 그녀가 묶은 박스다발을 통해 확인했지. 그런데 목에 걸린 올가미는 Noose Knot 매듭법을 썼더군. 두 매듭의 모양은 상당히 비슷해. 전문가가 아니라면 알아차리지 못할 정도로. 선미 씨를 스토킹하던 박철민이 그녀의 매듭법을 이용해서 자살로 꾸미려 했지만 매듭법을 착각한 게 패착이었어. 아마 그녀의 SNS에서 그녀가 산악동아리였다는 사실도 계산에 넣었을 거야." 남자가 잠시 쉬었다 말을 이었다. "심증은 확실해. 부족한 건 물증뿐. 그래서 모험을 감행했지. 영장을 발부 받아서 박철민의 집을 수색한 거야. 물증을 찾지 못하면 역풍을 맞을 걸 각오하고 말이야."

꼬마가 호기심 섞인 눈으로 물었다.

"그래서 찾은 게 있어요?"

"집은 쓰레기장이나 다름없었어. 무직 기간이 길어지면서 정리에 대한 개념을 잃어버린 것 같았어. 그런데 박철민의 생활패턴과 무관해 보이는 물건 몇 개가 있었어."

"뭔데요?"

"우선 낚싯대. 사용한 흔적도 없는 새 거였어. 낚시를 즐기는 타입은 아닌데 말야. 두 번째로 칼에 찢긴 옷가지들. 주워 모아 봤는데 간절기 코트였어. 예전에 유행했던 카라를 취향대로 스타일할 수 있는 철지난 옷이었어. 드론도 있더군. 백수인데 투자 좀 한 것 같았어. 평소에 거실 밖 공터로 드론 날리는 게 취미였다나. 그래서 드론 정비를 위한 공구들도 갖고 있더라고."

꼬마가 뭔가 떠오른 듯 말했다.

"아. 밖에서 들린 커다란 모기소리가 드론이었구나."

"하지만 이것들로는 박철민을 잡아넣을 수 없어." 남자는 침을 꿀꺽 삼켰다. "그래서 널 찾아온 거야."

남자는 꼬마를 뚫어져라 쳐다봤다. 꼬마는 남자의 시선이 부담스러운지 땅바닥으로 고개를 숙였다.

"제가 뭐라고.... 전 아무것도 몰라요. 그날도 전 그냥 방에서 숙제를 했는걸요." 말을 마친 꼬마가 슬쩍 고개를 들어 남자의 눈치를 살폈다. 순간 꼬마는 화들짝 놀랐다. 어느새 남자의 얼굴이 꼬마 바로 앞에 있었기 때문이다. 꼬마를 내려다보는 남자의 눈에는 확신이 담겨 있었다. "왜, 왜이래요..."

당황한 꼬마가 다시 고개를 땅으로 떨구었다. 공중에 뜬 운동화 끝을 바라보던 꼬마의 눈에 사진 한 장이 스윽 들어왔다. 사진 속 이미지를 인식한 순간 꼬마의 동공이 확대됐다.

내내 감정을 숨기고 포커페이스를 유지하던 꼬마였다. 하지만 남자는 사진을 본 꼬마의 미세한 반응을 놓치지 않았다.

"이게 뭔지 아는구나."

"뭔지는 알죠. 죽은 새잖아요. 근데 이게 왜요."

"아니. 그냥 아는지를 물어 본 게 아냐. 네가 한 짓인지를 묻는 거야."

"참나. 제가 왜 이런 짓을 하겠어요. 아저씨 오늘은 이상한 말만 하네."

남자는 차가운 눈으로 말했다.

"부정해 봐야 소용없어. 이 사진에 반응을 보인 건 오직 너뿐이니까. 이 새 뿐만이 아냐. 꽤 많은 동물들을 죽였더구나. 그 사체들 사이에 사람의 머리카락이 나왔어. 증거를 남기지 않으려고 꽤나 노력했는데 실수를 했나보더구나. 그 머리카락에서 누구의 유전자가 나왔는지 아니? 바로 너야. 네가 한 짓이라는 반박할 수 없는 진실이지."

남자의 말에 그네 줄을 움켜잡은 꼬마의 손이 작게 떨렸다.

걸렸다!

남자의 관자놀이에 땀 한 방울이 흘러내렸다. 사실 꼬마의 유전자는 나오지 않았다. 아니, 감식조차 한 적 없다. 꼬마의 반응을 보려고 즉석에서 만든 거짓말이었다. 하지만 애써 화를 참는 꼬마의 표정을 보니 예상이 적중한 듯 했다. 남자는 틈을 주지 않고 몰아붙였다.

"내가 직접 공터를 다시 조사해 봤어. 그런데 주택 뒤, 잡초가 우거진 한가운데 공간이 있더구나. 얼마나 자주 갔었는지 그 공간에 잡초들은 전부 눕혀져 있었어. 딱 네가 서 있을 만한 작은 공간이었어. 잡초 사이에 몸을 숨기고 2층 거실을 관찰하기에 안성맞춤인 공간." 남자는 꼬마를 가리키며 목소리를 높였다. "학교에서 널 볼 때마다 네 옷에 붙어 있는 잡초 부스러기들을 얼마나 많이 봤는지 몰라. 넌 얼마나 많은 날 동안 동물들을 죽였고, 수풀사이에 몸을 숨기고 이선미를 훔쳐본 거니? 그렇게 네 안에 차곡차곡 살의를 키워 왔던 거였니?!" 남자는 손가락으로 앞 머리카락을 쓸어 넘겼다. "자. 말 못하는 짐승을 죽였던, 2층을 몰래 훔쳐봤던. 그런 건 상관없어. 그저 이선미가 죽던 날. 네가 뭘 봤는지 얘기해 주면 돼. 협조하지 않으면 나도 어쩔 수 없어. 네 엄마에게 솔직하게 얘기하는 수밖에. 그동안 네 행동들을......"

엄마라는 말에 꼬마의 동공이 좌우로 미친 듯이 흔들렸다. 처음으로 표정이 없던 꼬마의 얼굴에 당황과 공포가 떠올랐다. 핏기가 없던 얼굴이 새빨갛게 물들었다.

꼬마에게 있어 엄마는 어떤 존재이기에 이런 반응을 일으키는 걸까.

하지만 그것도 잠시. 꼬마는 순식간에 평정심을 되찾았다.

"크크크크...." 갑자기 꼬마가 어깨를 흔들며 웃어댔다. "하하하하하." 급기야 배를 부여잡고 웃음을 터트렸다. 남자는 갑작스러운 꼬마의 변화에 반응하지 못하고 꼬마의 기색을 살피는 데 급급했다.

"왜, 왜이래? 갑자기 미친 거야?"

그때 웃음기를 걷어낸 꼬마가 남자를 노려봤다.

"역시 어른들은 똑같아, 아저씨는 뭔가 다른 줄 알았는데 마찬가지였어." 당황한 남자가 뭐라 말하려 했지만 꼬마는 틈을 주지 않고 쏘아붙였다. "지금 아저씨가 하는 짓. 목격자 심문 아냐? 살인사건이라지만 미성년자를 심문하려면 부모나 아동

심리상담사가 동석해야 한다는 건 아저씨가 제일 잘 알 텐데. 아저씬 내가 초딩이라 가볍게 보고 내 인권을 침해했고 나아가 경찰 공권력을 남용한 거 아냐?!"

남자의 등줄기로 땀 한 방울이 흘러내렸다. 남자는 꿀 먹은 벙어리처럼 꼬마를 멀뚱멀뚱 쳐다볼 수밖에 없었다.

뭐야. 이 녀석... 그동안 내게 보인 어리숙한 모습들은 만들어 낸 이미지였단 말인가.

그때 무섭도록 차가운 눈으로 노려보던 꼬마의 왼쪽 입 꼬리가 씨익 올라갔다.

"사실 이선미를 내가 죽였어도 난 처벌받지 않아. 아저씨도 잘 알겠지만. 난 대통령을 죽여도 처벌 받지 않는 촉법소년이거든. 크크크."

남자는 그제야 정신을 차리고 뒤늦게 발끈했다.

"뭐야? 이 녀석 그게 무슨 말이야!"

"하지만. 걱정 마세요. 그동안 아저씨와의 정이 있으니. 오늘 일은 그냥 넘어가 줄게요. 그리고." 꼬마가 검지를 세우고 한쪽 눈을 찡긋거렸다. "아저씨가 듣고 싶어 하는 정보도 말씀드릴게요. 대신 오늘 이후로 더 이상 날 찾지 않는다고 약속하세요. 저도, 엄마도."

꼬마의 차가운 눈빛이 남자를 관통하는 것 같았다. 남자는 침을 꿀꺽 삼켰다. 꼬마에게 제대로 한방 먹었다. 뭔가에 홀린 것 같았다. 하지만 생각할 것도 없었다. 남자는 천천히 고개를 끄덕였다.

꼬마는 만족스러운 표정으로 입을 뗐다.

"아쉽지만 사건 당일은 아무것도 못 봤어요. 정말로 방안에서 숙제를 했거든요." 남자가 듣고 싶던 대답은 아니었다. 남자가 낙담하려는 찰나 꼬마의 이어지는 말에 남자는 고개를 번쩍 들었다. "근데 사건 전날. 3층 뚱땡이를 봤어요."

"어, 어디서? 옥상?"

"아뇨. 3층 발코니요."

남자의 눈빛이 날카롭게 빛났다.

"거기서 뭘 했지?"

"저녁 8시인가. 3층 뚱땡이가 발코니로 나왔어요. 손에는 기다란 막대가 들려 있었어요. 그러고 보니 그게 낚싯대였나 봐요." 꼬마가 기억을 더듬는지 눈동자가 위로 떠올랐다. "뚱땡이가 상체를 발코니 밖으로 쑥 내밀더니 낚싯대로 아래층 거실 창문을 두드렸어요."

"선미 씨는? 그래서 선미 씨가 밖으로 나왔어?"

"아뇨. 언니는 집에 없었어요. 불이 꺼져 있었거든요."

남자가 작게 중얼거렸다. "살인 예행연습이었구나."

꼬마가 씩 웃었다. "들어봐요. 이제부터가 하이라이트니까. 뚱땡이가 낚싯대를 구석에 내려놓고 꺼내 든 게 바로 로프였어요. 뚱땡이는 로프로 만든 올가미를 2층으로 천천히 내리다가 휙 올리고. 또 천천히 내리다가 휙 끌어올렸어요. 조용히, 그리고 빠르게. 마치 먹이를 낚아채는 짐승처럼요."

이야기를 하는 꼬마의 볼에 발그레한 홍조가 번져갔다.

남자의 머릿속에 이선미의 목을 맨 로프를 있는 힘껏 잡아당기는 박철민이 그려졌다. 땀을 뻘뻘 흘리며 가쁜 숨을 토해내는 박철민. 영문도 모른 채 로프에 매달려 발버둥치는 이선미. 발코니 밖 공중에 떠오른 이선미의 몸에서 힘이 빠지고. 박철민은 천천히 로프를 풀어낸다. 차갑게 식어 버린 이선미의 시신은 차가운 시멘트 바닥으로 떨어진다.

생각하는 것만으로 기분이 몹시 더러워졌다. 이선미가 3층 높이에서 떨어진 것 치고 상처가 없었던 건 그 때문이었구나.

그때 꼬마가 한마디를 덧붙였다.

"아 근데 올가미가 좀 달랐어요. 원래 일반적인 올가미는 힘이 없는데, 뚱땡이가 만든 올가미는 어째서인지 동그란 모양을 계속 유지하고 있었어요."

남자의 주먹에 불끈 힘이 들어갔다.

잡을 수 있다. 그런 확신이 들었다.

꼬마의 진술 덕분에 사건을 가리고 있던 모든 안개가 말끔히 걷히고 있었다.

어둠이 내려앉은 운동장에 낮부터 이어지는 매미 우는 소리가 시끄럽게 고막을 때렸다.

"아. 덥다 더워."

입추가 훌쩍 지났는데도 늦더위는 여전히 기승을 부렸다. 해가진 밤에도 낮 동안의 열기가 빠지지 않아 셔츠를 적셨다.

남자는 익숙한 듯 그네에 앉아 담배를 입에 물었다. '치익.'

"쓰읍. 하."

담장너머 요란한 네온사인 투성이의 빌딩숲과는 달리 어둠에 싸인 학교는 있는 그대로의 차분한 느낌을 주었다.

얼마 전. 아내와 딸아이가 돌아왔다.

남자의 진심어린 사과와 회유가 없었다면 불가능했을 일이다.

이제는 집안의 왁자지껄한 소란을 피해. 잠깐의 자유를 찾고자 학교를 찾는 그였다.

그네에 앉아 담배 한 개비를 피우고 가족이 있는 집으로 돌아간다. 집 앞을 두고 굳이 학교까지 오는 이유는 누구에게도 방해받지 않는 고요함이 좋아졌기 때문이다. 그 고요함이 싫어 학교를 찾던 그였는데 말이다.

인간이란 참 간사한 동물이다.

꼬마의 결정적 진술로 박철민은 체포됐다.

자세한 살해방법을 제시하자 줄 곳 묵비를 행사하던 박철민은 무너졌다.

모양을 그대로 유지하던 올가미의 비밀은 로프 내부에 뚫려 있던 작은 구멍과 연관이 있었다. 박철민의 집에서 발견했던 찢어진 코트의 목깃. 원하는 모양대로 구부릴 수 있는 카라 속 철사를 뽑아 로프에 넣었던 것이다. 둥근 모양을 잡은 올가미로 이선미의 목을 더욱 효과적으로 잡아챌 수 있었을 것이다.

2층 발코니 난간에서 이선미의 양손 지문을 다시 확인했다. 거실에서 맥주를 마시며 TV를 보던 이선미가 거실 창문으로 들려오는 소리에 TV를 음소거로 한 뒤. 발코니로 나와 난간을 잡고 공터를 살폈으리라. 죽음 직전 마지막 남긴 지문이 분명했다. 하지만 자신이 사는 집 발코니에 찍힌 지문에 관심을 둘 형사가 과연 몇이나 될까.

결국 옥상 난간에서 발견된 이선미의 양손 지문은 그저 우연에 불과했다. 흡연을 하며 무심코 잡았던 지문이었을까. 이선미를 스토킹하던 박철민이 그 모습을 떠올리며 살해계획을 착안했는지도 모르겠다. 옥상 난간 이선미의 지문과 지문 사이. 정확히 한가운데 로프를 묶었던 자국을 남겼으니 말이다.

이선미를 살해한 이유를 묻는 질문에 박철민이 남긴 대답은 이랬다.

'내가 가질 수 없으니 다른 누구도 가질 수 없게 부숴 버린 거야.'

연신 땀을 훔치던 박철민은 뭐가 그리 즐거운지 미친 듯이 웃어 댔다. 그리고 마지막 한 마디를 계속 읊조렸다.

'죽는 순간까지도 그녀는 환하게 빛났어. 죽는 순간까지도 그녀는 환하게 빛났어. 죽는 순간까지도…… 히히 히힛!'

정신이상으로 감형되는 건 바라지 않지만. 아무리 봐도 미친놈이었다.

꼬마.

남자는 꼬마와의 약속을 지켰다.

하지만 약속과는 별개로 그날이 꼬마와 남자와의 마지막 만남이었다.

며칠 뒤 꼬마는 바로 타지로 전학을 가버렸다. 억울하게 죽은 사람이 있는 곳은 부정을 탄다나. 꼬마의 엄마가 막무가내로 전학을 강행했다고 한다.

가끔 꼬마의 안부가 궁금해진다.

잘살고 있으려나.

어느덧 담뱃불이 필터 근처까지 왔다. 남자는 마지막 한 모금을 빨고 담뱃불을 튕겼다.

돌아가자. 집으로.

그네에서 일어선 남자가 발걸음을 뗐다.

"아우. 젠장."

남자의 슬리퍼가 운동장에 고여 있던 흙탕물에 빠졌다. 흰색 나이키 슬리퍼와 발가락 사이로 온통 진흙물이 흘러들었다.

남자는 진창이 묻은 슬리퍼를 마른 땅바닥에 대충 비볐다.

"어휴. 부질없다. 집에 가서 씻자."

아직 진흙이 묻지 않은 성한 슬리퍼도 버릴 순 없었다. 남자는 트레이닝 바지에서 휴대폰을 꺼내 플래시를 켰다.

남자의 한 발 앞서 플래시 불빛이 운동장 바닥을 비췄다.

그 순간.

남자의 발이 운동장 바닥에 멈춰 섰다.

남자의 뇌리를 스치는 무언가.

이마에 땀이 솟구쳤다. 겨드랑이에서 배어난 땀이 줄줄 흘러 옆구리를 스쳐갔다. 무더위에 흘린 땀이 아니었다. 남자의 몸을 적시는 것은 온기를 잃은 식은땀이었다.

'죽는 순간까지도 그녀는 환하게 빛났어.'

'사람을 죽여 보고 싶다고.'

'숨이 끊어지는 순간. 그 마지막 순간의 떨림을 지켜보고 싶어.'

'죽는 순간까지도 그녀는 환하게 빛났어.'

'사람을 죽여 보고 싶다고.'

'숨이 끊어지는 순간. 그 마지막 순간의 떨림을 지켜보고 싶어.'

.

.

.

남자의 귓가에 목소리들이 정신없이 부딪쳤다.

그리고 잊힌 기억의 한 조각이 눈앞에 떠올랐다.

가방 속에서 플래시를 켜고 운동장을 뛰어가던 꼬마……

사실 남자는 박철민 살인사건을 떠올릴 때마다 어딘가 부자연스러움을 느꼈다. 초범인데도 불구하고 첫 번째 시도 만에 로프 올가미로 사람의 목을 한 번에 매달아 죽인 것. 이선미가 운이 없어서?

남자는 고개를 절레절레 흔들었다.

휴대폰이 없는 꼬마가 발코니 넘어 어두운 공터에 나갈 때면 항상 플래시를 들고 있지 않았을까.

박철민의 의도는 이미 사건 전날 파악했다. 이선미를 죽이고 싶은. 이선미의 숨이 끊어지는 순간을 지켜보고 싶던 꼬마는 박철민의 살인을 돕고 싶어 하지 않았을까. 발코니 난간에 두 손을 잡고 이선미가 쳐다 본 것은 무엇인가.

이선미의 얼굴을 환하게 빛내던. 이선미의 시선을 순간적으로 멀게 한. 그래서 죽음에 이르게 만든 건 꼬마가 이선미를 향해 비춘 플래시 불빛이 아니었을까.

진실은 아무도 모른다. 오직 꼬마 밖에는....

남자의 몸이 부르르 떨렸다. 낭패감이 밀려왔다.

두 볼 가득 홍조 띤 꼬마의 얼굴.

그날.

이선미의 숨이 끊어지던 순간.

꼬마는 어떤 표정을 짓고 있었을까....

2
✕
합리적 살의

탁!

"여, 여보⋯⋯."

아내의 손에서 떨어진 플라스틱 컵이 요란한 소리를 내며 거실 마룻바닥으로 떨어졌다.

바닥과 부딪힌 컵은 다시 한 차례 공중으로 튀어오른 뒤 바닥을 팽이처럼 빙글빙글 돌았다. 컵에 담겼던 주스가 사방으로 튀어 나갔다. 점점이 흩어진 주스 방울이 비산된 혈흔처럼 보이는 것은 살의에 눈이 먼 나의 착각일까.

평소의 아내라면 먹을 것을 흘렸다고 굉장히 아까워했겠지.

"쉭! 쉭! 쎄엑....쌕"

거실을 적시는 주스를 망연히 바라보던 나는 천천히 아내

쪽으로 고개를 돌렸다.

자신의 목을 부여잡고 무릎을 꿇고 있는 아내는 여전히 이유를 모르겠다는 듯 나를 쳐다봤다. 그 짧은 시간에 벌써 아내의 주둥이가 햄버거처럼 부풀어 올랐다. 그녀의 비틀린 입안에서 공기가 빠지는 소리가 적막한 거실에 가득 찼다. 숨을 쉴수 없는 질식의 공포. 모르긴 몰라도 목구멍 속까지 부어올라 제대로 숨을 쉴 수가 없으리라. 아주 오래전의 기억이 떠올랐는지 아내의 얼굴은 공포로 한껏 질려 있었다.

"꾸르르르륵. 우웨에에에엑!"

"아이고 이런. 젠장할! 망할 여편네 같으니라고. 깜빡이 좀 키고 들어오라고."

아내의 위장에서 게워 낸 구토가 분수처럼 뿜어 나왔다. 나는 처덕처덕 거리며 바닥을 튀는 토사물을 재빨리 피했다.

목이 늘어나 가슴이 훤히 보이는 빛바랜 미키마우스 셔츠에도, 무릎이 정강이까지 늘어진 회색 트레이닝 바지에도, 그녀가 쏟아 낸 토사물로 흠뻑 젖어들었다. 이제야 자신을 방관할 거라는 걸 눈치 챈 아내가 느릿느릿 소파 위에 놓여 있던 휴대폰으로 손을 뻗으려 했다. 나는 그런 아내를 가볍게 앞질러 아내의 휴대폰을 낚아챘다.

"미안하지만 그건 안 될 것 같다."

나는 아내의 휴대폰을 소파 밑바닥 제일 깊숙한 곳으로 차넣었다. 지금 아내 상태로는 자력으로 절대 휴대폰을 꺼낼 수없을 것이다.

마침내 힘이 다했나 보다. 자신이 쏟아낸 토사 위로 육중한 아내의 몸이 철퍼덕 쓰러졌다.

"끄으으윽 큭. 끄윽."

지푸라기라도 잡으려는 듯 오물 범벅인 마룻바닥을 손가락으로 긁어 대는 아내의 모습을 더 이상 지켜보기 힘들었다. "욱!" 토사물 범벅으로 허우적대는 아내를 보고 있는 것만으로도 헛구역질이 올라왔다. 그래도 한때나마 열렬히 사랑했던 여인의 마지막은 차마 눈뜨고 볼 수 없을 정도로 혐오스러웠다.

숨이 다해 가는 그녀를 보고 있자니 그녀와의 과거가 주마등처럼 스쳐갔다.

×××

"사, 사랑해. 나와 결혼해 줘!"

번번이 취업에 실패하고 좌절에 빠져 있던 26살의 난 미래가 없어 보였다. 이런저런 돌파구를 찾던 내게 국가에서 비용을 보조하는 IT 자격증 학원이 눈에 띄었다. 변변치 않은 공학 전문대를 졸업한 나는 이게 마지막 기회라 생각하고 학원에 지원했다. 그리고 그 학원에서 지금의 아내를 처음 만났다.

아내는 지방의 4년제 대학을 졸업 후 나와 마찬가지로 취업에 실패해 학원에 온 케이스였다. 군대 제대 후 전문대를 졸업한 나와 4년제 졸업 후 학원에 나온 아내. 나이도 동갑에 서로 비슷한 처지이다 보니 마음이 잘 통했고 술자리에서 서로의 고민을 들어 주면서 급속도로 가까워졌다. 그렇게 고백이랄 것 없이 자연스럽게 연인관계가 됐다.

매일 학원을 마치고 밤새 술을 퍼마셨지만 용케도 목표하던 자격증을 취득했다. 그 자격증 덕분에 나와 아내 모두 취업에 성공할 수 있었다. 취업 후에도 연인관계는 계속됐다. 4년의 교제 후 서른 살에 우린 웨딩마치를 울렸다. 남들처럼 넉넉한 형편은 아니었다. 하지만 부족함을 미니멀이라 자위하며 소소한 결혼생활을 시작했다.

오랜 기간 교제한 덕분에 누구보다 서로를 잘 안다고 생각했다. 하지만 그건 나 혼자만의 착각이자 오만이었다.

아내는 태생부터 게을렀다.

정리정돈이 몸에 베인 난 아내의 생활패턴이 마음에 들지 않았지만 굳이 내색하지 않았다. 내가 치우면 된다고 생각했으니까. 하지만 그런 나의 인내심이 바닥나 버린 건 결혼 후 2년이 지나고부터였다. 경력이 쌓일수록 업무에 부담을 느낀 아내는 결혼 2년 만에 직장을 그만뒀다. 나와는 상의 한마디 없어 일방적인 통보 후에 저지른 일이었다. 나로선 불만이었지만 직장에서 받은 스트레스를 그대로 집에다 쏟아 냈기에 이번은 눈감아 주기로 마음을 고쳐먹었다. 전업 주부로서 남편 내조나 잘해 주면 그만이라 생각했다.

그런 나의 생각은 여지없이 빗나갔다. 집구석은 그녀가 직장을 다닐 때보다 더 엉망진창이 됐다. 엄청난 폭식에 걷잡을 수 없이 비만이 되어 버린 것도 바로 그 무렵부터였다. 170cm의 큰 키에 살이 오를 대로 오른 아내는 여성으로서의 매력을 완전히 상실해 버렸다. 어떠한 말과 회유에도 아내는 요지부동이었다. 그녀의 폭식에 식비는 나날이 늘어갔고 집안은 엉망진창이 되어갔다.

산적처럼 머리를 틀어 올리고 볼살과 턱살은 흉물스럽게 출렁거렸다. 매일 같이 입어 목이 늘어난 셔츠에 보푸라기가 인 회색 트레이닝 바지를 입고 소파에 누워 대용량 감자칩을 한 손 가득 입에 욱여넣는 아내. 소파와 거실 바닥에는 언제나 그녀가 흘린 과자 부스러기로 개미가 들끓었고 소파에는 온통 손에 묻은 과자 기름때가 배어들어 번들거렸다. 내가 오든 말든 리모컨을 들고 철 지난 로맨스 드라마를 시청하는 그녀의 모습은 혐오 그 자체였다.

대체 왜 이렇게 돼 버렸을까. 언제부터 잘못된 것일까. 심란한 마음에 아무리 생각해도 도무지 이유를 알 수 없었다.

그저 성실히 직장에 나가 열심히 일한 것밖에 없거늘.

아이라도 생기면 좀 나아지지 않을까. 하지만 육중한 아내를 보니 도저히 성욕이 생기지 않았다. 별도 하늘을 보고 싶어야 따는 것 아니겠는가. 자연스럽게 아내와 나는 말수가 급격히 줄어들었다. 함께 있는 시간이 너무나 불편하고 거북해졌다. 나는 서바이벌 캠프라는 새로운 취미를 찾아 주말마다 산을 찾아 다녔다. 오히려 아내와 떨어져 있는 시간이 더없이 편하게 느껴졌다.

"이혼하자. 도저히 이렇게는 못 살겠어."

더 이상 참다못해 던진 말이었다.

한참을 묵묵부답하던 아내는 벌떡 일어나 부엌에서 식칼을 꺼내 왔다.

"왜, 왜이래. 진정해……."

덜컥 겁이 나 목소리가 우스꽝스럽게 뒤집혔다. 아내는 식칼의 손잡이를 내게로 향하며 말했다.

"창창한 내 인생 다 망쳐 놓고 이혼이라고? 이혼은 없어. 내가 눈감지 않는 한. 아니면 차라리 지금 날 죽여!"

나를 향한 식칼의 손잡이가 가느다랗게 떨렸다.

"………"

어이가 없어 말이 나오지 않았다.

지금 아내가 이 지경에 이르게 된 게 내 탓이라고? 정말 그렇게 생각하고 있었단 말인가? 가슴 속 깊은 곳에서 분노가 솟구쳤다. 스스로 망가져 놓고 그 탓을 내게로 돌리는 아내의 행태를 납득할 수가 없었다. 이러다 정말로 아내가 내민 식칼을 아내의 몸에 찔러 넣을 것 같아 떨리는 손을 애써 등 뒤로 숨겨야 했다.

표독스럽게 나를 노려보는 아내의 눈에는 뜻 모를 오기와 살기가 얽혀 있었다.

주말이 되어 언제나처럼 나의 도피처인 산에 올랐을 때였다. 경치가 탁 트인 산 끝자락에 텐트를 치고 간편한 식사를 마쳤다. 모든 것을 내 손으로 해야 했기에 산에서의 시간은 산

아래와 다르게 바삐 흘러갔다. 잠잘 준비를 마치니 저 멀리 산 등성이로 지는 해가 걸려 있었다.

텐트 안에서 따뜻한 커피를 마시며 망연히 노을을 바라보던 내 눈에 나도 모르게 눈물이 흘러내렸다.

해질녘 노을이 아름다워서가 아니다. 내 나이 서른다섯. 주말마다 집에서 도망쳐 나오는 내 처지가 너무나 비참해서였다. '현타'라고 하던가. 갑작스레 찾아온 현실자각 타임은 너무나 가혹했다. 대체 언제까지 이렇게 살아야 하는 건가. 언제까지 이렇게 비참하게 살아야만 하나. 요즘 같은 백세 시대에 아직 절반도 살지 않았건만 이미 내 생활은 내일 없는 지옥이나 다름없었다.

살고 싶다.

나도 사람답게 살고 싶다.

볼을 타고 흐르던 눈물은 온몸이 떨리는 오열로 뒤바뀌었다.

하염없이 울고 또 울었다.

그리고 결심했다.

내 불행의 원흉을 제거해야 한다고.

아내를 죽이겠다고.

그래야 내가 살 수 있다고.

핏빛으로 물드는 노을을 바라보며 그렇게 가슴 깊은 곳에 결심을 아로 새겼다.

한동안은 똑같은 나날이 이어졌다. 모처럼 결심했지만 그

결심을 실행하는 것은 생각처럼 쉽지 않았다. 소설이나 영화를 봐도 아내의 신변에 이상이 생기면 가장 먼저 의심받는 건 바로 남편이다. 자유를 원한다지만 교도소에서의 자유는 아니었다.

깔끔하게 처리하고 새롭게 시작하자.

그러기 위해선 기다려야 했다. 용의주도하게 그리고 철저하게.

그러던 중 아내를 죽이는 방법을 실로 우연찮게 발견했다. 전혀 생각지도 못한 곳이었다.

나는 TV 채널을 돌리다 우연히 예비 변호사를 선발하는 과정을 보여주는 케이블 프로그램에 시선을 멈췄다. 그날 회차의 주제는 합리적 의심이었다. 고의성을 의심케 하는 실제 재판의 사례가 소개되는데 이 사례를 보고 있자니 순간 나의 뇌리를 스치는 것이 있었다.

"그래! 바로 이거다!"

나는 무릎을 탁 쳤다. 프로그램에 소개된 사례를 아내에게도 써먹을 수 있었기 때문이다.

걸신들린 듯 뭐든 먹어 치우는 아내도 절대 입에 대지 않는 것이 하나 있다.

바로 땅콩이다.

어릴 적 우연히 먹은 땅콩 샌드위치 때문에 거의 죽다 살아났다며 음식을 고를 때면 항상 땅콩 첨가 여부를 꼼꼼하게 살피는 아내였다. 자연스레 나 역시 땅콩은 멀리하게 되었다.

방송에서는 피고인이 땅콩 첨가 주스를 식탁 위에 올려 놓고 자리를 비웠다. 그리고 그 주스를 우연히 마신 가족이 아나필락스 쇼크로 사망했다. 피고인은 재판에서 땅콩주스를 자신이 먹기 위해 만들었다고 주장했다. 그리고 고의성을 입증하는 단계에서 재판부의 합리적 의심으로 피고인은 무죄를 받아 냈다. 매우 희박하지만 사고 가능성이 있다는 이유 하나로 말이다.

심증은 필요 없다. 의심만으로는 유죄를 내릴 수 없다.

조금 찾아보니 이 합리적 의심으로 무죄를 받은 사례가 쏟아져 나왔다. 사고 직전 수억의 사망 보험금을 계약하고 아내를 사망시킨 비정한 남편도 있었다. 누가 봐도 분명한 살인이건만 결과는 무죄였다.

"크크크…….." 나도 모르게 웃음이 터져 나왔다.

써먹자. 이걸 써먹어 버리자.

뭐든지 먹어 치우는 아내의 음식에 몰래 땅콩을 넣어 놓고 스스로 먹게 만들면 된다. 아니 스스로 먹은 것처럼 조작하면 된다. 이 얼마나 손쉽고 편리한 방법이란 말인가. 아둔한 그녀는 분명 어떠한 의심도 없이 자신을 죽음으로 몰아넣을 땅콩을 목구멍으로 삼킬 것이다.

다른 멍청이들처럼 살인 직전에 고액의 사망보험 따위를 계약하는 실수는 하지 않는다. 아니 애초에 그런 얄팍한 수는 고려조차 하지 않았다. 지금의 난 돈이 문제가 아니다. 재판대에 오르긴 하겠지만 이 정도면 아내를 죽이고도 합법적으로 무죄를 받아 낼 수 있으리라. 내게로 오는 의혹의 시선을 불행한 사고로 돌릴 자신이 있었다. 복잡한 서류도, 4주간의 지리멸렬한 조정도, 재산 분할도, 감정싸움도 모두 다 필요 없다. 이 세상에서 아내의 존재를 깨끗이 지워 버린다.

그것만이 내가 살 길이다.

그때부터 나는 관심도 없던 아내의 일과를 관찰했다. 그리고 치밀한 계획을 세웠다. 머릿속으로 실행하고 또 실행했다. 완벽하게 마인드 컨트롤을 했다.

그로부터 한 달이 지난 4월의 토요일.

드디어 고대하던 결행일이다.

도저히 잠이 오지 않아 뜬눈으로 밤을 지새웠다.

아내는 그런 내 마음도 모르고 집안이 떠나가라 코를 골며 잠에 빠졌다. 나는 잠든 아내 몰래 빌라 뒤편에 위치한 작은 방에서 준비를 마치고 거실로 나왔다. 그리고 천연덕스럽게 캠핑을 떠날 짐을 쌌다.

한낮이 되도록 침대와 한 몸이던 아내는 정오가 되어서야 부스스한 얼굴로 안방을 빠져나왔다. 새벽 1시에 끓여 먹은 라면 때문인지 눈두덩이 누군가에게 한 대 얻어맞은 것 마냥 퉁퉁 부어 있었다.

저 정나미 떨어지는 얼굴을 보는 것도 오늘이 마지막이다.

나는 속마음을 숨긴 채 말을 건넸다.

"여보 지난주부터 내가 말했지? 슬슬 날도 풀렸겠다. 이번에 태조산으로 캠핑이나 다녀오려고. 이번엔 가볍게 텐트 없이 가서 하루 비박하고 올 거야."

배낭에 캠핑용품을 챙기는 날 시큰둥하게 바라본 아내는 대꾸도 없이 거실 베란다로 갔다. 다시 나타난 그녀의 손에 파란색 매트가 들려있었다. 요가 매트였다. 그녀는 거실 바닥에 주섬주섬 요가 매트를 깔기 시작했다. 자기가 생각하기에도 이대로 가면 죽을 거라는 걸 깨달았던 걸까. 아내는 얼마 전부터 홈트레이닝 요가를 시작했다. 육중한 몸으로 고난도 요가 동작을 따라하는 모습은 차마 눈 뜨고 볼 수 없을 정도로 추악했다. 중심을 잡지 못해 바닥에 엉덩방아를 찧기가 일쑤였다. 아랫집에서 층간소음으로 항의하지는 않을까 걱정될 정도였다.

과연 저렇게 해서 살이 빠질까? 의문은 운동 후에 사라졌다. 요가로 태운 칼로리보다 요가 후 섭취하는 칼로리가 훨씬 많았기 때문이다. 어찌됐건 우스꽝스러운 스트레칭을 대충 마친 아내는 AI스피커를 향해 말했다.

"카이. 신선혜 요가 VOD 5회 틀어줘."

그러자 AI스피커와 연동된 TV에서 요가 영상이 플레이됐다. 이제는 리모컨을 누르는 것도 귀찮은지 TV 채널조차 인공지능 스피커를 이용하는 아내의 모습에 기가 찼다. 애당초 저런 귀차니즘으로 요가는 무슨 요가란 말인가.

TV 화면을 통해 탄탄하고 싱그러운 연예인의 핫바디와

3XL 트레이닝 바지를 터질 듯 조이는 아내의 힙이 너무나 대조적이었다.

"헉. 헉. 헉."

그나마 시작한지 얼마 되지도 않아 벌써 숨이 찬지 아내는 호흡이 눈에 띄게 가빠졌다. 나도 모르게 눈살이 찌푸려졌다. 눈앞의 흉물스러운 살덩어리는 당장 치워 버리고 다음엔 저 신선혜 같은 다이나마이트 몸매의 여자를 만나리라. 꼭!

헐떡이는 아내의 요가는 어느덧 막바지를 향하고 있었다. 벌써 십 분이 지났다. 나는 상념을 떨쳐 냈다.

"여보 다녀올게."

서둘러 짐 꾸리기를 마무리하고 배낭을 챙겨 들어 현관문을 나섰다.

복도 중앙에 달린 CCTV를 스윽 쳐다보고 엘리베이터 버튼을 눌렀다. 5층에 있던 엘리베이터가 금세 4층으로 내려와 문이 열렸다. 나는 엘리베이터를 타고 1층을 버튼을 눌렀다. 긴장된 마음에 버튼을 누르는 손가락이 떨렸다. 엘리베이터는 4층에서 곧바로 1층으로 내려갔다. 정문을 나오면서 중앙 현관 CCTV에 한 번 더 얼굴을 비췄다. 이어서 필로티 구조인 1층 주차장에 주차된 SM5에 배낭을 던져 넣고 시동을 걸었다.

승용차는 곧 빌라를 미끄러지듯 빠져나갔다.

"어? 나간 거 아니었어?"

샤워를 마친 아내가 젖은 머리를 수건으로 감싸고 나를 바라봤다. 또 저놈의 미키마우스 티에 회색 트레이닝 바지다. 대체 왜 샤워를 하고 입었던 옷을 다시 주워 입는 건가.

도무지 이해할 수가 없다.

"아. 캠핑 나이프를 빠트리고 안 챙겼더라고."

나는 뒷머리를 긁적이며 말했다.

"아무 소리도 안 들렸는데······."

나는 아무렇지 않게 대답했다.

"당신이 샤워하느라 못 들었겠지. 그보다 이거."

아내는 운동 후 샤워를 마치고 나면 꼭 루틴처럼 ABC 주스를 마셨다.

마트 진열대에서 손쉽게 구할 수 있는 주스였다. 이런 걸 마신다고 정말로 디톡스가 되는지 의심스러웠지만, 이제는 상관없다.

아내의 루틴은 곧 죽음의 루틴이 될 것이니까.

나는 ABC 주스를 플라스틱 컵에 가득 따라 쟁반에 받쳐 아내에게 내밀었다. 물론 그 주스 안에는 땅콩이 가미된 선식을 섞어 넣었다. 아내가 샤워하는 냉장고 홈바에 아내가 마시는 주스 통 바로 옆에 땅콩 선식을 넣은 ABC 주스 통을 넣어 놓았다. 새로 넣은 주스 통에는 큼지막하게 땅콩 ABC 주스라고 표시도 해 두었다.

숨을 죽이고 컵을 든 아내를 바라봤다.

아내는 별다른 의심 없이 주스 컵을 입으로 가져갔다.

아내를 죽음으로 인도할 주스는 아내의 목구멍 속으로 꿀렁거리며 사라졌다.

×××

"크으으윽. 우으으윽."

아내의 고통에 찬 신음소리에 퍼뜩 정신이 들었다. 그 사이 아내는 눈에 띄게 상태가 악화됐다. 바닥을 긁던 팔의 움직임이 줄어들었고 온몸이 간헐적으로 경련을 일으켰다. 이윽고 간헐적으로 들썩이던 아내의 넓은 등이 그대로 굳었다.

죽었다. 드디어 죽었어.

나는 미련 없이 시신이 된 아내를 뒤로하고 발길을 돌렸다.

더 이상 시간을 지체할 수 없었다. 차가 막히는 걸 감안하더라도 태조산에 도착하는 시간이 너무 늦어지면 곤란하다.

끔찍한 몰골의 아내를 거실 바닥에 버려 두고 서둘러 빌라를 빠져나왔다.

차에 타기 전 마지막으로 빌라를, 아내가 누워 있는 4층을 올려봤다. 붉은색 벽돌을 조적한 빌라의 외벽에 듬성듬성 잡초가 자라나 있었다. 그 보기 싫은 잡초가 아내와 겹쳐 보였다.

내 인생에 잡초같이 질긴 뿌리를 내렸지만 이제는 안녕이다.

마음속으로 안녕을 고한 뒤, 서둘러 차를 타고 액셀을 밟은 오른발에 힘을 가했다. 마음이 급했지만 신호와 규정 속도는 칼같이 준수했다. 쓸데없이 교통경찰의 눈길을 끌어 일을 망치는 멍청한 짓을 할 수는 없었다.

어쨌든 성공이다.

운전대를 움켜잡은 두 손이 하얗게 핏기가 사라졌다. 입 꼬리가 씰룩거렸다.

"이제 자유다."

나는 달리는 차 안에서 미친 듯이 소리쳤다.

드디어 아내가 죽었다.

집에서 한 시간여 거리에 위치한 태조산에 도착한 나는 당장 뒷산을 배경으로 휴대폰 사진을 찍고 SNS에 업로드 했다.

이걸로 알리바이는 완성됐다.

집안은 창문과 문이 모두 잠긴 상태. 외부인이 침입한 흔적역시 없다. 아무리 내가 의심스러워도 시신이 된 아내가 있는 집은 이른바 완벽한 밀실 상태이다. 완전 범죄가 완성된 것이다.

지금쯤 아내의 시신은 싸늘하게 식어 있겠지.

"큭큭큭큭..."

단지 그 사실만으로도 웃음이 터져 나왔다. 이제 내일 집으로 돌아가 갑작스러운 사고로 아내를 잃은 남편을 연기하면된다.

거지같은 과거를 버리고 새로운 인생을 시작하자.

"하하하하하핫!"

한번 터진 웃음이 좀처럼 끊이지 않았다. 고요한 태조산 자락에 환희의 웃음소리가 울려 퍼졌다.

×××

다음 날 오후.

산에서 돌아온 나는 빌라 1층 주차장에 SM5를 주차했다.

"하암……."

밤을 꼬박 새워 상황별 예행연습을 했다.

눈이 까끌거리고 몹시 피곤했다. 그래도 연습을 반복하면서 마음이 조금은 놓였다. 뒷좌석에서 배낭을 빼들고 나오자 빌라 맞은편으로 못 보던 회색 승용차가 주차돼 있는 것이 보였다. 십 년은 넘게 탄 것 같은 낡은 구형 소나타. 회색 승용차보다도 그 안에 타고 있는 남자의 눈빛이 시선을 끌었다. 차창너머 남자는 분명 내가 서 있는 이곳을 주시하고 있었다.

누구지? 벌써 경찰이 꼬였나.

"훗. 그럴 리가."

밤을 새워 그런가. 아무래도 신경이 곤두서 있는 것 같다.

아직 아내의 죽음은 아무도 모를 터였다. 빌라에 사는 누군가를 기다리는 것이리라.

긴장을 풀자. 나는 손바닥으로 마른세수를 하고 서둘러 빌라 정문으로 들어섰다. 현관 중앙의 CCTV를 곁눈질로 확인하고 엘리베이터 버튼을 눌렀다. 5층에 가 있던 엘리베이터가 천천히 1층으로 내려왔다.

'띵동.' 엘리베이터 도착음이 울리고 문이 스르르 열렸다. 엘리베이터는 비어 있었다. 나는 천천히 엘리베이터에 몸을 실었다.

그리고 닫힘 버튼을 누르려는 찰나 어디선가 다급한 목소리가 들렸다.

"잠깐만요."

나는 닫힘 버튼을 누르려던 손가락을 빠르게 열림 버튼으로 옮겼다. 절반쯤 닫힌 문이 다시 스르르 열렸다. 쿵쾅거리는 발소리를 내며 웬 남자가 엘리베이터 안으로 뛰어들었다.

"감사합니다."

남자는 가볍게 목례를 한 뒤 내 뒤에 섰다. 나는 4층 버튼을 누르고 고개를 돌려 물었다.

"몇 층에?"

남자는 양 손바닥을 들어 보이며 말했다.

"아. 저도 4층입니다."

남자의 대답과 동시에 서늘한 땀이 관자놀이를 타고 흘렀다.

4층이라고?

이 빌라는 각 층마다 한 가구뿐이다. 고로 이 남자는 내가 사는 집에 볼일이 있다는 말이 된다. 지금 집안에는 시체가 된 아내가 있다. 이대로 남자를 끌고 들어갈 수는 없다. 그나저나 이 낯선 남자는 누구인가. 뒤에 선 남자의 얼굴이 매끈한 스테인리스 재질의 문에 어렴풋이 비쳐 보였다. 가운데 가르마를 탄 앞머리가 자를 댄 듯 눈썹 끝에 닿았다. 검정색 가죽점퍼가 헐렁해 보이는 왜소한 몸으로 평소 운동과는 담을 쌓고 사는 듯 보였다. 하나 날카로운 눈빛만은 왜소한 몸과 달리 강렬하게 빛나고 있었다.

그러고 보니 조금 전 빌라 맞은편에 주차된 차 속의 남자가 보내던 눈빛과 비슷한 것도 같다.

대체 4층에는 무슨 일로…….

그 짧은 시간 동안 생각의 생각이 꼬리를 물었다.

-띵동. 4층입니다.

생각에 잠긴 사이 엘리베이터는 4층에 도착했다. 엘리베이터 문이 스르륵 열리고 나는 밖으로 걸어 나왔다. 낯선 남자 역시 나의 뒤를 따랐다. 나는 몸을 돌려 조심스레 물었다.

"저, 혹시 4층에 볼일이 있으신가요?"

"아! 네. 여기 사시는 분입니까?"

"네. 여기 세입자입니다만."

"아. 그럼. 김민철 씨 되시겠군요."

이 남자 벌써 내 이름까지 알고 있다.

"제가 김민철입니다. 그런데 무슨 일이죠? 아니, 그보다 누구...."

나의 물음에 남자는 가죽점퍼 안에서 곧장 카드 한 장을 꺼내 보였다. 얼굴을 가까이 대고 보니 카드는 다름 아닌 경찰 신분증이었다.

"동남 경찰서 오영섭 형사입니다. 잠시 이야기 좀 나눌 수 있을까요?"

등골에 식은땀이 흘렀다. 이런 젠장. 예상치 못한 형사의 등장에 숨이 멎을 뻔했다. 경찰이 대체 어떻게 알고 찾아온 것인가. 아내는 자력으로 집 밖으로 나올 수 있는 상태가 아니었다. 내가 알기로 어제, 오늘 사이 우리 집에 찾아올 사람도 없었다. 하지만... 그게 아니었단 말인가. 머릿속으로 밀려드는 생각들이 소용돌이쳤다. 심장이 미친 듯이 뛰어댔다. 겨드랑이에서 흘러내린 땀으로 셔츠가 흠뻑 젖어 들었다.

그, 그만. 당황하면 안 돼.

나는 요동치는 마음을 가까스로 진정시키고 침착하게 물었다.

"여기서요?"

형사는 가볍게 고개를 저으며 말했다.

"괜찮다면 안에서 하시죠."

순간적으로 현관문으로 시선을 돌렸다 원위치 시켰다.

집안에서? 절대 안 된다. 지금 현관 너머에는 시체가 된 아내가 누워 있다. 나는 가볍게 헛기침을 두 번 하고 답했다.

"우선 무슨 일인지 말씀부터 해 주시는 게 먼저 아닐까요. 저희 집에는 무슨 일로 오셨죠?"

형사는 내 등에 멘 배낭을 흘낏 보고 말했다.

"어디 다녀오시는 길이군요."

"네. 저 혼자 1박 2일로 태조산 캠핑을 다녀왔습니다."

"아. 그렇다면 아내 되시는 분의 변고는 못 들으셨겠군요."

형사의 말이 떨어지자마자 얼굴의 핏기가 싹 가셨다.

변고라고. 어떻게 알았는지는 모르겠지만 이 형사는 아내의 죽음을 이미 알고 있다. 그렇다면 내가 집에 돌아오기를 기다리고 있었다는 건가. 차 안에서 빌라를 주시하던 형사의 눈빛이 떠올랐다. 그 순간 정신이 번쩍 들었다. 그렇다면 게임은 이미 시작된 것과 다름없었다.

아내의 죽음에 가장 유력한 용의자는 바로 나니까 말이다.

나는 마음의 동요를 진정시키려 노력했다.

가볍게 생각하자. 지겹도록 연습했던 말을 조금 더 일찍 시작할 뿐이다.

나는 큰 충격을 받은 양 눈을 크게 부릅뜨고 말했다.

"네? 변, 변고라뇨? 아내에게 무슨 문제가 생겼다는 말입니까?" 나는 믿을 수 없다는 듯 손으로 이마를 짚었다. "그럴 리 없어. 아내는 지금 집 안에 있을 텐데. 여, 여보!"

나는 형사의 대답을 기다리지 않고 서둘러 현관 디지털 도어로크의 비밀번호를 누르려 했다. 예정대로라면 디지털 도어로크를 푼다 해도 문은 열릴 수가 없었다. 집안에서 누군가 열어 주지 않으면 풀 수 없는 고리식 걸쇠가 걸려 있었기 때문이다. 하지만 현관문은 슬쩍 민 힘의 반동만으로 힘없이 스르륵 열려 버렸다. 자세히 보니 디지털 도어로크의 본체가 비뚤어져 간신히 매달려 있었다. 아무래도 누군가 문을 열기 위해 디지털 도어로크를 잡아 뜯고 안전 고리마저 절단한 것이리라. 나는 애써 동요를 감추고 재빨리 현관문을 크게 열어젖혔다.

"여보." 다급하게 아내를 부르며 신발도 벗지 않은 채 거실로 뛰어들었다.

"헉..."

연기가 아니었다. 진짜 놀라움에서 터져 나온 소리였다.

거실은 내가 집을 나서기 전에 봤던 그대로였다. 말라붙은 피처럼 온통 거실 바닥에 튀어 있는 ABC 주스. 거실 절반을 뒤덮은 채 말라가는 토사물들. 언제 날아 들어왔는지 토사물 사이를 어지럽게 날아다니는 초파리 떼까지. 시큼한 음식물 썩는 냄새 때문에 얼굴이 저절로 찌푸려졌다.

모든 것이 어제와 같았다.

다만 딱 한 가지가 달랐다.

가장 중요한 한 가지.

이 아수라장의 한 가운데 있어야 할 아내의 시신이 감쪽같이 사라져 있었다.

잠깐. 침착. 침착하자.

나는 냉정하게 다시 생각했다. 숨이 끊어진 아내를 분명 두 눈으로 똑똑히 봤다.

열쇠 업자를 불러 문을 뜯고 들어가 함께 시체를 발견하고 신고하려던 계획은 틀어져 버렸다. 이미 경찰이 아내의 죽음을 알고 있는 만큼. 아내의 시신은 병원으로 실려 갔을 것이다. 지금쯤 부검을 기다리고 있으려나. 그렇게 생각하니 거실 상황이 단번에 이해됐다. 다만 한 가지 의문점이 남았다.

사람이 죽었는데 이렇게 조용할 수 있을까? TV에서는 꽤 많은 사람들이 나와 조사를 하던데. 그리고 아내가 죽었는데 왜 내게 연락하지 않은 걸까.

예상치 못한 상황이 의문을 증폭시켰다.

혹시 연락하지 못한 것일까. 그렇다면 아직 소파 밑 아내의 휴대폰을 찾지 못한 것이리라. 아내의 시신을 발견한 지 얼마 안 됐을지도 모른다. 재빨리 거실을 훑어보니 토사물 위로 내 것이 아닌 신발 자국이 찍혀있는 것도 같았다.

나는 동요를 숨긴 채 당황한 얼굴로 형사에게 물었다.

"이, 이게 다 뭐죠?"

형사는 침착하게 말했다.

"아내분이 평소 심각한 땅콩 알레르기가 있다는 건 남편분도 알고 계셨나요?"

형사는 곧바로 공격을 시작했다.

이제 시작인가. "네, 아내에게 들어서 알고 있습니다."

"아내 분은 땅콩이 들어있는 주스를 마신 것 같습니다."

"뭐, 뭐라고요? 그럴 수가......" 크게 충격을 받은 척 했지만 형사의 눈빛은 냉랭했다. 차라리 형사가 묻기 전에 먼저 얘기를 꺼내는 게 나을 것 같았다. "제가 마시려고 만든 땅콩 선식 주스를 마신 것 같습니다. 그런데 이해가 안 돼요. 전 아내에게 제가 마실 주스에는 땅콩을 섞었다고 분명히 얘기했거든요. 혼동하지 말라고 제 주스에는 땅콩이라고 크게 표기도 해두었습니다. 그런데... 대체 왜 그런 실수를. 흐흑."

연기고 나발이고 절박한 심정 때문인지 나도 모르게 눈물이 차올랐다. 꽤 적절한 타이밍이라 나조차도 놀라웠다.

"그 주스 제가 볼 수 있을까요?"

형사가 말했다.

"네, 네. 이쪽으로 오세요."

나는 서둘러 형사를 부엌 냉장고로 안내했다.

"여기 홈바에 있습니다."

형사는 주머니에서 라텍스 장갑을 꺼내 끼고 냉장고 홈바를 열었다. 홈바 안에는 1.5L ABC 주스 두 통이 나란히 있었다.

"아. 이거군요."

주스 통을 꺼낼 필요도 없었다. 홈바 정면으로 크게 땅콩이라 적힌 스티커가 붙은 주스가 확실하게 보였다. 심지어 ABC 주스의 브랜드도 서로 달랐다.

"ABC 주스가 건강에는 좋다는데 맛은 썩 좋지 않더군요. 아무래도 땅콩 선식을 섞으면 고소한 맛도 살고 좀 더 건강에 좋지 않을까 싶어 아내에게 미리 양해를 구하고 섞었습니다. 아내도 잘 알고 있었고 지금껏 헷갈린 적도 없었어요." 나는 눈가의 눈물을 훔치며 말했다. "설마 주스를 착각해서 마실 줄이야……." 잠시 형사의 얼굴을 흘깃 본 뒤 준비했던 말을 이었다. "혹시 일부러 마신 건 아니겠죠? 요즘 들어 아내는 굉장히 우울해했습니다. 이런 말씀 드리긴 그렇지만 아이를 가지려고 오래도록 노력했는데 잘 되지가 않았어요. 그 때문에 아내가 굉장히 상심했었습니다. 제가 보기에도 너무 안쓰러웠어요."

"두 주스 통 모두 아내 분과 남편 분의 지문이 묻어 있더군요."

내 말을 듣기는 했는지 형사는 전혀 다른 말을 지껄였다.

역시. 주스 통은 이미 조사를 마쳤다. 지문 감식까지 해 놓고 이런저런 질문으로 내 반응을 살피려는 수작인가. 하지만 상관없다.

홈바 손잡이에는 아내와 나의 지문이 찍혔을 것이다. 공용으로 사용하는 곳이니까 말이다. 하지만 주스 컵과 쟁반은 얘기가 다르다. 범행을 시도하기 전 미리 손가락에 투명 테이프를 붙였다. 컵이나 컵을 받쳤던 쟁반에 내 지문이 남아 있을 리 없다. 형사는 아내의 지문만 묻어 있는 컵은 의도적으로 이야기하지 않았다. 아직 나를 의심하고 있는 것이다.

형사의 개수작에 놀아나서는 안 된다. 정신 바짝 차리자.

"혹시 군대는 특전사를 나오셨나요?"

"아 네. 맞습니다."

유난히 경직된 표정으로 이야기한 탓인지 형사는 멋쩍은 미소를 지으며 말했다.

"끼고 계신 반지를 보고 알았습니다. 특전사 반지 맞죠? 제 동기도 특전사 출신인데 주말에는 서바이벌 캠핑을 다녀오곤 하더군요. 특전사 훈련에서 배웠던 생존 기술을 산속에서 유용하게 써먹는다던데. 김민철 씨도 그렇죠? 여기 등산 사진들이 특히 많던데요."

형사는 TV 옆에 놓인 사진액자들을 보며 말했다.

무슨 의도인지는 모르겠으나 관심 분야를 이야기하니 다소 긴장이 누그러졌다.

"맞습니다. 훈련 때는 마냥 죽을 것 같았는데 그래도 제대하고 나니 산악 캠핑에서 아주 유용하게 써먹더군요. 특히 자연 지물을 최대로 이용해야 하는 서바이벌 캠핑에서는 많은 도움이 됐습니다."

내 대답에 형사가 눈빛을 빛내며 물었다.

"물론 고층에서 뛰어내리는 레펠 훈련도 소화했겠군요."

"그, 그렇죠. 맞습니다."

대답하는 동안 등 쪽으로 식은땀이 흘러내렸다. 이걸 물어보기 위해서였나. 형사는 경찰 신분증을 꺼냈던 품 안에서 수첩을 꺼내 들고 말했다.

"어제 하셨던 일을 자세히 말씀해 주십시오. 캠핑 외에 집 밖을 나간 적은 없습니까?"

"제 알리바이를 물으시는 건가요? 지금 절 의심하는 겁니까? 형사님도 저와 함께 보셨으니 아시겠군요. 전 산에서 방금 돌아왔습니다. 아내는 제가 집을 비우면 혼자 있기 무섭다며 디지털 도어로크로도 모자라 안전 걸쇠까지 걸어 놓습니다. 보시다시피 창문도 모두 닫혀 있어요. 이 창문은 닫히는 즉시 자동으로 잠기는 창문입니다. 결국 집은 밖에서는 그 누구도 침입할 수 없는 밀실 상태였다는 말입니다."

나의 반격에 형사는 손사래를 치며 말했다.

"아아. 부디 오해는 없으시길 바랍니다. 저희는 의례적으로 관계된 모든 사람들의 행적을 조사해야 하니까요."

나는 생각을 떠올리듯 눈동자를 위로 올리고 답했다.

"어젠 캠핑을 위해 12시 30분쯤 집을 나섰습니다. 그전에는 집에만 있었어요. 제가 집을 나갈 당시 아내는 요가 중이었습니다. 근래 아내가 시작한 운동입니다. 아무래도 아내는 비만 때문에 임신이 안 되는 거라 생각했나 봅니다. 전 집을 나선 뒤에 바로 태조산으로 출발했고 잘 아시겠지만 방금 전에 돌아왔습니다. 분명히 말씀드리지만 제가 집을 나갈 때만 해도 아내는 아무런 이상 없이 요가를 하고 있었습니다."

나는 최대한 말을 아꼈다. 불필요한 말을 해서 굳이 의심을 살 필요는 없었다. 연습했던 말 그대로 대답했다. 형사는 수첩을 넘기며 심각한 표정을 지었다. 그런 형사를 보고 있자니 불안감이 밀려왔다. 당장이라도 형사의 손에서 수첩을 낚아채 내용을 확인하고 싶었다.

나는 형사 모르게 주먹을 꽉 움켜쥐었다. 주먹 쥔 손안의 손톱이 손바닥을 파고들자 정신이 번쩍 들었다.

휘둘리지 말자. 대화 사이의 의도적인 공백도 형사의 심리 전술일 것이다. 나는 형사의 페이스에 말려들지 않으려 노력했다.

한참 동안 수첩을 뒤적이던 형사가 마침내 고개를 들었다.

"네. 그렇군요. 4층과 1층 공동현관에 설치된 CCTV에도 김민철 씨 말씀대로 12시 30분경 엘리베이터를 타고 가시는 모습이 찍혀 있었습니다." 형사는 잠시 말을 끊고 천천히 창가 쪽으로 다가가 맞은편 2층 주택 옥상을 바라봤다. "그런데 집 안의 창문은 항상 이렇게 닫은 채로 있나요?" 형사가 거실 창문을 스르르 열며 물었다.

"저희 빌라 옆으로 도로가 인접해서인지 자동차 소음이 들어옵니다. 아내는 청각이 예민해서 그런 걸 참지 못하거든요."

"말씀하신대로 창문은 닫으면 자동으로 잠기는 오토락 형식이군요. 작은 방 창도 거실과 같은 방식이죠?"

나는 질문의 의도를 머릿속으로 고심하며 조심스레 답했다.

"네. 그렇습니다."

"작은 방에도 침대가 있던데요. 두 분 외에 다른 분도 함께 거주하셨나요?"

"아, 그건 아니고 그냥 손님이 올 때를 대비해서 만든 손님 방입니다."

손님방은 무슨. 사실은 아내와의 동침이 싫어 작은 방에 침대를 놓고 그곳으로 거처를 옮긴지 꽤 됐다.

"태조산에는 몇 시쯤 도착하셨나요?"

나는 머뭇거리며 기억을 떠올리는 척했다.

"아마 1시 35분쯤이었던 것 같아요. 주차장에 도착해 차에 있는 시계를 봤습니다. 등산로 입구 주차장에 도착해서 등산 동호회 SNS에 사진을 올린 것도 그 시간쯤 될 겁니다."

"아. 태조산 좋죠. 저도 가끔 주말에 등산을 다녀오는 곳이기도 합니다."

"네. 많은 사람들이 찾는 명산이죠. 그런데 저기 제 아내는 어떻게……."

형사가 내 말이 채 끝나기도 전에 끼어들었다.

"그런데 말이죠. 조금 이상한 점이 있어서 말입니다."

형사의 눈이 날카롭게 빛났다.

"뭐가 이상하다는 말인가요?"

생각보다 목소리가 크게 나와 버렸다. 나는 이마의 땀을 소매로 닦아내고 형사의 말을 기다렸다.

"아내 분의 토사물에서 씨앗이 나왔습니다."

"네, 네?"

씨앗이라고? 당체 무슨 소리인가.

"쇠무릎이라고 들어 보셨나요?"

그런 걸 알고 있을 리가 없다. 아니, 생전 처음 들어 보는 것 같았다. 그보다 그게 어쨌다는 말인가. 갑자기 불안감이 몰려왔다.

"아뇨. 전혀요. 그게 뭐죠?"

"아 모르시는군요. 쇠무릎은 비름과의 여러해살이 풀입니다. 그냥 길가에 흔하게 볼 수 있는 식물이죠. 뭐 약용으로 먹기도 한다고 합니다만. 겨울이 지나 봄이 오는 3~4월에 번식을 하는데 다소 습기가 있는 곳에서 자라는 풀이죠."

"그, 그런데 그 씨앗이 왜 아내의 토사물에서 나오죠?"

"저도 그게 궁금합니다. 씨앗 자체는 민들레처럼 바람에 날리는 씨앗이 아니고 동물의 털이나 사람의 옷가지에 붙어서 퍼지는 씨거든요. 도깨비풀 씨앗 아시죠? 끝이 바늘처럼 날카로운 씨앗이요. 그것과 같다고 생각하시면 될 겁니다."

이런 젠장....

얼굴로 피가 쏠렸다. 귓속에서 비상 사이렌이 울려 퍼졌다.

내 반응을 확인한 형사가 이어서 말했다.

"더군다나 도심지에 속해 있는 이 빌라 근방에는 쇠무릎뿐만 아니라 흔한 잡초 하나도 없더군요." 형사는 나를 한번 훑어 본 뒤 말을 이었다. "단 한 곳을 빼고 말이죠."

형사가 나를 향해 검지를 펴들었다.

귓속에서 들리는 사이렌 소리가 점점 커졌다. 갑자기 현기증이 밀려왔지만 다리에 힘을 주어 간신히 버텨 냈다.

"그럴 리가요. 주변에 풀이 자랄 만한 흙바닥 자체가 없을 텐데요."

"네 흙바닥은 없어요. 다만 벽돌은 있더군요. 이 빌라 외장재가 벽돌로 되어 있죠. 그런데 쇠무릎 몇 가닥이 빌라 뒤편 벽돌 사이에 뿌리를 내리고 있더군요. 김민철 씨는 집 밖으로 나간 뒤 다시 돌아온 적이 없고, 아내 분 역시 집 안에 있다가 봉변을 당했습니다. 그렇다면 토사물에 있는 쇠무릎 씨앗은 대체 어떻게 된 걸까요?"

"그, 그러게요. 저도 정말 모르겠군요. 제가 없는 사이 집에 들어온 사람의 발에 묻어있던 것 아닐까요? 아내를 싣고 간 구급대원 같은..."

"그래서 조사했는데, 구급대원의 신발은 깨끗했습니다. 긴급출동도 김민철 씨 댁이 처음이었고요."

나는 재빨리 다른 의견을 제시했다.

"열린 창문으로 바람을 타고 들어왔을 수도 있잖습니까?"

"창문은 닫고 사신다고 하지 않으셨나요?"

나는 쓴웃음을 지으며 재빨리 대답했다.

"하하. 뭔가 오해하셨군요. 계속 닫고 사는 건 아닙니다. 가끔 환기를 위해 열어 두기도 한답니다."

형사는 심각한 표정을 풀지 않고 반론했다.

"때마침 환기를 위해 창문을 열었을 때, 또 때마침 엄청난 강풍이 불어 들어왔을 수도 있습니다. 하지만 확인 결과 김민철 씨가 나간 12시 30분부터 저희가 아내 분을 발견한 시간까지 이 영성동에서 강풍이 분 적은 없었음을 확인했습니다. 제 말을 못 믿으시겠다면 천안시 기상청 자료를 보여 드리죠."

입이 바짝바짝 타들어 갔다. 그렇게 주의를 기울였건만 그런 게 묻었을 줄이야.

"아, 아닙니다. 못 믿는다는 게 아니고요. 아무리 생각해도 이해가 안 돼서 말이죠."

집안이 그렇게 더운 게 아닌데도 얼굴로 땀이 비 오듯 흘렀다. 흘러내리는 땀을 형사에게 보이는 게 영 마음에 걸렸다. 이야기가 점점 불리한 방향으로 흘러가는 것 같았다. 이 위기를 타개할 방법을 모색해야 했지만 딱히 떠오르는 게 없었다. 머릿속이 뒤죽박죽 복잡하기만 했다. 허둥대는 나를 냉정하게 바라보던 형사가 다시 입을 열었다.

"김민철 씨. 이제 진실을 이야기해 주시죠."

우물쭈물하는 내게 갑자기 형사가 넌지시 다그쳤다.

"네, 네?"

"쇠무릎 씨앗은 거실에서만 발견된 게 아닙니다. 바로 작은 방 창문틀에서도 발견됐습니다."

"!!!!"

순간 가슴이 철렁 내려앉았다. 한동안 다음 말이 생각나지 않았다.

형사는 말을 이어갔다.

"정 그렇다면 제가 어제 김민철 씨의 진짜 행적을 말씀드릴까요." 형사는 잠시 틈을 두고 말을 이어 나갔다. "김민철 씨는 12시 30분경 집을 나섰습니다. 1층 주차장에서 차를 몰아 빌라 건물을 끼고 뒤편으로 향했습니다. CCTV가 없는 건물 뒤편에 차를 세우고 내린 김민철 씨는 담을 타고 넘었습니다. 그곳에서 김민철 씨는 등산화를 벗고 양말바람으로 사전에 작은 방 침대 난간에 걸어 창밖으로 내려놓은 로프를 잡고 4층 작은 방으로 올라갑니다. 평소 등산이나 캠핑을 즐기는 김민철 씨는 산악용 로프도 종류별로 구비하셨겠죠. 빌라는 언덕을 깎아 1층으로 만든 필로티 구조입니다. 김민철 씨 댁은 4층이지만 건물 뒤편인 작은 방은 실질적으로 3층입니다." 형사는 성큼 발을 옮겨 다시 거실 창 앞으로 갔다. "거실 창문에서 맞은편 2층 주택의 옥상이 훤히 보이는 게 그 이유인 거죠. 맞은편 빌라는 언덕 위에 지어졌으니까요." 형사는 다시 내 쪽으로 몸을 돌렸다. "특전사 출신인 김민철 씨로서는 3층 높이 건물을 로프를 잡고 오르는 건 간단하셨을 테죠. 물론 내려오는 것도 마찬가지고요."

나도 모르게 침을 꿀꺽 삼켰다. 형사는 엄지와 검지를 가볍게 턱에 대고 말을 이었다.

"빌라를 나서기 전 김민철 씨는 작은방 침대 난간에 로프를 걸어 창문 밖으로 내려놓았습니다. 그 로프로 범행을 마친 뒤에는 걸어 두었던 로프 한쪽 끝을 잡아당겨 창문 밖으로 빼내 로프를 회수했죠. 범행에 사용하셨던 로프는 김민철 씨의 배낭에 들어있는 바로 그 로프겠군요."

나는 서둘러 반박했다.

"형사님 말대로라면 제가 빠져나간 작은 방 창문은 여전히 열려 있어야 하지 않습니까."

"지상에서 3층 높이의 창문을 닫기는 힘들겠죠. 거실에 비해 작은방 창은 크기가 작긴 하지만 오토록이 되는 이중샤시 창은 꽤나 무거우니까요."

"그렇죠. 형사님의 추리는 말이 안 되는 겁니다."

형사는 얄밉게도 검지를 세워 좌우로 까딱거렸다.

"하지만. 불가능한 건 아닙니다."

"네... 네?" 나는 숨을 삼키며 되물었다.

형사는 거실 통창으로 시선을 돌리며 말했다.

"3층 높이라면 어렵다는 말이죠. 만약 저 2층 주택의 옥상에서라면 어떨까요? 맞은편 옥상에서 작은방 창문까지의 거리는 불과 3~4미터 정도밖에 되지 않을 것 같은데요. 2층에서 옥상까지 외부로 계단이 나 있는 저 구옥이라면 CCTV는커녕 출입도 자유로웠겠군요."

제기랄.... 입 밖으로 튀어나오려는 욕설을 가까스로 참았다. 하지만 얼굴에 드러난 당황한 기색은 미처 감추지 못했으리라.

형사는 조소하듯 가벼운 미소를 머금고 말을 이었다.

"저 옥상에서 미리 준비해 둔 접이식 막대를 꺼내 창틀을 밀어 닫으면 그만인 겁니다. 아. 접이식 막대도 지금 멘 배낭 안에 있을까요? 어쨌든 김민철 씨는 그렇게 빌라 4층과 정문에 설치된 CCTV로 알리바이를 입증하고 다시 댁에 침입한 겁니다. 이를 뒷받침하는 증거가 거실과 작은방 창문 틈에서 발견된 쇠무릎 씨앗이 되겠군요."

"무, 무슨 말씀을 하시는 겁니까? 전 전혀 모르는 일입니다. 어디서든 묻어올 수 있는 씨앗 하나로 저를 범죄자로 모는 건 억측 아닙니까?"

흥분한 탓에 반박하는 나의 목소리가 커졌다. 하지만 형사는 차분했다.

"작은 방으로 들어온 김민철 씨는 샤워를 마치고 나온 아내 분에게 땅콩이 든 주스를 건넸습니다. 아내 분은 그 어떤 의심도 없이 김민철 씨가 건넨 주스를 마시고 죽음의 고통을 느껴야 했죠. 그런 고통에 허덕이는 아내 분을 당신은 매정하게 그대로 버려두고 떠난 겁니다!"

형사의 말을 듣다 보니 슬슬 화가 치밀었다.

형사는 내 행적들을 놀라우리만치 간파하고 있었지만 결국 증거라고는 그놈의 잡초 씨앗 하나뿐이다. 바꿔 말해 나를 범인으로 몰아넣을 결정적인 증거는 없는 것이 아닌가. 형사의 심리 전술에 말려들어선 안 된다. 좀 더 강하게 밀어 붙여야 겠다고 마음먹었다.

"아니 제 말 좀 들어 보십시오. 전 그저 캠핑을 다녀온 것뿐 입니다. 지금 형사님의 말씀은 모두 정황증거예요. 결정적인 증거를 제시해 보세요. 지금 제 앞에 그 증거를 내놓으란 말입 니다."

형사와 나의 눈빛이 허공에서 맞부딪쳤다. 잠시 후 형사가 굳은 인상을 펴고 기분 나쁘게 웃음 지었다.

"아. 증거요. 증거를 원하시는군요. 순순히 자백하고 죄를 뉘우칠 생각은 없다는 걸로 이해해도 되겠습니까?"

나는 참다못해 버럭 소리를 질렀다.

"자꾸 비꼬지 마십시오! 전 억울합니다."

형사는 비릿한 웃음을 띤 채 안주머니에서 휴대폰을 꺼내들 었다. 손가락으로 화면을 터치한 뒤 휴대폰을 자신의 귀에 가 져갔다.

나는 갑작스러운 형사의 행동에 조마조마해졌다. 저 자신만 만한 표정이 마음에 걸렸다. 갑자기 어디로 전화를 거는 건가.

이윽고 상대방의 목소리가 휴대폰 너머 내게까지 들려왔다.

"네. 네. 준비되셨나요? 네 알겠습니다." 내 마음은 안중에도 없이 형사가 갑자기 나를 향해 전화기 화면을 들이댔다. "김민철 씨! 자 여기를 보십시오."

'헉'하고 나도 모르게 숨을 삼켰다.

휴대폰 영상통화의 상대를 확인하는 순간 다리에 힘이 풀려 바닥에 주저앉고 말았다.

화면 안에는 전혀 예상치 못한 사람이 있었다.

얼굴이 퉁퉁 부어 다른 사람 같았지만 나는 한눈에 알아볼 수 있었다.

한때는 열렬히 사랑했고 어머니를 제외하고 가장 오랜 시간 함께 있었던 여자였으니까.

도저히 믿을 수가 없었다. 대체 어떻게 된 일인가.

형사가 휴대폰 너머 아내에게 물었다.

"여기 있는 이분이 이세아 님께 땅콩 주스를 건넨 김민철 씨가 맞습니까?"

이어서 한 여인의 날카로운 절규가 휴대폰 스피커 밖으로 터져 나왔다.

"네. 저 사람이! 저 사람이 절 죽이려고 했어요! 꺄아아아아아아아악!"

고막을 찢을 듯한 아내의 비명이 거실에 울려 퍼졌다.

하. 시발. 망했다.

내가 더 이상 거짓 진술을 이어갈 명분이 사라져 버렸다.

나의 범행을 증명할 가장 명백하고 확실한 증거가 바로 내 눈앞에 살아 있었다.

×××

"사, 사랑해. 나와 결혼해줘!"

사실 변변치 않은 남자였다.

그냥 다른 사람보다 말이 좀 더 통하는 술친구였는데.

그런데 어쩌다 이렇게 된 걸까.

언제부터 잘못된 걸까.

모르겠다. 이렇게 되려고 만난 건 아니었는데.....

"어?"

머리를 말리며 거실로 나온 난 깜짝 놀랐다. 나간 줄 알았던 남편이 서 있었다. 그것도 ABC 주스를 쟁반에 받쳐 들고서.

뭐지? 이 남자가 미쳤나.

남편의 이마에 흐르는 땀을 보니 급히 돌아온 듯했다.

"아. 캠핑 나이프를 빠트려서 다시 왔어."

"아무 소리도 안 들렸는데."

"당신이 샤워하느라 못 들었겠지. 그보다 이거."

남편이 주스 쟁반을 내밀었다.

오늘은 해가 서쪽에서 떴나. 갑자기 무슨.

내가 운동 후에 ABC 주스를 먹는다는 걸 어떻게 알았담. 뭐 아무럼 어떠랴. 결혼하고 몇 년 만의 관심 아닌가. 남편의 돌발 행동에 내심 기분이 좋아졌다. 나는 이런 주스 한잔에도 감동반을 정도로 정이 고팠었나. 살짝 코끝이 찡해졌다.

고마워.

마음속으로 그렇게 말하고 이슬이 맺힌 컵을 들어 시원한 주스를 삼켰다. 차가운 주스가 시원하게 몸속을 적셨다.

한 모금, 두 모금, 세 모금을 넘기던 찰나.

갑작스레 가슴을 덮치는 고통이 엄습했다. 컵을 쥔 손에서 힘이 빠져나갔다. 힘없이 떨어진 컵에서 흐른 주스가 거실 바닥을 어지럽혔다. 갑자기 손발에 마비가 왔다. 목구멍의 근육들이 솟구쳐 막히는 것 같았다. 실제로 숨을 쉬기가 어려웠다.

뭔가 잘못됐다.

어릴 적 경험했던 죽음의 기억이 떠올랐다.

땅....땅콩.

생각이 거기에 미치자 앞에 선 남편이 다르게 보였다. 나를 바라보는 남편의 입 꼬리가 올라가 있었다.

남편이. 남편이 나를.

도저히 믿을 수 없었다. 내가 아무리 싫더라도 어떻게 이런 짓을 할 수가 있을까.

다리에 힘이 풀려 바닥에 무릎을 꿇었다.

"우욱."

뱃속에서 지독한 구토감이 치밀었다.

"우웨에에에에에엑!"

붉은 토사물이 바닥을 적셨다.

괴롭다. 너무나 고통스럽다. 머릿속이 마비되어 아무 생각도 할 수 없었다.

죽여 줘. 차라리 날 죽여 줘.

쏟아 놓은 토사물을 훑으며 남편을 찾았지만 이미 남편의 모습은 온데간데 없었다. 숨이 막히고 몸에서는 점점 힘이 빠져나갔다. 더 이상 쏟아 낼 것이 없는지 기괴한 신음이 새어 나왔다.

"크으으윽. 컥. 크으윽."

이렇게 죽는구나. 극심한 고통에 눈물조차 나지 않았다. 맞닿은 죽음의 순간에 덜컥 겁이 났다.

"커으으윽. 카아아아이!"

눈앞이 컴컴해지고 정신이 희미해질 때 즈음.

"띠리링."

어디선가 낯익은 전자음이 들렸다.

희미해지던 정신이 번쩍 들었다.

꺼져 가던 희망의 불빛이 반짝였다.

나는 마지막 힘을 쥐어 짜 내 인공지능 스피커를 향해 소리쳤다.

"사.......살.... 살려줘...."

영원 같던 찰나의 정적이 흐르고.

마침내 애타게 기다리던 목소리가 들렸다.

"긴급출동 요청을 완료했습니다. 띠리링."

바닥과 맞댄 얼굴이 떨리는 울림에 눈이 뜨였다. 잠시 정신을 잃었었나. 대체 얼마나 지난 걸까.

"정신 차리세요. 들것. 어서 들것 가져와!"

바닥에 맞닿은 나의 눈에 다급하게 달려오는 119 구급대원의 구둣발이 흐릿하게 보였다.

살았다.

온몸으로 퍼지는 안도감에 나는 다시 눈을 감았다.

3

×

보이지 않는 살의

매일 같은 불면의 밤을 지나 실로 오랜만에 잠들었던 은기는 이른 아침부터 울려 대는 초인종 소리에 짜증이 밀려왔다.

"으으. 꼭두새벽부터 누구야!"

딩동. 딩동. 딩동.

집요하게 울리는 소리에 체념한 은기는 무거운 몸을 일으켜 현관으로 향했다.

"나가요. 나가!"

현관문을 열자 낯선 남성 두 명이 문 앞에서 은기를 기다리고 있었다.

"누, 누구시죠?"

여리여리한 체구와 달리 검정 가죽 재킷을 입은 중년 남자의 날카로운 눈빛에 압도된 은기는 저도 모르게 말을 더듬었다.

"홍은기 씨죠?"

다짜고짜 은기의 이름을 묻는 남자. 은기는 아무 말도 못한 채 꿀 먹은 벙어리마냥 고개만 끄덕였다. 뒤이어 가죽 재킷 남자 옆에 서 있던 카키색 바람막이를 입은 남자가 가슴팍에서 무언가를 꺼내 은기의 얼굴 앞에 들이밀었다.

은기는 한참 만에 바람막이 남자가 손에 들고 있는 것이 경찰 신분증이란 것을 알아챘다.

"무, 무슨 일이신데 절 찾아오셨는지...."

은기의 말이 채 끝나기도 전에 가죽재킷 남자는 은기의 팔을 잡아챘다. 바람막이 남자는 이 상황이 익숙한 듯 개의치 않고 말했다.

"홍은기 씨. 당신을 박무직 씨 살해혐의로 긴급 체포합니다."

바람막이 남자의 말이 이해되기까지 한참의 시간이 걸렸다.

살해라니. 무슨 살해? 아직 꿈속인 건가.

"네?! 살인죄요? 뭔가 잘못 알고 계신 것 같은데요? 제가 살인이라뇨?"

순간 당황한 은기의 손목에 차디찬 수갑이 채워졌다.

가죽 재킷의 남자가 읊어 대는 미란다 원칙이 은기의 귀에 한 마디도 들어오지 않았다.

×××

홍은기.

두 아이의 아빠이자 남편인 은기는 이제 막 마흔에 접어든 중년의 가장이다.

이십대부터 장르문학 읽기를 선호하던 은기는 어떤 책이던 책을 읽고 꼭 그 기록을 남기겠다고 마음먹었다. 그 뒤로 책을 읽고 블로그에 서평을 올린 지 16년. 천 권 이상의 장르도서 서평을 올린 은기는 어느새 유명 인플루언서가 되어 있었다. 추리와 SF 도서들을 닥치는 대로 섭렵하던 은기는 어느 날 문득 생각했다. 타인의 이야기를 읽는 것에 그치지 말고 무언가 써보자고. 그런 은기는 머릿속에 떠오르는 대로 이야기를 기록하기 시작했다. 은기 자신의 이야기를 말이다.

창작의 길은 멀고도 험했다.

처음에는 당연히 수많은 시행착오와 좌절에 빠졌다. 너무나 어설픈 문장과 구조에 비탄과 탄식에 잠기기도 했다.

그런 은기에게 운명처럼 흔치 않은 기회가 찾아왔다.

우연히 북바다라는 출판사에서 공포 앤솔러지 출간을 위해 참여 작가를 모집한다는 소식을 접한 것이다. 호러 미스터리 작가를 꿈꾸던 은기에겐 절호의 기회였다. 비록 무명이지만 모골이 송연해지는 작품으로 앤솔러지에 참여해 자신의 이름을 대중에게 각인시킬 기회라 생각했다. 앤솔러지의 제목은 〈호러 미스터리 컬렉션〉이라 했다.

은기는 다짐했다. 이번에야말로 사람들의 마음속에 각인될 강렬한 이야기를 만들어 보겠다고.

하지만 모니터 앞에서 한글 프로그램을 띄우고 한참을 앉아 있어도 만족할 만한 이야기는 나오지 않았다. 아니 첫 문장조차 완성하지 못했다. 야속한 시간은 속절없이 흘렀다. 어느새 명시된 원고 마감일이 다가왔다. 그사이 은기의 스트레스는 하늘을 찌를 듯 치솟아 있었다. 만족할 만한 성과를 내지 못하는 압박감에 예민해진 은기는 두 아이와 아내에게까지 짜증을 내기 일쑤였다.

조바심에 고심하던 은기는 글 쓰는 방법을 바꿔 보기로 했다.

평소 책을 읽으며 떠오르는 공상을 작품의 소재로 이용해 보기로 한 것이다.

은기는 추리 소설을 읽을 때는 추리에 대한 상상들이, SF를 읽을 때는 SF에 대한 상상들이 머릿속에 가득 차올랐다. 읽던 책과 관련된 상상이 아니다. 쉽게 말해 책의 내용과는 전혀 관계없이 저 혼자 상상의 나래를 펼쳤던 것이다. 쉽게 말해 그저 공상에 불과했다. 하지만 독서중의 공상은 때론 예상치 못한 아이디어를 가져다주기도 했다.

"그래. 해 보자." 책상에서 자리를 박차고 일어선 은기는 서재에 꽂혀 있는 다양한 책들로 눈길을 돌렸다.

"〈전래 미스터리〉, 〈명탐정6〉, 〈요괴도시〉...."

한 권, 한 권, 꼼꼼히 책들을 둘러보던 은기의 눈에 칠흑 같은 검정색 장정의 책 한 권이 눈에 띄었다.

"뭐지? 이런 책도 있었나?"

신간, 구간 가리지 않고 전국 헌책방을 돌며 닥치는 대로 책을 수집한 은기였다. 자신이 직접 수집한 책은 모두 알고 있다 자신했다. 하지만 그런 은기가 난생 처음 보는 책을 구석진 책장 한편에서 발견한 것이다.

"책값을 맞추려고 추가했던 책인가?"

일부 온라인 헌책방은 일정 금액 이상이 되어야 배송하는 최저 구매 금액이 책정되어 있었다. 은기도 종종 원하는 책을 구매하기 위해 불필요한 책을 추가하기도 했다. 하지만 이렇게 전혀 기억에 없는 책이 있다니. 의아했다.

"아무럼 어때." 은기는 대수롭지 않게 책장에서 검은 장정의 책을 꺼내들었다. 책은 온통 검은색이었다. 오직 표지의 제목만이 피처럼 진한 붉은 색이었다.

"목 잘린 짐승의 성난 포효?"

십 년 넘게 장르도서를 읽어 왔지만 한 번도 들어 본 적 없는 제목이었다. 책의 앞뒤를 살펴봤지만 저자나 출판사 명은 어디에도 없었다. ISBN도 없는 것으로 보아 개인이 직접 출간한 독립출판물인 듯 했다.

책을 살피면 살필수록 영문을 모를 노릇이었다.

하지만 책이 풍기는 독특한 분위기가 은기를 단숨에 사로잡았다.

끝을 알 수 없는 어둠 속에서 빛나는 핏빛.

호기심을 자극하는 강렬한 제목.

은기는 홀린 듯 책 표지를 넘겼다. 곧바로 내지 한가운데 쓰여 있는 단 한 줄에 시선이 꽂혔다.

'이 책은 실화를 바탕으로 쓰였음을 언급한다.'

책은 실로 정식적인 루트로 출간할 수 없을 만큼 잔인하고 그로테스크한 묘사가 넘쳐났다. 전체적인 스토리는 '스티븐 킹'의 걸작 스릴러 〈샤이닝〉을 떠올리게 했다. 평범했던 가장이 갑자기 사랑하는 가족들을 살해하는 내용이었다. 다만 신체를 해체하는 장면이 너무나 상세하고 엽기적으로 묘사되어 구역질이 치밀어 올랐다.

"이게 실화라고?"

도저히 믿을 수가 없었다. 책을 붙들고 있는 손가락이 가늘게 떨렸다. 겨드랑이로 식은땀이 흘러 내렸다. 잔인하게 가족을 도륙하는 장면들이 머릿속에 그려졌다. 더러워진 기분에 당장이라도 책을 집어던지고 싶었지만 은기는 뭔가에 홀린 듯 책에서 손을 뗄 수가 없었다. 책에 못 박힌 시선을 도저히 돌릴 수가 없었다.

그 순간. 은기의 머릿속에서 공상. 아니, 영감이 떠오르기 시작했다.

"좋았어!"

영감은 이미지화되어 은기의 머릿속에 파노라마처럼 펼쳐졌다.

한동안의 공상이 끝나자 은기는 다시 컴퓨터 책상에 자리를 잡았다.

-타탁. 타탁. 타타탁.

키보드를 두드리는 소리가 경쾌하게 이어졌다.

불현듯 떠오른 이미지였으나 어느새 이미지는 문장이 되었고 하나의 완결성을 띤 이야기로 탈바꿈됐다. 두 시간의 집필이 끝났다. 뭔가에 홀린 듯 키보드를 두드린 은기의 눈앞에 열두 페이지 분량의 공포 단편이 완성돼 있었다.

자신이 수집한 고서에 깃든 악령에 빙의된 가장이 잔인하게 가족을 살해하는 내용이었다. 은기는 자신의 작품에 《쓰쿠모가미》라는 제목을 붙였다. 오래된 물건에 악령이 깃드는 것을 의미하는 일본어였다.

은기는 퇴고를 거친 뒤 북바다 출판사에 원고를 보냈다.

"휴우. 끝났다. 벌써 시간이 이렇게 됐나?"

시간은 어느덧 자정이 넘어서 있었다.

"아구구구구." 두 시간 내내 굳어 있던 어깨를 손으로 주무르자 경직된 근육의 통증에 곡소리가 절로 났다. 문득 책상 위에 놓인 〈목 잘린 짐승의 성난 포효〉에 눈길이 갔다. 목적을 이룬 뒤라 그런지 책은 너무나 기분 나쁜 아우라를 발산했다. 이제 이 책은 더 이상 필요 없으리라. 은기는 기분 나쁜 책을 다시 책장 깊숙한 곳으로 되돌려 놓았다.

며칠 뒤.

회사에 있던 은기에게 북바다로부터 회신 메일이 날아왔다.

호러 앤솔러지 단편집에 은기의 단편 《쓰쿠모가미》기 실리게 되었다는 내용이었다. 드디어 자신의 작품이 세상에 나온다는 소식에 은기는 뛸 듯이 기뻤다. 은기는 곧바로 아내에게 톡을 보냈고, 아내 역시 내 일처럼 진심으로 기뻐했다.

그날 퇴근 후 저녁 식사 시간에 은기를 위한 가족들의 자축 파티가 마련됐다. 조촐한 케이크와 화이트 와인. 두 딸아이의 축하 노래까지. 은기의 기분은 하늘을 나는 듯했다.

가족들의 웃음소리가 끊이지 않았다.

"으으으......."

은기는 머리를 조여 오는 두통에 정신이 들었다. 정신을 차리고 주변을 살펴보니 안방 침대였다.

내가 언제 정신을 잃었었나? 분명 부엌 식탁에서 파티 중이었는데....

벽에 걸린 시계의 시침이 새벽 두 시를 지나고 있었다. 눈앞이 핑핑 돌고 어지러운 걸 보니 아무래도 과음 때문인 듯했다. 기분에 취해 한잔, 두잔 연거푸 마신 와인에 필름이 끊겼나 보다 생각했다. 하지만 평소 소주 두, 세병은 너끈히 마실 정도로 주량이 센 은기는 겨우 와인 한 병에 정신을 잃은 것이 의아했다. 어찌 됐건 이 욱신거리는 두통에서 벗어나야 했다.

"여보. 여보! 나 꿀물 한 잔만 타 줘."

"......"

"여보. 없어? 애들아. 엄마 집에 없니?"

"......"

침실 너머로 목청껏 소리를 질렀지만 집안은 쥐 죽은 듯 고요했다. 더 이상 기다릴 수 없던 은기는 무거운 몸을 일으켜 안방 문을 열었다.

"뭐, 뭐야..."

거실로 나온 은기는 숨을 삼켰다.

거실이 온통 난장판으로 어질러져 있던 것이다.

베란다에 있어야 할 화분이 왜 거실 바닥에 깨져 있는 것인지, 케이크가 담긴 접시들이 왜 거실 바닥에 널려 있는 건지 이해할 수 없었다.

충격적인 거실 상태에 아연해 있던 은기는 퍼뜩 주머니를 뒤져 휴대폰을 꺼냈다.

휴대폰 역시 전에는 없던 금이 가 있었다. 거미줄처럼 깨진 휴대폰 액정 사이로 아내가 보낸 톡이 있었다.

– 당신 미친 것 같아. 진심으로 무서워. 아이들 데리고 친정에 가 있을 거야. 찾아오지도 말고 연락도 하지 마. 떨어져 있으면서 이혼에 대해 생각하자.

이혼?! 이게 대체 무슨 말인가.

은기는 급히 아내에게 전화를 걸었다. 하지만 통화 연결음 대신 상대방 휴대폰이 꺼져있다는 안내 메시지만이 공허하게 맴돌았다. 은기는 급히 카톡 앱을 열고 문자를 전송했다.

– 이혼? 그게 대체 무슨 말이야?

역시 대답은 없었다. 은기가 보낸 메시지의 숫자 '1'은 한참이 지나도 없어지지 않았다.

우두커니 거실에선 은기는 생각을 정리했다.

축하 파티 중 갑작스러운 기억의 유실. 난장판이 된 거실. 집을 나간 아내와 아이들. 너무나 갑작스러운 상황에 은기는 혼란스러웠다. 은기가 있는 거실이, 주변이 빙글빙글 도는 것 같았다.

"으아아아아! 대체 무슨 일이 있었던 거야!"

발 디딜 틈 없이 어질러진 거실 한가운데서 은기는 머리를 움켜쥐고 고통의 비명을 질러 댔다.

영문도 모른 채 수일이 지났다.

수백 번의 시도 끝에 가까스로 아내와 전화가 연결된 은기는 그제야 그날의 진상을 들을 수 있었다. 기분 좋게 와인을 마시던 은기가 갑자기 미친 듯이 화를 내더니 집기들을 집어 던지고 아내와 아이들에게까지 손을 대려 했다는 것이었다. 그때의 은기는 여태껏 아내가 알고 있던 은기가 아니라고 했다. 마치 귀신에 쓰인 모습이었다고 했다.

- 마냥 웃던 당신이 갑자기 "씨발"이라고 외치더니 식탁 위에 음식들을 바닥으로 쓸어버렸어. 그게 시작이었어......

- 뭐, 뭐라고?!!

아내의 말은 너무나 비현실적이었다. 정말? 내가 정말 그랬다고? 그러나 아내는 진지했다. 만약 그게 사실이라면. 어렴풋이 집히는 게 있었다. 은기가 집필한 《쓰쿠모가미》의 주인공이 가족들을 헤치기 직전 뱉었던 욕설과 행동이 자신의 행동과 너무나 흡사했던 것이다. 평소 같았더라면 코웃음을 치며 넘겼을지도 모른다. 하지만 웃어넘길 상황이 아니었다.

거짓말 같은 일이 현실에서 벌어졌으니까.

너무나 꺼림칙했다. 도무지 말이 안 되지만 자신이 벌인 행동은 작품 속의 주인공 바로 그 자체였다.

거듭된 사과와 사정에도 아내는 단호했다. 별거 상태 유지를 못 박았다. 결국 별 소득 없이 전화는 끊겼다.

무심코 손등으로 이마를 훔친 은기는 깜짝 놀랐다.

'어느새 땀이 이렇게.....'

손등을 흠뻑 적실 정도로 땀이 흥건히 묻어났다. 이마뿐만이 아니었다. 겨드랑이에서 흘린 땀으로 셔츠가 축축했다. 젖은 이마에 앞머리가 달라붙었다. 몹시 불쾌했다.

전화를 끊고 곰곰이 생각해도 은기는 자신의 행동을 이해할 수가 없었다. 자신의 글이 실제로 벌어지는 저주라도 걸렸다는 말인가. 이건 영락없는 삼류 공포 영화나 다름없지 않은가.

급기야 은기는 몇 가지 실험을 해 보기로 했다.

은기는 PC에 쓴 간단한 글이 현실에서 재현되는지를 지켜봤다. 그러나 시간이 지나도 은기의 글과 같은 일은 현실에서 벌어지지 않았다. 역시 우연의 일치였을까.

"앗!" 그날의 일들을 복기하던 은기의 뇌리에 한 가지 스치는 것이 있었다.

"책! 목 잘린 짐승의 성난 포효!"

은기는 책장을 뒤져 〈목 잘린 짐승의 성난 포효〉를 꺼냈다.

이 책. 이 책 때문에 그렇다고? 설마.

허무맹랑한 생각이었다. 은기는 애써 부정하려 했지만 손에 들린 책은 어느새 전보다 더욱 어둡고 요사스러운 기운을 뿜어내고 있었다.

은기는 깊이 심호흡을 하고 천천히 표지를 넘겼다.

'이 책은 실화를 바탕으로 쓰였음을 언급한다.'

본문으로 접어들자 글자들이 춤을 추기 시작했다. '뭐지. 헛것이 보이나.' 눈을 깜빡이고 눈두덩이를 비벼도 글자들은 여전히 꿈틀거렸다. 급기야 주욱 늘어난 글자들이 은기를 향해 덮쳐왔다.

"으으....으아아아아아."

이내 은기는 책에 홀려 정신을 잃었다.

얼마나 시간이 흘렀을까.

"허억. 또, 또다."

가쁜 숨을 내쉬며 정신을 차린 은기는 다시 한 번 놀랐다. 책상 앞 모니터에는 은기가 무의식중에 집필한 작품이 떠 있었다. 《쓰쿠모가미》는 은기 자신이 직접 집필했다는 자각이라도 있었건만, 이번 작품은 그런 자각조차 없었다. 본인이 썼음에도 어떤 내용의 작품인지 전혀 떠올릴 수가 없었다.

"몰, 몰살?!"

빼곡하게 들어찬 글자들 최상단에 떠 있는 한 단어. 그 단어에 은기의 심장은 미친 듯이 요동쳤다. 떨리는 손으로 스크롤을 내리며 내용을 훑은 은기는 급기야 신경질적으로 PC 전원을 빼 버렸다.

정말 내 손으로 이 글을 썼단 말인가.

참을 수 없는 공포가 엄습했다.

은기는 너무나 두려웠다. 막아야 했다. '몰살'이 현실로 일어나게 둘 수는 없었다.

당황한 은기의 눈에 저주받은 책이 보였다.

책. 이 책이 원흉이다. 이 저주받은 책을 없애야 한다.

당장 책을 소각하리라 마음먹은 은기는 철제 쓰레기통에 책을 던져 넣고 라이터 오일을 흠뻑 뿌렸다. 오일을 머금어 번들거리는 책은 붉은 혓바닥을 연신 날름거리는 것 같은 착각을 일으켰다.

귀신 들린 책. 저주받은 책. 아니, 저주를 내리는 책...

더 이상 볼 것도 없었다. 라이터의 부싯돌을 튕기자 노란색 불꽃이 올라왔다. 은기가 불꽃을 책으로 가져가려던 찰나. 불쑥 다른 생각이 떠올랐다.

만약 책을 태워도 막을 수 없다면? 책은 매개체일 뿐. 이미 몰살의 시곗바늘이 돌고 있다면.

좀 더 확실한 방법은 없을까?

불현듯 혼란에 빠진 은기의 머릿속에 한 사람이 떠올랐다.

×××

- 여보세요.

"충식아. 나 은기."

- 그래. 글 쓴다더니 글은 잘 쓰고 있냐?

"글이고 나발이고 급히 너한테 물어볼 게 있어 전화했어. 넌 공포소설로 데뷔도 했고 오컬트 마니아에 헌책방도 운영 중이니 아무래도 네가 잘 알 것 같아서 말이야."

- 뭔데 그렇게 호들갑을 떠냐?

"농담이 아니라 나 지금 심각해. 일단 너 〈목 잘린 짐승의 성난 포효〉라는 책 들어봤어?"

- 풋! 뭔 포효? 그게 무슨 책인데 그래?

"인마! 웃을 일이 아니라니까."

은기는 공포소설가이자 헌책방을 운영 중인 동갑내기 친구 충호에게 그간의 일들을 이야기했다.

- 정말 그게 사실이란 말이냐? 지금 같은 21세기에?

"그렇다니까. 이번에 내가 쓴 《몰살》이 실현되기라도 한다면 난 정말 끝장나는 거야."

- 흠. 〈목 잘린 짐승의 성난 포효〉라는 책은 들어본 적 없다만, 아무래도 그 책이 '쓰쿠모가미' 아니냐?

"쓰, 쓰쿠모가미?"

- 그래. '쓰쿠모가미' 뜻이 오래된 물건에 영이 깃드는 거라면서. 말 그대로 책을 쓴 저자의 광기가 그 책에 깃들어 버린 거지. 그 광기 어린 원혼이 계속 피를 갈구하며 네 영혼을 잠식하는 거야. 종국에는 너도 그 책에 영혼을 빼앗겨 버리는 거 아닐까? 너나 네 가족이나 일종의 제물인 거지.

전화 너머로 들려오는 충호의 말에 은기는 머리털이 쭈뼛

서고 서늘함을 느꼈다.

'《쓰쿠모가미》가 내 의지가 아니라 책의 원혼에 홀린 상태로 썼다는 말인가.'

"그, 그러면 내가 어떻게 해야 막을 수 있을까?"

― 지금 너를 보면 일종의 빙의 상태라고 볼 수 있어. 그러니 악령을 내쫓기 위한 엑소시즘. 즉 구마의식을 받아야겠지.

"영화 '엑소시스트'같은 거 말이지?"

― 그렇지. 그런데 외국도 아닌 한국에서 신부들의 엑소시즘은 불가능할 테고 한국 전통의 구마의식을 받아야겠지.

"한국 전통?"

― 그래. 굿판. 칼춤 추는 무당 같은 거 말이야.

"무당이라..... 혹시 네가 잘 아는 용한 무당 있냐?"

― 하하핫! 나 같은 무신론자한테 무당을 묻는 거냐? 나도 잘 몰라. 인터넷에 검색해 보면 나오지 않을까?

"그, 그래. 알았어."

서둘러 전화를 끊은 은기는 곧바로 인터넷 포털에 용한 무당을 검색했다.

모니터 화면이 전환되고 웹페이지에는 수십 개의 점집이 나열됐다. 은기는 지도 뷰를 열어 검색된 목록 중 집에서 가장 가까운 점집을 찾아냈다.

"태조 무당."

태조 무당에 대해 검색해 보니 평범한 회사원이던 남성이 어느 날 갑자기 태조산의 신내림을 받고 무당이 된 케이스였다. '그래. 바로 여기다.' 은기는 책상을 박차고 일어섰다. 더 이상 지체할 시간이 없었다.

그길로 차를 몰아 태조 무당을 찾아갔다.

내비게이션의 안내대로 약 오 분 정도 차를 몰자 밀집한 주택 단지를 벗어나 언덕길이 나왔다. 점집은 언덕배기에 위치한 단독주택으로 주변 인가와는 상당히 동떨어져 있었다. 언덕길은 오솔길로 차로 오르기엔 무리가 있었다. 은기는 언덕 초입에 있는 앙상한 버드나무 옆에 차를 주차했다.

버드나무 뒤로 언덕 위의 낡은 주택 한 채가 눈에 들어왔다. 정문 쪽으로 향하는 길을 제외하고는 삼면이 벼랑 끝에 맞닿은 단층 주택이었다. 지붕 위로 깃대에 꽂힌 붉은색 깃발이 바람에 세차게 펄럭였다. 그 깃발이 우중충한 하늘과 어우러져 몹시 을씨년스러웠다.

"여긴가."

은기는 언덕길을 올라 알루미늄 재질의 샤시 방범문 앞에 다다랐다. 격자 창살을 덧댄 문에는 빛바랜 한지에 붉은 글씨로 휘갈긴 부적이 처덕처덕 붙어있었다.

은기는 심호흡을 하고 조심스레 철문을 두드렸다.

아무도 없나. 한동안 철문을 두드려도 안에서는 아무런 낌새가 없었다.

실망감에 발길을 돌리려던 찰나.

마침내 나지막한 목소리가 들려왔다.

은기는 손잡이를 잡고 천천히 문을 당겼다.

-끼이익.

신경을 거스르는 쇳소리였다. 이어서 매캐한 향내가 훅 끼쳤다. 어두컴컴한 실내에 눈이 익숙해지자 점집 내부가 들어왔다.

×××

"근심이 있구먼?"

번들거리는 머리를 올백으로 넘긴 중년의 남자는 다짜고짜은기를 향해 반말을 뱉었다.

사십대? 오십대? 정확한 나이를 가늠할 수 없었다. 그도 그럴 것이 얼굴 전체에 하얀 분칠을 하여 나이를 가늠하기 힘들었다. 색동저고리 같은 원색의 베옷을 입은 박수무당은 험악한 불상을 등지고 앉은 채 은기를 맞이했다.

은기는 신발을 벗고 마루에 올라섰다. 무당이 앉은뱅이 상앞에 놓인 두터운 방석을 향해 가볍게 턱짓했다. 점집이 처음인 은기는 방석에 엉거주춤 앉으며 호기심 가득한 눈으로 점집 내부를 두리번거렸다.

무당의 뒤로 높은 재단에는 과일과 떡들이 은제 제기에 놓여 있었고 수십 개의 초들이 불을 밝히고 있었다. 그 뒤로 험악하게 인상을 쓴 불상이 무서운 눈으로 은기를 노려봤다. 불상 뒤로 불교식 탱화가 벽면을 가득 수놓았다. 다만 은기가 지금껏 알고 있던 탱화와는 사뭇 달랐다.

"지옥도야. 죄를 지은 사람들에게 끝없는 고통을 가하는 아비규환 지옥도지."

은기의 시선을 알아차린 무당이 툭 내뱉었다. 자세히 들여다보니 무당의 말대로 온갖 고문에 고통 받는 사람들이 가득했다. 은기는 자신이 벌을 받는 듯 얼른 그림에 둔 시선을 돌렸다.

어두컴컴한 실내 가득 사나운 눈빛들이 은기를 옥죄는 것 같았다. 한시라도 빨리 이 자리를 벗어나고 싶었다.

"어서 말해 봐. 걱정거리가 뭔지."

안절부절 못하는 은기에게 무당이 넌지시 물었다.

"아. 네, 네."

화들짝 놀란 은기는 무당에게 그간의 불가사의한 일들을 털어놓았다. 은기의 이야기가 이어질수록 무당의 눈빛은 더없이 날카로워졌다. 험악한 무당의 얼굴에 은기는 무당에게 벌을 받고 있다는 생각까지 들었다.

-쾅!

이야기가 끝나자마자 느닷없이 손바닥으로 상을 내려친 무당 때문에 은기는 한순간 꿀 먹은 벙어리가 됐다.

"씌었구먼. 아주 고약한 것에 씌어 버렸어. 쯧쯧쯧."

무당은 딱하다는 듯 혀를 찼지만 차가운 눈빛은 여전히 은기를 쏘아보고 있었다. 아니, 은기가 아니었다. 무당은 은기의 어깨 너머를 노려보고 있었다.

불안해진 은기는 무릎을 꿇고 절박하게 물었다.

"신령님. 전 어떻게 해야 할까요. 제 손으로 가족을 해칠까 봐 무섭습니다. 흐흑."

그동안의 마음고생 때문이었을까. 은기의 눈에 눈물이 차올랐다. 참으려 했지만 어린아이처럼 울음이 터져 나왔다.

무당은 앉은뱅이 상 옆에 놓인 항아리에서 쌀을 한 움큼 쥐어 상위에 흩뿌렸다.

무당의 손을 벗어난 하얀 쌀알들이 상 위를 어지럽게 수놓았다.

펼쳐진 쌀알들을 한참을 살펴던 무당이 천천히 입을 뗐다.

"태조 산신님이 딱 한 가지 방법이 있다는군."

"네?! 정말입니까? 어떻게 하면 될까요?"

무당의 말에 화색이 돈 은기가 되물었다.

한참이나 뜸을 들인 무당이 다시 입을 열었다.

"그게 말이지....."

×××

집으로 돌아온 은기는 무당이 말한 시간이 될 때까지 기다리고 또 기다렸다.

이제 자정이 다 됐다. 은기는 〈목 잘린 짐승의 성난 포효〉를 부엌 식탁에 놓았다.

은기는 박수무당의 말을 떠올렸다.

'우선 책이 내뿜는 요기를 차단해야 해. 그러기 위해선 책을 이 부적으로 봉인해야겠지. 자. 여기 부적 두 장을 줄 테니 자정이 되면 우선 이 부적 한 장을 태워서 물에 타 마셔. 부적의 재를 마시는 행위는 귀신에 씌인 자네의 몸을 씻겨 주고 영기를 높여 준다네. 그 뒤 남은 부적을 책배에 붙이게. 페이지를 열 수 없도록 앞, 뒤의 표지를 감싸서 붙여야 해. 그렇게 봉인한 책을 부엌 서랍 가장 깊숙한 곳에 감추고 그 위에 식칼을 올려 두게. 식칼을 올려둠으로써 책 속의 요기가 더 이상 자네를 괴롭힐 수 없을 걸세.'

'정말 이렇게 하면 괜찮아지는 건가요?'

'예끼! 이놈아! 묻지 말고 하라면 해. 가족 전부 급살 맞아 죽지 않으려면 말야. 오늘 자정은 책이 내뿜는 요기만 차단하는 거야. 자네한테 쓰인 악귀 퇴치는 내가 준비해 놓을 테니 내일 다시 이곳으로 오게. 여기 찾아오면서 자네도 봤을 걸세. 언덕 앞에 있는 버드나무 말일세. 자고로 버드나무 가지로 귀신을 쫓는다는 말이 있을 정도로 버드나무는 영험한 나무지. 내 자네의 악귀를 명주실에 봉인해 버드나무에 묶어놓을 걸세. 자네는 내일 자정이 되면 버드나무에 묶은 명주실 매듭을 손으로 풀게. 명주실과 함께 자네의 저주도 함께 사라질 걸세. 원래는 내가 함께해야 하지만 내일은 VIP 출장 굿이 예정돼 있어서 출타해야 해. 어쩔 수 없이 자네 혼자서 해치워야 하네.'

'네. 감사합니다. 정말 감사합니다. 신령님이 제 은인입니다.'

'꼭 자정이어야 하네. 그전에도, 그 이후에도 안 돼. 음기의 기운이 시작되는 자정 정각이어야 해. 명심하게나.'

은기는 박수무당의 말대로 접시를 받쳐 첫 번째 부적을 태웠다. 라이터 불이 닿자 노란색 종이가 불꽃을 따라 갈색으로 변하며 활활 타올랐다. 은기는 재 하나라도 떨어트릴까봐 조심하며 모은 재를 물이 담긴 머그컵으로 옮겼다. 검은 재들이 물속을 오르내리며 춤을 췄다. 은기는 눈을 질끈 감고 머그컵을 입에 가져갔다.

-꿀꺽. 꿀꺽. 꿀꺽.

목구멍으로 잿물이 넘어갔다. 입안으로 쓰디쓴 재의 맛이 느껴졌다. 은기는 마지막 한 방울까지 단숨에 남김없이 비웠다. 기분은 언짢았지만 정말 무당의 말대로 몸 안의 나쁜 기운이 씻기는 느낌이 들었다. 불안한 마음이 진정되는 걸 보면 효험이 있는 듯했다. 은기는 컵을 식탁 위에 거칠게 내려놓고 두 번째 부적을 집어 들었다. 부적 뒷면에 꼼꼼하게 밥풀을 붙인 뒤 책을 감싸듯 부적을 붙였다. 이로써 이 망할 놈의 책은 더 이상 사람들에게 마수를 뻗지 못할 것이다. 은기는 부적이 붙은 책을 냉장고 위 선반 깊숙한 곳으로 밀어 넣었다. 그리고 책 위에 날이 잘 벼른 식칼을 얹어 두는 것도 잊지 않았다.

이윽고 둘째 날이 밝았다.

은기는 회사에 연차를 내고 아침부터 마음의 준비를 했다. 오후 10시. 은기는 공들여 몸을 씻고 11시 30분쯤 집을 나섰다. 35분에 언덕 앞에 도착했지만 차 안에서 11시 58분까지 대기하기로 마음먹었다. 라디오를 틀어놓고 조용히 시간을 기다렸다.

드디어 11시 58분. 은기가 차 밖으로 나왔다.

11월의 차가운 바람에 은기의 머리카락이 흩날렸다. 은기는 칼바람을 타고 흘러드는 냉기를 막으려 입고 있던 바람막이의 지퍼를 끝까지 올렸다.

"과연."

과연 버드나무 둘레에 명주실이 묶여 있었다. 군데군데 붉게 얼룩진 곳은 주술을 위해 뿌린 닭 피일까. 닭의 모가지에서 뚝뚝 흐르는 피가 떠오르자 오싹한 소름이 돋았다. 무당의 말대로 명주실은 리본 모양으로 매듭져 있었다. 길게 늘어진 실을 풀면 매듭은 그대로 풀릴 것 같았다. 긴장됐지만 사실 생각보다 간단한 일이었다. 매듭만 풀면 저주에서 해방되는 것이 아닌가. 이렇게 용한 무당일 줄이야. 은기는 태조 무당을 만난 것이 천만다행이라 생각했다.

어느덧 은기의 손목시계는 11시 59분을 가리켰다.

이제 다 왔다.

은기는 손목시계의 시침을 노려보면서 천천히 명주실 끝을 잡았다.

"56, 57, 58, 59, 12시!"

은기는 자정이 되는 타이밍에 맞춰 잡고 있던 실을 죽 당겼다.

과연 무당의 말대로 매듭이 풀리자 버드나무를 감았던 실이 감쪽같이 사라졌다.

　-콰!

　뒤이어 어디선가 천둥소리가 들렸다. 은기는 깜짝 놀라 밤하늘을 올려봤지만 세찬 바람만 불 뿐. 밤하늘에는 구름 한 점 없었다.

　내 몸에 씌어있던 악귀가 실에 묶여 하늘로 올라가는 소리구나. 됐다. 이것으로 모두 끝났다.

　"크큭큭...하하하하핫!"

　한순간 긴장이 풀리고 웃음이 터져 나왔다. 이제 가족을 지킬 수 있다. 이제 아내를 잘 달래서 집으로 데려오면 된다.

　아내와 아이들의 얼굴이 차례로 머릿속을 스쳤다. 웃음이 넘치는 화목한 집을 생각하자 미소가 떠올랐다.

　다시 차에 오르니 12시 3분이었다. 라디오에서는 자정 뉴스 일기예보가 흘러나왔다.

　은기는 기분 좋게 차를 돌려 집으로 돌아갔다.

　그리고 아주 오랜만에 깊이 잠들었다.

×××

　-딩동. 딩동.

　"으으. 꼭두새벽부터 누구야!"

　매일 같은 불면의 밤을 지나 실로 오랜만에 잠들었던 은기는 이른 아침부터 울려대는 초인종 소리에 짜증이 밀려왔다.

-딩동. 딩동. 딩동.

집요하게 울리는 소리에 체념한 은기는 무거운 몸을 일으켜 현관으로 향했다.

"나가요. 나가!"

현관문을 열자 낯선 남성 두 명이 문 앞에서 은기를 기다리고 있었다.

"누, 누구시죠?"

여리여리한 체구와 달리 검정 가죽 재킷을 입은 중년 남자의 날카로운 눈빛에 압도된 은기는 저도 모르게 말을 더듬었다.

"홍은기 씨죠?"

다짜고짜 은기의 이름을 묻는 남자. 은기는 아무 말도 못한 채 꿀 먹은 벙어리마냥 고개만 끄덕였다. 뒤이어 가죽 재킷 남자 옆에 서 있던 카키색 바람막이를 입은 남자가 가슴팍에서 무언가를 꺼내 은기의 얼굴 앞에 들이밀었다.

은기는 한참 만에 바람막이 남자가 손에 들고 있는 것이 경찰 신분증이란 것을 알아챘다.

"무, 무슨 일이신데 절 찾아오셨는지...."

은기의 말이 채 끝나기도 전에 가죽재킷 남자는 은기의 팔을 잡아챘다. 바람막이 남자는 이 상황이 익숙한 듯 개의치 않고 말했다.

"홍은기 씨. 당신을 박무직 씨 살해혐의로 긴급 체포합니다."

"네?! 살인죄요? 뭔가 잘못 알고 계신 것 같은데요? 제가 살인이라뇨?"

순간 당황한 은기의 손목에 차디찬 수갑이 채워졌다.

가죽 재킷의 남자가 읊어대는 미란다 원칙은 은기의 귀에 들어오지 않았다.

"전, 정말 아닙니다. 억울합니다."

사면이 회색 벽으로 둘러싸인 취조실에서 은기는 세 번째 조사를 받고 있었다.

은기의 맞은편에는 아침에 은기를 체포한 가죽 재킷의 오 형사와 바람막이의 김 형사가 심각한 얼굴로 은기를 바라봤다. 김 형사는 한숨을 푹 쉬고 아침부터 했던 말을 세 번째로 앵무새처럼 반복했다.

"홍은기 씨. 어제 자정쯤 태조무당집을 찾아갔죠?"

"네. 맞습니다. 아까도 말씀드렸잖아요. 전 그저 제 저주를 풀기 위해 찾아갔습니다."

"네. 인근 CCTV 확인 결과 11시 34분경 언덕으로 향하는 은기 씨의 차가 찍혀있는 것을 확인했습니다."

은기는 억울한 듯 반박했다.

"하지만 점집 근처에는 가지도 않았어요. 전 언덕 아래 버드나무에서만 있었다니까요. 신령님은 출타 중이셨다고요. 집에 계셨을 리가 없어요."

"아뇨." 오 형사가 끼어들었다. "박무직 씨는 점집 안에 있었습니다. 당신이 찌른 산악용 칼에 등을 찔려 엎드린 채 사망했습니다. 칼에는 은기 씨의 지문이 검출됐습니다. 이래도 살인을 부정하시는 겁니까?"

은기는 양손으로 머리를 감싸 쥐었다.

"전, 전 산악용 칼이 어떻게 생겼는지도 모릅니다. 제가 제은인 같은 신령님을 왜 찌르겠습니까? 네?"

김 형사가 노트북을 보며 대답했다.

"무직 씨의 휴대폰 다이어리에 당신에 대한 일이 적혀 있었습니다. 무직 씨의 점괘가 틀린 것을 빌미로 협박을 당했다고 쓰여 있는데 당연히 은기 씨는 모르는 일이겠죠?"

은기는 답답한 듯 형사들을 향해 손바닥을 펴 보이며 외쳤다.

"모른다고요! 정말로 모른다니까요. 이건 책의 저주입니다. 아직 제 저주가 풀리지 않아서 그런 겁니다."

머리를 쥐어뜯는 은기의 저주 타령에 오 형사와 김 형사는 난처한 듯 서로를 바라봤다.

오 형사가 다시 차근차근 설명했다.

"사망한 무직 씨는 새벽 기도를 위해 점집으로 출근한 신딸 박정자 씨가 발견했습니다. 잠긴 문을 열쇠로 열고 들어가니 등허리 부근에 칼에 찔린 무직 씨가 엎드린 채 싸늘하게 죽어 있었다는군요. 물론 박정자 씨의 알리바이는 저희가 이미 확인했습니다. 무직 씨가 사망한 점집의 유일한 창문은 굳게 잠겨 있었고 절벽과 마주해 있어 밖에서 열 수도 없습니다. 출입문 역시 신딸 박정자 씨가 열쇠로 열기 전까지 잠겨 있었습니다. 한마디로 점집은 완벽한 밀실 상태였어요. 등허리를 찔린 자상의 깊이나 방향으로 보아 무직 씨 스스로는 칼을 찌를 수가 없습니다. 무직 씨의 사망시점은 자정 전후로 판명됐습니다. 언덕에서 점집에 이르는 오솔길은 자갈길로 족적이 남지 않는 길이더군요. 범인이 점집에 어떻게 침입했는지는 조사 중이지만 드러난 증거들은 모두 은기 씨를 범인으로 지목하고 있습니다. 이제 고집 그만 부리시고 순순히 자백하세요.”

단호한 형사의 말에 은기의 믿음은 흔들리기 시작했다.

‘정말, 정말 내가 그랬을까? 도플갱어? 아니면 또 내가 기억하지 못하는 사이에 살인을 저질렀다는 말인가!’

당황한 은기의 동공이 흔들리기 시작했다.

형사들은 은기의 흔들리는 시선을 놓치지 않았다.

×××

자백 직전.

은기는 마지막으로 도움을 요청하기로 했다.

형사에게 사정사정하여 외부로 전화 한 통을 걸 기회를 얻었다. 물론 형사가 함께 배석한 자리에서의 통화였다.

전화번호를 누르고 통화 버튼을 누르자 스피커 밖으로 통화 연결음이 흘러나왔다.

제발. 제발 받아라. 빨리. 빨리.

열 시간 같은 십 초가 흐르고 드디어 상대가 전화를 받았다.

- 귀신은 잘 뗐냐?

은기는 다급하게 전화기를 고쳐 쥐고 말했다.

"충식아. 지금 귀신이 문제가 아니야. 내가 살인범으로 몰렸어."

- 하하핫! 귀신이 살인도 시키디?

"야이 멍충아. 나 지금 동남경찰서야. 내 옆엔 형사도 있다고."

은기의 목소리가 심상치 않음을 느낀 충호는 나지막이 물었다.

- 대체 무슨 일인데 그래? 자세히 설명할 수 있어?

은기는 크게 고개를 끄덕이며 말했다

"그래. 잘 들어봐."

은기는 태조 무당을 찾은 일과 무당의 지시들. 그리고 오늘 아침 체포되기까지의 일들을 토씨 하나 빼놓지 않고 상세하게 설명했다.

그간의 일들을 가만히 듣고 있던 충호가 말했다.

- 어쨌든 넌 절대 죽이지 않았다는 거잖아?

"그, 그래. 난 아니야. 정말이라고. 그때는 기억을 잃지도 않았다고. 설마 너 아냐?!"

- 나라니? 뭐가?

"네가 죽인 거 아냐? 무당을 찾으라던 건 바로 너였잖아."

- 하하하하하! 뭔 자다가 봉창 두드리는 개소리냐? 큭큭큭.

"으으. 그래 헛소리야. 제발 좀 도와줘. 아악!"

– 그래그래. 알았으니 전화기에 대고 소리 지르지 말라고. 무당은 밀실 상태에서 칼을 맞고 죽었다는 말이지?

"맞아. 형사님이 그렇게 말했어."

– 흠.....

잠시 동안의 침묵. 뒤이어 충호가 말했다.

– 뭔가 석연치 않은 점이 있어.

"그게 뭔데?"

– 일단 원한 살인이라고 치자. 애초에 살인은 밀실 상태가 아니었을지도 모른다는 거야.

"창문과 출입문이 모두 잠겨 있었는데 밀실이 아니라고?"

– 그래. 이렇게 생각해 보자. 살인범이 무당을 칼로 찔렀어. 칼에 찔린 무당은 집 안으로 도망치지. 그리고 무당이 스스로 범인의 침입을 막기 위해 출입문을 잠그는 거야. 그럼 밀실은 간단히 깨지는 거지.

충호의 말을 듣고 보니 그 말이 맞는 것도 같았다.

"그래 밀실이 아니라고 치자. 그래도 내가 범인으로 오인되는 건 변함이 없잖아."

– 얌마! 조급해하지 말고 천천히 생각해 봐. 무당은 집 근처에서 칼에 찔렸어. 근데 좀 이상하지 않아?

"뭐가? 내가 지금 뭔가를 생각할 상황이 아니라고. 뜸 들이지 말고 빨리 얘기해 봐."

– 대문 앞 오솔길은 언덕 아래까지 탁 트여 있었어. 오솔길

외에는 벼랑이라 범인이 숨어 있을 공간이 없었어. 그런데 왜 무당은 등에 칼을 찔렸을까? 집을 나서는 무당을 문 앞에서 찔렀다면 찔린 부위는 등이 아니라 복부가 돼야 하지 않을까? 만약 집에 들어가던 무당을 찔렀다면? 칼을 들고 오솔길을 달려오는 범인을 무당은 보지 못했을까? 그건 말이 안 되지. 그렇다면 집안에서 찔렸다는 건데. 만약 무당이 집안에서 찔렸다면 무당은 문 앞에서 돌아서 있었어야 해. 근데 출입문을 열 때 거슬리는 쇳소리가 났다고 했지. 결국 무당은 문이 열리는 쇳소리가 나는데도 불구하고 칼에 찔릴 때까지 계속 등진 채 서 있었다는 거야. 뭔가 부자연스럽지?

"그, 그런가."

충호는 개의치 않고 계속했다.

– 다음은 핏자국이야. 문밖에는 핏자국이 없고 집안에서 핏자국이 발견된 점. 무당은 집안에서 칼에 찔린 거야. 그렇게 되면 뭔가 이상하지 않아? 출입문의 잠금장치에는 무당의 지문 밖에 없었을 거야. 그러니 경찰이 밀실이라고 얘기했겠지. 결국 집안에서 칼에 찔린 무당이 스스로 문을 잠갔다는 말이 되는 거야. 자. 그럼 범인은 방안에서 연기처럼 사라졌다는 말인가?

은기는 충호의 말을 들으며 통화를 엿듣고 있는 김 형사의 표정을 슬쩍 쳐다봤다. 김 형사의 낯빛은 뻣뻣하게 굳어 있었다.

충호가 이어서 말했다.

- 상식적으로 생각해 보자. 사망 시간대 전으로 넌 차 안에 있었기 때문에 다른 사람이 침입할 수 없었어. 자정이 지나서까지 넌 무당을 죽이지 않았고. 범인 또한 점집 안에서 증발해 버렸지. 그럼 남은 건 뭐겠냐?

"아우. 그냥 말하라니까."

- 흐흐. 그래. 범인이 네가 아니라는 전제하에. 모든 가능성을 소거하고 남는 건 무당 스스로 목숨을 끊은 자살밖에 안 남았다는 거지.

"자, 자살이라고?!"

은기는 충호의 말에 망치로 머리를 얻어맞은 것 같은 충격을 받았다. 순간 고개를 돌리니 옆에 있는 김 형사의 얼굴도 뻣뻣하게 굳어 있었다.

"어, 어떻게 자살했다는 건데? 무당이 칼에 찔린 등은 자기 스스로 칼을 찌를 수 있는 곳이 아니야."

- 큭큭. 이제 자살 트릭을 풀 차례인가? 내가 명탐정이라도 된 것 같군. 그럼 내가 생각한 트릭을 말해 줄 테니 잘 들어 봐. 무당이 칼에 찔린 곳이 출입문 근처지? 무당의 자살과 네가 했던 구마 행위가 밀접한 연관이 있어. 이제부터 차근차근 설명해 주지. 격자 창살이 달린 방범 문이 비밀이야. 무당은 격자에 나이프를 끼워. 그리고 문을 활짝 열어 두는 거야. 문이 닫히지 않도록 창살 사이에 낚싯줄을 건 뒤 그 줄을 버드나무까지 가져가. 버드나무에는 미리 구마를 위해 묶어 둔 명주실이 있지. 거기에 낚싯줄을 묶는 거야.

"내가 명주실의 매듭을 풀었었어. 그런데 그게 자살과 무슨 상관이 있는 건데?"

충호는 잠시 쉬었다 말했다.

- 바람이야.

"바람? 바람이 죽였다고?"

- 그래. 네가 매듭을 풀 당시에 바람이 심하게 불었다고 했지. 언덕 아래에서 그 정도 체감이니 언덕 위는 어마무시했을 거야. 알루미늄 출입문이라 그 정도 바람이면 문이 닫히는 힘도 엄청났겠지. 너 우리 가게 알지? 가게 나무문도 불어오는 바람에 닫혔다가 문틀이 우그러졌더라고. 네가 매듭을 풀고 들었던 악마가 승천하는 천둥소리는 그냥 바람에 출입문이 쾅 닫히는 소리였던 거야. 물론 문이 닫히는 순간 창살에 끼워 둔 칼이 무당의 등을 강하게 찔렀던 거지.

"그럼 현장에 낚싯줄이 남아있겠네. 그걸 찾으면 내 결백이 밝혀지는 건가?"

- 무당이 바보가 아닌 이상 낚싯줄을 그냥 뒀겠어? 아마 낚싯줄은 미리 매어 둔 헬륨 풍선 같은 것에 딸려 하늘 멀리 날아갔을 걸. 점집 위로 어두운 밤하늘을 날아가는 검은색 풍선. 그리고 풍선 아래 매달린 명주실 가닥. 네가 시력이 아무리 좋아도 그걸 볼 수는 없었을 거야. 게다가 그 상황에서 그런 걸 볼 정신도 없었을 테고.

- 칼은? 칼에 있는 내 지문은 어떻게 한 거야?

- 너 점집 찾아갔을 때 맨손이었지? 요즘은 아마추어도 남

의 지문 뜨는 건 식은 죽 먹기야. 전 국민이 CSI가 됐지. 큭큭
큭. 네 지문을 떠서 실리콘으로 3D 프린팅하면 어디에든 지문
을 묻힐 수 있다고. 물론 실리콘으로 만든 지문은 증거인멸을
위해 이미 태워 버렸겠지만 말야.

"그럼 나는? 지금까진 충식이 네 머리에서 나온 정황증거뿐
이잖아. 내가 죽이지 않았다는 명백한 증거는 없는 거야?"

– 이제 널 살릴 수 있는 건 네 기억력이다. 친구야.

"그게 무슨 소리야?"

– 버드나무에서 점집까지 전력으로 오솔길을 달린다면 몇
분쯤 걸리겠냐?

곰곰이 생각하던 은기가 대답했다.

"음. 아마 3분쯤이지 않을까?"

– 그럼 최대 2분 40초라 치고, 내려가는 길은 그보다 빠를
테니 2분이라고 치자. 그럼 4분 40초네.

"그렇지. 근데 그게 뭐."

– 무당을 불러 문을 열고 칼로 찌르는 시간은 얼마나 걸릴
까. 아무리 순식간에 해치운다 해도 최소 40초는 걸릴 거야.
그럼 토탈 5분 20초지. 참! 매듭 푸는 시간까지 친다면 5분 40
초정도 되겠군.

"충식아. 지금 시간이나 재고 있을 때가 아니라고."

– 멍충아! 내 말을 끝까지 들어. 네가 차 안에서 라디오로
들었던 음악들 기억할 수 있어?

"음. 아마 기억할 수 있을 거야."

- 그리고 매듭을 풀고 차에 들어와서 들었던 자정 뉴스 일
기예보도 기억할 수 있지?

"어. 할 수 있을 것 같아."

- 자세하면 자세할수록 좋아. 네가 밖에 있던 시간은 불과 5
분 남짓이야. 밖에 있던 시간으로는 매듭을 풀고 무당을 죽일
수가 없어. 대신 네가 차 안에 있었던 시간을 형사에게 증명해
야 하는 거야. 그 증명이 네가 들었던 라디오 방송이야.

"아."

은기는 저도 모르게 고개를 끄덕였다.

- 라디오 다시 듣기는 하루가 지나야 뜨니까 아직 안 떴을
테고. 설마 네 핸드폰에 라디오 앱 같은 거 깔려 있는 거 아니
지?

"아냐. 없어."

- 그럼 다행이네. 형사들이 네가 휴대폰으로 라디오를 듣고
알리바이를 조작했다고 반박하지는 않을 테니. 어차피 경찰
이 휴대폰 포렌식을 하면 앱 다운 내역이고 뭐고 전부 다 나오
니까 걱정할 건 없어. 참! 설마 너 휴대용 라디오는 없지?

"없어. 맹세코 없어. 내 인생에서 휴대용 라디오라는 물건은
단 한 번도 사본 적 없어. 거짓말 탐지기를 해도 되고 내 차나
집을 전부 다 뒤져도 상관없어."

- 머 됐네. 그럼 이걸로 네 알리바이를 입증할 수 있을 거다.
이제 됐다. 결백을 주장할 수 있겠어.

은기의 얼굴이 대번 환해졌다. 옆자리를 흘낏 보니 어느새

김 형사 옆에 오 형사가 다가와 심각한 얼굴로 이야기 중이었다.

경찰들의 상황을 살피느라 은기의 침묵이 길어지자 충호가 버럭 소리쳤다.

- 얌마. 듣고 있냐?

"어! 어. 듣고 있어."

- 전화 끊으면 형사한테 물어 봐. 죽은 무당이 혹시 거액의 생명 보험 같은 거 들어놨냐고.

"보, 보험?!"

은기의 말에 두 형사가 화들짝 놀라 은기의 얼굴을 쳐다봤다.

- 이건 내 생각이지만 굳이 너를 끌어들여 자살을 살인으로 위장하는 걸 보면 분명 돈이 걸려있을 거야.

순간 은기와 두 형사의 눈이 마주쳤다.

눈빛과 눈빛 사이 불편한 침묵이 계속됐다.

×××

하아....

오늘도 망할 놈의 사채업자가 다녀갔다.

깡패새끼들 같으니라고.

빚은 산더미처럼 늘어만 가고, 점패는 점점 산으로 간다.

태조 신령님 정말 절 버리시는 건가요.

마이너스 통장 한도도 끝났고 카드빚으로 내는 보험금 납입도 이젠 한계다.

나이 51에 도망간 여편네 대신 아들이라도 잘 키우려고 했는데, 아들놈은 3년째 지 방에서 한 발짝도 나오지 않는 히키코모리가 됐다.

방 안에서 성인이 될 줄이야. 하아......

뭐 하나 되는 일도 없고 이젠 나도 한계에 다다랐다.

사채업자들한테 붙들려 간이고 콩팥이고 떼이느니 차라리 스스로 죽자.

아들 앞으로 나오는 보험금으로 당분간은 아들놈도 버틸 수 있겠지.

박무직은 미리 사 둔 산악용 칼을 물끄러미 바라봤다.

아프겠지? 정말 아플 거야. 내가 할 수 있을까?

-덜컹. 덜컹. 덜컹.

아우 시끄러워. 저 망할 놈의 바람 소리.

-덜컹. 덜컹.

무직은 이내 바람 소리가 아님을 깨달았다. 격자 방범문 안의 불투명 유리에 사람의 실루엣이 비쳤다.

"점 보러 왔습니다. 아무도 안 계세요?"

박무직이 서둘러 대답했다.

"네, 네. 들어오세요."

문이 열리고 웬 남자가 들어왔다.

근심이 가득 찬 얼굴에 낯빛은 파리했다. 턱까지 내려온 다

크서클과 죽어 버린 듯 생기를 잃어버린 퀭한 눈동자. 일면식 하나 없는 사람인데도 단기간에 몹시 수척해진 것을 알 수 있었다.

박 무직은 얼빵해 보이는 남자를 보고 생각했다.

신령님. 이 자는 신령님이 마지막으로 제게 보낸 은인이군요. 감사합니다. 신령님.

남자를 바라보는 무직의 눈빛이 돌변했다.

×××

 - 또 너냐? 이번엔 왜 임마. 이번엔 연쇄 살인이라도 저질렀냐?

"큭큭. 덕분에 풀려났다. 고맙다는 말하려고 전화했어."

 - 똥멍청이새끼. 넌 인사를 전화로 하냐? 거하게 삼겹살이라도 사던가. 아님 우리 책방에 악성 재고라도 한 트럭 사가던가 이놈아!

"사. 사! 내가 산다고."

충호의 목소리에 화색이 돌았다.

 - 산다고? 정말? 얼마치? 몇 톤 트럭으로?

"아니, 그거 말고. 삼겹살에 소주 산다고."

 - 아....

단번에 충호의 목소리가 평소로 돌아왔다.

"왜 싫으냐?"

- 아냐. 언제 살 건데?

"호호호. 오늘 저녁 오키?"

- 음. 오늘 저녁?

"맨날 놀면서 바쁜 척은. 너 한가한 거 다 알거든."

- 그랴. 콜!

"그럼 7시에 불당동 돼지 한 마리에서 보자고. 그럼 이따 봐."

- 잠, 잠깐. 은기야.

"어. 왜?"

- 그 책의 저주는 풀린 거냐?

"그러고 보니 식칼을 올려 둔 뒤로는 별일 없던 것 같은데. 그 무당이 나한테 죄는 뒤집어 씌었어도 실력은 있는 무당이 었나?"

- 너 얼마 전 뉴스 봤냐?

"무슨 뉴스? 나 요 며칠 정신없던 거 네가 잘 알잖아."

- 너 나한테 그랬지? 다이어트 시작했다고.

"그랬었지. 그게 왜?"

- 너 다이어트 한다고 뭔가 먹지 않았냐? 평소에는 안 먹던 거 말야.

"오오! 자리는 네가 펴야겠다. 맞아. 다이어트 시작하면서 보조제 사서 먹었어."

- 쯧쯧쯧. 그거 저녁 먹고 나서 먹었지? 저녁 먹고 잠들기 전에 말야.

"맞아. 하루에 한 번 식후 30분 이내 두 캡슐씩."

- 너 그 약 강남 제약에서 만든 다이어트 보조제 아니냐?

은기가 손바닥을 쳤다.

"이야. 진짜 점쟁이 뺨치네. 왜 너도 먹어 보게?"

하지만 전화기 너머 충호의 말은 은기가 미처 예상치 못한 말이었다.

- 으이그. 병신아. 맨날 연애뉴스만 보지 말고 진짜 뉴스를 보란 말이야. 거기서 만든 다이어트 보조제에서 검출된 마약성 환각성분 때문에 온 나라가 뒤집어졌던 거 모르냐?

은기는 숨을 삼켰다.

"뭐? 정말? 진짜야?"

- 가뜩이나 살 뺀답시고 공복에 마약 성분 약을 먹으니 환각이 안 생기고 배겨? 거기에 와인까지 들이부으면 미친놈 저리가라였겠지.

은기는 숨이 턱 막혔다. 그동안의 마음고생과 불화가 모두 망할 놈의 다이어트약 때문이라고? 책에 쓰인 악령, 저주나 악귀가 아니었단 말인가.

충격과 혼란에 빠진 은기에게 충호가 넌지시 말했다.

- 그나저나 말이야. 그 약. 아직 좀 남았냐?

"어, 어. 아직 엄청 많아. 그건 왜?"

- 그게 말이지. 흐흐흐. 내 원캐가 공포 작가 아니냐. 비록 부캐인 헌책방 주인으로 사는 시간이 더 많지만 말야. 좌우간. 나도 그 약 먹고 작품 좀 써 보려고. 널 보면 효과는 아주 그만

인 것 같아서.

"무슨 개 풀 뜯어 먹는 황당한 소리냐."

 – 자, 잠깐만! 내 말 좀 들어봐. 임마 난 솔로 아니냐. 환각에 빠져도 아무런 문제가 없는 사람이라고. 마감도 곧 닥쳐오는데 일단 한 알만 줘봐. 응? 내가 지금 얼마나 중요한 기로에 서 있냐면 말이지......

충호의 애타는 설득은 그 뒤로도 한참 동안 계속되었다.

4

×

백색 살의

"이런 젠장. 콜록."

홧김에 떠밀긴 했지만 결코 죽이려던 건 아니었다. 쓰러지면서 탁자에 머리를 부딪친 충격에 죽어 버린 것 같았다. 미동 없는 여자는 숨을 쉬지 않았다.

"아. 이년은 진짜 끝까지 내 인생에서 걸리적거리네."

이년 때문에 비참한 인생을 더욱 더 깊은 나락으로 추락시킬 수는 없다. 위기를 피해 갈 방법을 생각해야 했다. 때마침 탁자 위의 물건이 눈에 띄었다. 그리고 기막힌 묘수가 떠올랐다.

"자살! 자살로 위장하자."

일단 목표를 정하니 해야 할 일이 순서대로 떠올랐다.

시간이 얼마 없었다. 지체 없이 떠오른 생각들을 실행에 옮겼다. 오랜만에 몸을 쓰니 열이 오르고 더웠다. 혹여 땀방울이라도 흘릴까 연신 손수건으로 이마를 닦아 냈다.

자살로 위장시킬 모든 준비가 끝났다.

'철커덩' 문밖으로 사라진 범인이 몇 분 뒤 다시 모습을 드러냈다.

범인의 손에 지포 라이터가 들려 있었다. '딸깍. 퐁' 엄지손가락을 튕기자 오묘한 빛깔의 불꽃이 일렁였다. 범인은 기름으로 번들거리는 벽에 불꽃을 가져갔다. 순간적으로 치솟은 불길이 천장까지 닿았다. 불꽃은 경주라도 하듯 사방으로 번져 나갔다.

이제 서둘러야 한다.

범인은 주변을 살피고 재빨리 밖으로 빠져나갔다.

"큭큭큭. 이제 됐어. 완벽해."

완전범죄를 자신하는 범인은 미처 알지 못했다. 죽었다고 생각한 여자의 꼭 쥔 주먹이 꿈틀거린 것을...

×××

매일 야근, 철야, 잠복으로 집구석에 얼굴은 코빼기도 안 비치는 영섭에게 오랜만에 맞은 일요일은 휴일이 아니다.

"또 소파랑 한 몸으로 누워있을 거면 기필코 이혼 서류에 도장 찍는다. 난 내일 십 년 만에 친구들 모임 갈 거니까 당신이 애들 잘 보고 있어."

서슬 퍼런 아내의 불호령에 영섭은 일요일 아침 댓바람부터 일어났다. 아빠 얼굴을 잊어먹기 직전인 7살, 5살 두 딸아이와 근처 공원에 나간 영섭은 모처럼 만에 열혈 봉사를 했다. 숨바꼭질, 잡기 놀이, 달리기, 공 뺏기 등등등. 더 이상 다리가 들리지 않을 정도로 실컷 놀아 준 영섭은 점심이 한참 지난 오후가 되어서야 집에 돌아올 수 있었다.

"아이고 죽겠다. 애들아. 이제 만화 보자. 아빠가 만화 틀어 줄게."

땀에 절어 등짝에 달라붙은 티셔츠를 힘겹게 벗으며 영섭이 말했다.

아직 쉬기에는 한참 부족하다는 아이들의 댕그란 눈망울을 애써 외면하고 만화 채널을 틀었다.

"와. 만화다." 이내 두 아이의 눈망울이 TV에 고정됐다.

그제야 영섭은 오늘 처음으로 등을 소파에 기댈 수 있었다. 하루 종일 무리한 탓일까. TV에 열중한 아이들을 물끄러미 바라보던 영섭은 까무룩 선잠에 빠져들었다.

얼마나 지났을까. 영섭의 귀에 희미하게 들려오는 사이렌 소리와 부산스러운 아이들의 외침이 달콤한 단잠을 방해했다. 영섭은 치밀어 오르는 짜증을 가까스로 참아 내고 붙어 있으려는 두 눈을 억지로 떴다. '히익.' 영섭은 아연했다. 잠깐의 졸음이 믿기지 않을 정도로 집안은 온통 쑥대밭이 되어 있었다.

"불자동차. 불자동차. 삐용. 삐용. 삐용."

"부자동차. 부자동차. 삐요. 삐요."

거실 바닥은 온통 장난감 천지였다. 두 팔을 벌치고 사이렌 소리를 흉내 내는 아이들이 장난감을 피해 온 집안을 뛰어다녔다. 그 모습을 보고 있자니 정신이 아득해졌다. 귀신같은 아내의 얼굴이 스쳐갔다. '애들 보랬더니 집안을 난장판으로 만들어놔? 당신 정말 이럴 거야!' 아내의 앙칼진 목소리가 귓가에 들리는 것 같았다.

보고만 있을 수는 없었다. 영섭은 급히 거실을 휘젓는 아이들 사이로 뛰어들었다. 한 팔에 아이 하나씩을 붙들고서야 폭주기관차처럼 날뛰는 아이들의 흥분을 가라앉힐 수 있었다. 되는대로 급한 불을 끄고 한숨 놓은 영섭은 그제야 소란의 원흉인 거실 창밖으로 눈길을 돌렸다.

영섭이 있는 113동의 맞은편 103동이 혼잡했다. 어두워진 밤을 환히 밝히는 소방차와 경찰차의 경광등이 어지러이 빛과 어둠을 교차시켰다. 소방관들이 아파트 입구를 들락거리는 것으로 보아 잠든 사이 화재가 발생한 것 같았다.

화재를 피해 대피한 사람들, 단순히 불구경을 나온 사람들이 소방차를 빙 둘러서서 단지는 전에 없던 인산인해를 이루었다. 영섭은 모여든 사람들에게서 시선을 돌려 천천히 103동 아파트를 훑었다. 경광등 불빛 사이로 5층 오른편 끝 집에서 약하게 연기가 새어 나오고 있었다.

"앞 동에 불이 났나 봐. 얘들아 잠깐 TV 보고 있어. 아빠 금방 다녀올게."

"아빠. 나도 같이 가."

"나도. 나도."

영섭이 일어서자마자 두 아이가 득달같이 달려와 매달렸다. 정말이지 고목나무에 매미가 따로 없었다. 영섭은 아이들에게 단호하게 일렀다.

"안 돼! 얌전히 만화 보고 있어"

"시러."

"나두 시져."

아이들은 고개를 도리질 치며 꿈쩍도 안 했다. 역시 전혀 효과가 없었다. 아무래도 특단의 방법을 써야 했다.

영섭은 난장판이 된 마룻바닥을 뒤져 겨우 리모컨을 찾아냈다. 재빨리 리모컨을 조작해 출시된 지 얼마 되지 않은 극장판 도라에몽 VOD를 결재했다. 카드 결재 내역 문자가 수신된 동시에 치킨 한 마리 값이 통장에서 빠져나갔다. 예상치 못한 지출로 속이 쓰렸으나 효과만큼은 확실했다. TV에서 도라에몽 오프닝이 흘러나오자 아빠에게 고정됐던 아이들의 시선이 곧바로 TV로 향했기 때문이다.

이제 됐다. 기회는 지금뿐이다.

"얌전히 있어. 엄마 금방 올 거야."

영섭은 아이들의 감시가 느슨해진 틈을 타 잽싸게 현관 밖으로 뛰어나왔다.

'하아. 마누라가 난장판인 집안 꼴에 애들만 놓고 나간 걸 보면 기어이 날 죽일 거야.'

영섭은 깊은 한숨을 내쉬며 핸드폰을 꺼냈다. 아내에게 간단한 상황설명과 빨리 집으로 귀가하라는 문자를 보냈다. 뒷일이 두려웠지만 어쩔 수 없었다. 십 년 넘게 경찰 아내로 살아 왔으니 이 정도 상황은 눈감아 주리라.

일단 자유의 몸이 된 영섭은 103동으로 발걸음을 서둘렀다. 가을의 쌀쌀한 밤공기가 남아 있던 졸음기를 싹 날려 버렸다. 흐릿했던 정신이 금세 맑아졌다. 영섭은 잰걸음으로 103동 초입에 도착했다. 주차장 주변으로 몰려든 사람들이 경찰이 쳐 놓은 안전 바 뒤로 모여 있었다. 사람들을 시나자 저마다 한마디씩 내놓는 걱정 섞인 목소리가 영섭의 귀에 들려왔다.

"510호에 살던 여자가 불에 타죽었데. 쯧쯧쯧. 아니 이게 무슨 일이야."

"혼자 사는 여자였다면서요? 어쩌다 집 밖으로 나오지도 못하고 안에서 타죽었데?"

"아이고 아파트값 또 떨어지게 생겼어. 가뜩이나 시세가 낮아서 속상해 죽겠는데..."

"근데 소방관이 그러는데 여자가 요상하게 죽어 있었데요."

"어머어머. 어떻게요?"

영섭은 장사진을 이룬 사람들을 뚫고 어렵사리 정문에 다다랐다.

안전 바 뒤로 정복 순경이 출입을 통제하고 있었다. 영섭의 얼굴을 알아보지 못한 앳된 순경이 경광봉을 들어 영섭을 제지했다. 영섭은 입고 있던 바람막이 주머니에서 경찰 신분증을 꺼내 순경의 얼굴 높이로 들어 올렸다. 뒤이어 다른 손으로 담뱃갑을 꺼내 담배 한 개비를 빼물었다.

"동남경찰서 오형산데. 집에서 쉬고 있다가 사이렌 소리에 나와 봤어. 무슨 일이야?"

후줄근한 츄리닝 바지의 영섭을 아파트 주민으로 간주했던 순경은 그제야 깍듯이 거수경례를 하고 설명을 시작했다.

"저희도 신고를 받아 나온 상황이라 아직 자세한 건 모르겠습니다. 510호에 닫힌 문틈 사이로 연기가 새는 걸 본 이웃이 119와 112에 신고했다고 합니다."

"여기 오면서 들었는데 사망자가 나왔다며? 불이 난 510호야?"

"네. 먼저 도착한 소방관이 잠긴 문을 뜯고 안으로 들어갔는데 불에 탄 시신 한 구를 발견했답니다."

"아이고. 왜 탈출도 못 하고... 대피도 못 할 정도로 큰 화재는 아닌 것 같은데."

영섭이 의아한 눈으로 바라보자 순경이 우물쭈물 대답했다.

"그게 좀 이상한데요. 510호에 들어간 소방관 말이 불에 탄 시신의 모습이 좀 이상했다고 합니다."

"이상? 어떤 부분이."

영섭의 눈에 힘이 들어갔다.

"그게 말입니다. 시신이 발견된 곳이 냉장고였답니다."

"냉장고?" 영섭이 순경의 말을 되물었다.

"정확히는 냉장고 속은 아니고. 하반신은 냉장고 안에 있고 상반신은 냉장고 문밖으로 나와 있는 상태였다고 합니다."

'불길을 피해 냉장고 안으로 들어간 건가? 그렇다 쳐도 좀 이상한데.'

불을 붙이지 않은 담배 필터를 질겅질겅 씹던 영섭이 다시 물었다.

"화재 진압은 모두 마친 거야?"

"네. 다행히 불이 번지기 전에 진화했습니다. 좀 전에 잔불 처리까지 모두 마쳤어요. 지금은 화재 원인조사를 위해 국과수가 도착할 때까지 현장을 통제하고 있습니다."

"그렇군. 알았어. 수고해."

영섭은 경례하는 순경을 뒤로하고 103동 정문 안으로 들어갔다.

기왕 이렇게 된 거 사고 현장을 직접 눈으로 봐야겠다는 생각이었다. 핸드폰을 꺼내 강력반 팀장에게 간단히 문자 보고했다. 그리고 주소록에서 우성의 이름을 찾았다. 아직 현장 경험이 별로 없는 2년차 후배에겐 좋은 경험이 될 것이다. 영섭이 놓친 부분을 우성이 캐치할지도 모를 일이었다. 영섭은 통화 버튼을 눌렀다. 몇 차례 통화음이 지난 뒤 우성이 전화를 받았다.

– 선배님. 일요일 저녁에 웬일이세요?

영섭이 친근한 목소리로 말했다.

"집?"

– 네. 뭐. 외로운 솔로가 자취방 방구석 말고는 있을 곳이 어디겠어요. 흑.

"딱하긴 한데. 좋은 소식이 아니라 미안하다. 사건 때문에 전화했어."

– 네? 선배님 오늘 비번 아니세요? 사건이라뇨?

질문을 퍼붓는 우성에게 영섭이 한숨을 쉬었다.

"하아. 비번은 맞는데. 사건이 우리 아파트에서 터졌어. 대진아파트 알지? 얼른 준비해서 103동 510호로 와. 먼저 가 있을게."

전화를 끊으려는 영섭에게 우성이 다급하게 말했다.

– 무슨 사건인지는 말씀해 주셔야죠.

영섭이 귀에서 뗀 휴대폰을 턱에 대고 말했다.

"일단 와 보면 알아."

화재로 엘리베이터는 운행을 중단했다. 영섭은 아파트 왼편에 위치한 옥외 비상계단을 올라갔다.

5층에 올라서자 벌써부터 매캐한 탄내가 영섭의 코를 자극했다. 그 사이를 파고드는 동물 지방을 태운 역한 냄새. 영섭은 이내 그것이 기름진 죽음의 냄새라는 것을 깨달았다.

사람이 타죽은 냄새는 이렇게 역한 것인가. 갑자기 구토감이 치밀었다.

구역질을 누르기 위해서라도 담배가 필요했다. 그제야 침으로 흠뻑 젖은 담배를 계속 입에 물고 있었음을 깨달았다. 영섭은 서둘러 침에 전 담배를 버리고 새 담배를 꺼내 불을 붙였다. 고통 속에 죽어간 망자를 위한 선향이라 생각하며 담배 연기를 깊이 들이마셨다. 니코틴이 폐부의 모세혈관을 거쳐 몸 전체에 퍼지자 비로소 안정감이 찾아왔다. 어둠이 깔린 복도에서 붉은 담뱃불이 어지러이 춤췄다. 영섭은 필터 직전까지 빨아들인 뒤에야 담배를 바닥에 비벼 껐다.

이제 준비는 끝났다.

영섭은 불빛 하나 없는 어두운 복도를 걸어갔다. 마침내 510호 앞에 다다른 영섭은 핸드폰 플래시를 켜고 천천히 현관을 비췄다.

플래시 불빛이 어둠 속에 가려져 있던 긴박한 흔적들이 하나, 둘씩 드러냈다. 활짝 열린 현관 걸쇠의 날개 부분이 밖으로 휘어 있었다. 보조 잠금장치는 나사 하나로 위태롭게 문에 매달려 있었다. 잠긴 문을 열기 위해 쇠지레를 문틈에 끼어 억지로 뜯어낸 것이리라. 플래시가 현관문 안쪽을 비추자 시꺼면 그을음이 소방수와 뒤엉켜 검은 눈물을 흘리고 있었다.

"선배님. 저 왔어요."

멀리서 우성의 목소리에 영섭이 플래시를 복도로 돌렸다.

"빨리 왔네. 지금 막 들어가려던 참이야."

영섭은 거미줄처럼 입구를 막아선 노란색 폴리스 라인을 손으로 북북 뜯었다. 안으로 들어선 영섭과 우성은 집안에 진동하는 지방을 태운 냄새에 정신을 차릴 수가 없었다.

"사람의 몸을 태운 냄새가 이렇게 지독하다고. 앞으로 이런 역겨운 냄새를 많이..."

영섭의 말이 채 끝나기도 전에 우성이 현관 밖으로 뛰쳐나갔다. 문밖에서 위장을 끌어올리는 토악질 소리가 들려왔다. 그나마 현장에 토하지 않은 걸 다행으로 여겨야 하나. 영섭은 고개를 절레절레 흔들며 시체가 있는 냉장고 앞으로 갔다.

까맣게 타들어간 사체. 그리고 그 주변으로 가득한 애벌레들.

"애벌레?"

어느새 왔는지 우성이 손으로 입을 훔치며 물었다.

"저 애벌레들은 뭐죠?"

영섭이 바닥에 쪼그려 앉아 플래시로 애벌레를 비췄다.

"꽁초야." 애벌레의 정체는 소방관들이 뿌린 물에 불은 담배꽁초였다. 근처 유리 탁자의 유리가 산산조각 나 있었다. 화재 열기에 탁자의 유리가 깨졌고, 그 바람에 담배꽁초가 쌓인 재떨이가 바닥에 쏟아진 것 같았다.

"와. 이게 다 몇 개예요. 지독한 골초였나 보네요. 전 애벌레가 있기에 시체 냄새에 꼬인 곤충이 깐 애벌레인 줄 알았어요."

대충 새봐도 수십 아니, 수백 개의 꽁초들이 널브러져 있었다.

영섭은 마른침을 꿀꺽 삼켰다. 아이러니하게도 꽁초들을 보고 있자니 다시금 담배 생각이 간절해졌다. 파블로프의 개가 아니라 흡연의 개인가.

영섭은 애써 입맛을 다시며 꽁초에서 까맣게 타 버린 시신으로 눈길을 돌렸다.

인간이 느끼는 통각 중 가장 높은 순위에 랭크된 참을 수 없는 고통.

열기로 피부와 근육의 수분을 빼앗아 수축시키고 서로 엉겨붙어 전신을 찌르는 작열감을 주는 화상의 고통이다. 이 시체를 보니 당시 피해자가 경험했을 극단의 고통이 떠올랐다. 생살을 지지는 지글거리는 열기. 폐부를 찔러 대는 메케한 유독 가스. 마치 내 몸이 타들어 가는 환상통을 경험하게 하는 처참한 모습이었다.

활짝 열린 냉장고 사이로 비어져 나온 새까맣게 타 버린 상반신. 여전히 사체에서 피어오르고 있는 수증기. 비명을 지른 채 박제되어 버린 벌어진 입. 나뭇가지 같은 앙상한 손가락. 윗몸 일으키기를 하듯 두 팔이 머리를 잡고 하늘을 향해 누워있는 사체는 손바닥으로 귀를 막고 절규하는 흑색 토르소와 다름없었다.

영섭은 처참한 시신에서 눈을 떼 냉장고 안쪽을 살폈다. 상대적으로 화기에 닿지 않은 하반신은 어느 정도 신체의 원형을 유지하고 있었다. 알록달록 젖소가 그려진 파자마 바지가 하반신에 아슬아슬하게 걸려있었다.

하반신이 아니었다면 사체의 성별조차 분간하기 힘들었으리라.

검게 그을린 냉장고 주변으로 녹아버린 반찬통이 어지러이 널려있었다. 군데군데 열기에 녹아내린 구멍 사이로 흘러내린 반찬 국물이 바짝 졸아붙어 있었다.

소화수로 흥건히 젖은 바닥에 졸아붙은 색색의 국물은 뒤틀린 시체와 함께 초현실적 그로테스크를 연출했다.

'이토록 고통에 몸부림치다 숨이 끊어진 시신의 사연은 뭘까. 자살? 아니면 타살?'

골똘히 생각에 잠긴 영섭 뒤로 우성이 나직이 말했다.

"끔찍하네요. 얼마나 고통스러웠을까요?"

"불에 타기도 전에 질식으로 먼저 숨졌을 거야. 물론 질식도 고통스럽겠지만."

"그런데 의식을 잃어가면서까지 스스로 귀를 막은 이유가 뭘까요."

"화재로 인한 폭발음 때문이었을까. 아니면 고통에 머리를 감싸쥔 것일지도 모르지."

"보통 호흡곤란이 오면 코와 입을 막기 마련인데, 이 피해자는 모든 소리를 차단하려는 것처럼 귀를 막고 있는 게 특이하네요."

"솔직히 부자연스럽긴 해." 시신을 바라보던 영섭이 가볍게 턱을 쓰다듬었다. "혹시 피해자가 고통 속에 죽어가면서 남긴

다잉 메시지일까."

우성이 영섭을 향해 고개를 돌렸다.

"선배님. 그렇다면 자살이 아니라 타살이라는 말인데요?" 잠시 말을 멈춘 우성이 도로 시신으로 시선을 돌렸다. "귀를 막는 행위가 소리를 들을 수 없다는 의미라면 혹시 범인이 청각장애를 가진 사람이라는 걸 의미할지도 모르겠어요."

"독특한 귓바퀴 같은 신체적 특징을 의미하는 것일지도 모르지. 일단 이 건은 부검 결과가 나온 뒤 팀원들과 논의하는 게 좋겠어."

영섭은 몸을 돌려 새까만 뼈대를 들어낸 소파를 지나 베란다로 향했다. 베란다로 통하는 거실 창이 전부 깨져 있었다. 창문의 잠금장치는 안쪽에서 잠긴 상태였다. 베란다 측 외부 창문도 역시 안쪽에서 잠긴 상태였다.

"선배님 여기도 꽁초 벌레들이 가득하네요."

우성이 가리킨 손가락 끝으로 시선을 돌리자 베란다 구석 하수 배관 통 아래 꽁초들이 종이컵 가득 쌓여 있었다. 쓰러진 컵에서는 꽁초와 함께 침과 타르가 섞인 탁한 액체가 바닥을 흥건히 적셨다.

"이야. 선배님 여기 집주인은 정말 장난 아니게 피워 댔군요."

"골초도 골촌데 잘도 모아 놓았군."

영섭과 우성이 꽁초더미에 놀라는 사이 현관 앞이 대낮처럼 환하게 밝아졌다. 고개를 돌리자 랜턴을 든 국과수 요원들이 부산스럽게 들이닥쳤다.

×××

월요일 오전. 동남경찰서에는 전일 발생한 대진아파트 화재 사건을 두고 수사 회의가 열렸다. 강력계 팀장을 포함한 팀원들이 모두 자리했다. 직접 현장을 확인한 영섭이 국과수의 현장 감식 결과를 토대로 회의를 진행했다.

"9월 15일 18시에 발생한 대진 아파트 화재 사건의 브리핑을 시작하겠습니다. 우선 발견된 사망자는 33세 여성, 김은경 씨로 확인되었습니다. 최초 신고는 옆집 509호에 사는 39세 남성, 김종주 씨로 확인됐고, 천안소방서에서 출동한 소방차가 18시 10분에 도착, 18시 17분 현관문을 개방하고 화재진압을 시작했습니다. 이후 43분이 지나 19시에 진압을 완료했습니다."

영섭은 프로젝트 스크린에 사체의 사진을 띄웠다.

"사진을 봐 주십시오. 불에 탄 피해자는 510호에 혼자 살던 김은경 씨로 확인되었습니다. 사인은 정밀 부검결과가 나와야겠지만 현장 증거를 토대로 연기로 인한 기도폐쇄 및 호흡기능 저하에 따른 질식사로 추정했습니다."

영섭이 레이저 포인트로 사체의 머리 부분을 가리키며 말을 이었다.

"한 가지 특이점은 사체의 상태인데 하반신은 냉장고 안에, 상반신은 거실 밖으로 걸쳐진 상태였습니다. 사체의 양 손바닥은 귀를 압박하고 있었습니다. 호흡곤란에 따른 사망 후 그대로 불에 타 4도 이상의 심각한 화상을 입은 것으로 판단됩니다. 금일 국과수에서 사법해부 후 18시까지 결과 보고를 회신 예정입니다."

영섭이 눈짓하자 우성이 노트북의 다음 사진을 띄었다.

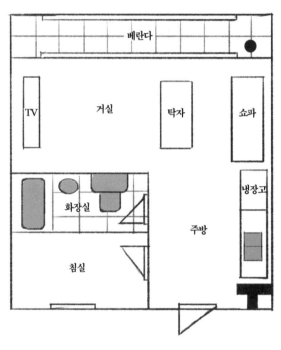

대진아파트 평면도

"지금 보시는 사진은 화재 사건이 발생한 아파트 내부 사진입니다. 화재진압에 참여했던 소방관과 국과수 결과를 토대로 말씀드리겠습니다. 화재원인은 거실에서 발견된 133ML 용량의 지포 라이터 기름통으로 확인됐습니다. 벽면을 통해 동시다발적으로 화재가 발생, 진행된 것으로 미루어 인위적 방화로 추정하고 있습니다. 불은 거실 창, 거실 벽, 출입문, 화장실 문 등 사면에서 진행되었고, 모든 방문과 창문이 잠겨 있던 상태로 510호는 완전한 밀실상태였습니다. 또한 510호로 인입되는 수도밸브가 잠겨 있었고, 방문과 화장실문, 현관문 일부의 틈을 테이프로 막은 점으로 보아 거실에 있던 김은경 씨가 자살을 목적으로 한 방화로 추정하고 있습니다. 다만 발화지점 근처에서 녹은 촛농 자국이 발견되었습니다. 국과수 조사로는 이 초가 화재에 직접적인 영향을 끼쳤는지 여부는 확인할 수 없어 정확한 화재 시점을 추정하기 어렵다는 답변을 받았습니다."

영섭은 발표를 마치고 팀원들을 둘러보며 물었다.

"여기까지 질문 있으십니까?"

좌측에 앉은 재만 경감이 손을 들었다.

"화재 시작시간을 추정할 수 없으니 난제로군. 밀실상태였다고 했는데. 외부에서 침입한 흔적이 전혀 없었나?"

"현관문은 자체 도어 록과 보조자물쇠가 모두 잠겨 있었습니다. 그 때문에 소방관이 진입에 애를 먹었고요. 화장실과 방문은 똑따기 단추로 된 도어 록이 잠긴 상태였습니다. 피해자가 방 밖에서 방 안쪽의 잠금 단추를 누르고 문을 닫은 것으로 추정됩니다. 피해 세대가 5층 높이라 외부 침입 가능성은 배제했습니다. 복도와 맞닿은 방 창문 역시 안쪽에서 잠겨 있었고 방범창으로 침입이 불가합니다. 추가로 현관문 도어 록과 보조키 열쇠가 든 지갑이 거실 소파 부근에서 발견됐습니다." 영섭이 보고서에서 고개를 들고 말했다. "드러난 정황들로 추정했을 때 화재가 난 510호는 완벽한 밀실 상태였습니다."

팔짱을 끼고 있던 승종 경감이 말했다.

"창문과 문틈에 테이프가 붙어 있었다. 그런데 현관의 일부는 무슨 뜻인가?"

"실제로 화재 열기에 일부 소실되었지만 거실 창문과 화장실, 방문 틈에 테이프로 연기를 막은 흔적이 발견됐습니다. 다만 현관문의 경우 바닥면에는 테이프가 붙어 있지 않았습니다. 화재 신고 당시 김종주 씨의 녹취록에 510호 현관문 아래로 새어 나온 연기를 목격한 내용이 언급돼 있습니다."

영섭의 답변에 이어 잠자코 있던 팀장이 입을 열었다.

"외부 침입이 불가능하고 화재 원인이 인위적 방화라면 피해자는 자살했다는 말인가?"

영섭이 팀장 쪽으로 몸을 돌려 대답했다.

"사실 정황적 증거는 자살을 가리키고 있습니다. 다만 자살을 기도했던 피해자가 냉장고 안에서 발견된 점이 마음에 걸리는데요."

"자네는 다르게 생각한다는 말이군. 근거는?"

"현장 정황으로만 따졌을 때 자살로 결론 내릴 수 있다고 생각합니다. 한순간의 격정에 출입구를 포함한 거실에 라이터 기름을 뿌리고 불을 붙일 수 있죠. 그 뒤 피해자는 덮쳐오는 뜨거운 열기와 죽음의 공포에 마음을 바꿉니다. 하지만 출입문으로 가는 길은 불길로 뒤덮였고 창밖은 5층입니다. 결국 냉장고 안으로 열기를 피해 숨을 수밖에 없죠. 영화 인디아나 존스에서 존스 박사가 냉장고 안에 숨어 폭발을 피해 살아남는 장면이 있을 정도니 허무맹랑한 시도는 아니었을 겁니다. 하지만 불행하게도 밀폐된 냉장고 안의 공기는 소방관이 올 때까지 버티기엔 부족했습니다. 결국 폐쇄감과 호흡곤란에 냉장고 문을 열었던 것으로 보입니다. 결과적으로 피해자는 중간에 마음을 바꿨지만 자살한 거죠." 영섭이 검지를 세웠다. "다만 이 사건이 걸리는 점은 사망자가 자살을 번복하기까지 오랜 시간이 걸렸고 방법 또한 이례적인 점입니다."

"오랜 시간이 걸렸다."

팀장은 영섭의 말을 천천히 되풀이했다. 영섭은 팀장의 말에 이어 답했다.

"보통 자살의 경우 순간의 감정을 주체 못해 목숨을 끊는 극단적 선택이지만 그 방법적인 면에서는 대부분 비슷한 성향을 보입니다."

"이를테면?"

"대부분 죽음의 고통이 가장 적은 방법으로 자살을 시도하는 겁니다. 투신, 가스 질식, 목을 매는 자살 등 대다수 자살자들은 최단시간, 최소한의 고통으로 목숨을 버리는 방법을 취합니다. 죽음의 공포를 극복하려는 그들에게 고통은 가장 큰 적이죠. 그런데 이 사건의 피해자는 자살의 방법으로 인간이 느낄 수 있는 가장 극단의 고통인 화재를 선택했습니다. 게다가 화재 후 공포로 마음을 바꾸기까지 오랜 시간이 걸렸습니다. 처음 불을 붙인 직후 충분히 탈출할 시간이 있었음에도 탈출로가 전부 불길에 막힐 때까지 기다렸다가 냉장고로 몸을 숨긴 건 상식적으로 이해되지 않는 행동입니다."

영섭의 말에 고개를 끄덕인 팀장이 날카롭게 말했다.

"일단 사건성이 있을 수 있다는 말이군."

영섭은 힘주어 말했다.

"당시 화재 열기와 진압에 뿌린 물 때문에 현장에 남았을지 모를 유전적 증거는 소실되었습니다. 또한 부검 결과가 나오지 않아 아직 약물이나 타살 여부는 판단하기 힘들지만, 허락해 주신다면 제가 살인사건을 전제로 조사하고 싶습니다. 어젯밤 103동 아파트 출입구에 설치된 폐쇄회로 영상을 확인했습니다. 화재 신고가 접수된 18시 4분을 기점으로 신고 전 16시까지 폐쇄회로에 찍힌 사람은 두 명입니다. 한 명은 16시 52분에 103동을 나간 죽은 김은경 씨의 남자친구 33세 조기정 씨고, 다른 한 명은 16시 40분에 출입하여 17시 10분에 103동을 나간 대진아파트 담당 택배기사 45세, 고한석 씨입니다. 따라서 화재 사건 용의자는 폐쇄회로에 찍힌 두 사람을 포함 화재 발생 이후 대피한 103동 주민 모두를 용의자로 볼 수 있습니다. 우선 앞서 나간 두 사람과 피해자 주변 이웃을 상대로 조사하고 싶습니다."

고개를 끄덕이던 재만 경감이 말했다.

"화재 신고가 18시 4분인데 무려 1시간 전에 아파트를 나간 피해자의 남자친구까지 용의선상에 놓는 건 무리 아닌가?"

"앞서 말씀드렸지만 현장에서 촛농자국이 발견됐습니다. 화재 발생시간을 특정할 수 없는 만큼 초를 이용해 알리바이를 성립했을 가능성이 있다고 생각합니다."

승종 경감이 반론했다.

"범인이 화재 이후 몸을 숨기고 있다 대피하는 사람들에 섞여 나갔을 수도 있잖은가."

"우선 두 명의 유력 용의자를 조사 후 관계자들을 차례로 조사할 생각입니다."

그때 성완 경사가 손을 들고 말했다.

"대피자 조사는 제가 백업하겠습니다."

영섭이 성완 경사에게 눈짓했다. 뒤이어 서류들을 정리하며 말했다.

"그럼 이상 회의를 마치겠습니다. 팀장님 한 말씀 하시죠."

팀장이 팀원들을 둘러보며 목소리를 높였다.

"좋아. 일말의 가능성이 있다면 조사하고 밝혀내는 게 우리들의 일이다. 피해자를 위해서라도 진실을 밝혀내도록 힘써주게. 이상!"

×××

첫 화재 신고인 18시 4분부터 16시까지 폐쇄회로에 찍힌 사람은 두 명이었다.

한 명은 16시 52분에 103동을 나간 죽은 김은경의 SNS를 통해 밝혀낸 남자친구 33세 조기정. 다른 한 명은 16시 40분에 출입하여 17시 10분에 103동을 나간 대진아파트 담당 택배기사 45세 고한석이었다.

영섭은 기정의 직업이 대진아파트에서 15분 거리의 케이블 방송 설치기사라는 것을 알아냈다. 김은경의 SNS를 조사하다 보니 시간은 어느덧 12시를 넘기고 있었다. 회사원인 조기정은 점심시간이리라. 영섭은 조기정의 회사로 가기에 앞서 510호의 이웃들을 탐문 하기로 마음먹었다. 영섭은 책상을 박차며 말했다.

"우성아 가자."

"네. 선배님."

수첩을 챙겨 든 우성이 영섭을 뒤따랐다.

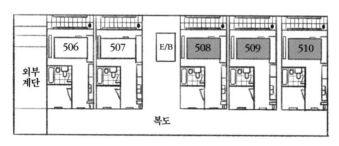

대진아파트 구조

영섭은 대진 아파트 주차장에 차를 세웠다.

영섭이 살고 있는 113동과는 다른 느낌으로 다가오는 103동에 서늘함이 감돌았다.

"하아. 살고 있는 아파트에 사람이 죽다니. 애들 정서에 안 좋을 텐데."

"안 그래도 네 식구 살기엔 좁다고 다른 아파트로 이사 가신다고 하셨잖아요."

"마음만 그렇다는 얘기지. 휴. 이사도 돈이 있어야 가지."

한숨 섞인 넋두리를 하다 보니 최초 화재 신고자가 있는 509호 문 앞에 도착했다. 화재가 났던 510호 바로 옆집이었다. 우성이 문 우측에 달린 초인종을 길게 눌렀다. 문 안으로 익숙한 클래식 선율이 흘렀다.

잠시 후 굵은 목소리가 들렸다. "누구세요?"

20년이 넘은 낡은 아파트에 화상 인터폰 따윈 없었다. 그저 목소리로 문밖의 상대를 가늠할 수밖에 없었다. 이를 잘 아는 영섭이 소리 높여 말했다.

"안녕하세요. 동남경찰서 오영섭 형사입니다. 어제 오후 화재 사건으로 몇 가지 조사할 게 있어 방문 드렸습니다. 잠시 이야기 나눌 수 있을까요."

문 사이로 잠깐의 정적이 흘렀다. 잠시 후 덜그럭 소리와 함께 보조키 걸쇠가 풀리고 디지털 도어 록이 요란한 전자음을 냈다. 살짝 열린 문틈으로 중년 남성이 얼굴을 배꼼이 내밀였다. 유독 조심스러운 모습이 낯선 사람에 대한 경계가 심한 듯 보였다. 문틈으로 보이는 퉁퉁한 얼굴로도 비만 체질인 것을 알 수 있었다.

"네.... 뭐가 궁금한데요?"

남성은 살짝 긴장한 듯 굳은 얼굴로 말했다.

"먼저 성함과 나이, 직업을 말씀해 주세요."

우성이 수첩에 필기 준비를 했다.

"김종주. 39세입니다. 직장을 그만두고 잠시 집에서 쉬고 있습니다."

"결혼은 하셨나요?"

"아뇨. 아직. 미혼입니다. 혼자 살고 있어요."

키는 약 171cm, 뚱뚱한 체격, 아둔한 인상의 남자였다. 얼굴은 기름기로 번들거렸고 떡진 머리 사이로 이마의 여드름이 보였다. 검정색 긴소매 폴로 티셔츠의 목 단추는 터질 듯한 살에 모두 풀려 있었다.

"어제 18시 4분에 화재 신고를 하셨는데요. 당시 상황을 말씀해 주십시오."

어제 상황을 떠올리듯 눈을 위로 치켜뜬 남자가 입을 열었다.

"어제 저녁엔 집에서 혼자 TV를 보고 있었어요. 콜록. 제가 해외축구 광팬인데 주말엔 밀린 리그를 몰아서 보거든요. 한창 축구를 시청하는데 옆집 510호에서 깨지고 터지는 소리가 났습니다. 18시쯤이었을 거예요. 그래서 집안을 확인해 보니 탄내도 나는 것 같고 해서 서둘러 집을 나왔죠. 아닌 게 아니라 510호 현관문 아래로 검은 연기가 새어 나오더군요. 그 길로 5층 화재 비상벨을 누르고 1층으로 대피했습니다. 물론 119와 112에도 신고했죠. 콜록." 재채기를 한 김종주는 손바닥으로 코를 훑어 올리고 고개를 꾸벅거렸다. "아. 죄송합니다. 제가 알레르기 비염인데 가을만 되면 증상이 도져서요. 자꾸 기침이 나오네요."

연필을 든 손을 쉴 새 없이 움직이던 우성이 말했다.

"괜찮습니다. 옆집 김은경 씨 평소 생활은 어땠나요?"

"오며 가며 인사 정도 하는 사이였는데... 뭐. 그리 썩 좋은 이웃은 아니었습니다."

영섭이 눈빛을 빛내며 물었다.

"왜죠?"

"저희 아파트가 방음이 잘 안 돼요. 근데 옆집 여자가 주말마다 남자친구와 빠짐없이 큰 소리로 싸웠거든요. 콜록."

"남자친구와 사이가 좋지 않았나요?"

코를 크게 들이마신 남자가 두툼한 입술을 열었다.

"자세히는 모르죠. 하지만 좋은 사이는 아닌 거 같았습니다. 금요일 저녁이나 토요일 아침부터 남자랑 주말 내내 집 안에 붙어 있다가 일요일만 되면 어김없이 싸우더군요. 고성방가에 여자는 죽어버리겠다고 소리를 질러 대고 울고불고... 옆집에 살면서 듣고 싶지 않은 사연을 들어야 하니 정말 미치겠더라고요."

"김은경 씨가 평소 자살과 관련된 말씀을 하셨다고요?"

우성이 미간에 힘을 주며 물었다.

"네. 맞아요. 이렇게 사느니 죽어버리는 게 낫겠다는 소리를 많이 했어요."

남자는 긴장한 탓인지 이마에 땀방울이 맺혔다. 남자가 왼손을 들어 입고 있던 셔츠로 땀을 닦아 냈다. 영섭은 땀을 닦아내는 남자의 왼쪽 소매에 떨어진 단추 자국을 봤다. 소매 단추를 채울 생각 자체가 없는 듯했다.

"감사합니다. 추가로 생각나는 것 있으시면 연락주세요."

영섭이 이마의 땀을 훔치는 김종주에게 명함을 건넸다.

"평소에도 홧김에 자살을 이야기했군요."

계단을 내려가며 우성이 말했다. 영섭은 감정 없이 답했다.

"죽겠다고 말하는 사람은 많아. 그걸 진짜로 실행하는 건 다른 문제지. 이제 4층으로 가 보지."

우성은 앞서가는 영섭을 뒤따랐다.

벨을 누른 410호에서 중년의 주부가 나왔다. 화재가 난 510호 바로 아랫집이었다.

"나이와 이름, 직업을 말씀해 주세요."

"44세고 이름은 이미소입니다. 보시다시피 주부예요."

약 175cm, 전체적으로 마른 체격에 날카로운 인상의 여성이었다. 문밖에 나오기 전까지 설거지라도 하고 있었는지 앞치마에 물기가 묻어 있었다. 단정하게 빗어 올린 머리. 청소

중에도 흐트러짐 없는 차림. 목까지 채운 감색 셔츠의 단추가 꼼꼼한 성격임을 말하는 듯했다.

"어제 저녁 화재 시간대 상황을 말씀해 주세요."

주부는 바로 답했다.

"어제 저녁엔 모처럼 혼자 집에서 드라마를 보고 있었어요. 남편과 아이는 낚시를 가서 혼자 있었는데, 마침 케이블에서 드라마를 한꺼번에 몰아서 틀어 주더라고요." 주부의 입가에 미소가 걸렸다. "그래서 계속 드라마만 봤어요. 그런데 갑자기 화재 벨 소리가 울리는 거예요. 전 누가 장난친 줄 알고 다시 드라마를 보려고 했는데, 바로 이어서 아파트 관리사무소에서 대피방송이 나오데요." 주부는 어제의 급박한 상황이 떠올랐는지 호흡이 빨라졌다. "그때부터는 정신없이 집을 나와 1층으로 내려갔어요."

우성이 연필을 입가에 대며 물었다.

"바로 윗집에서 화재가 났는데 아무 소리도 듣지 못하신 건가요?"

순간 주부의 얼굴이 붉게 달아올랐다.

"어머. 호호호. 제가 드라마를 헤드폰을 끼고 봤거든요. 워낙 집중하면서 보는 걸 좋아해서.... 화재 벨 소리야 워낙 크니까 헤드폰 안으로도 들리더라고요."

"윗집 김은경 씨에 대해 아시는 대로 말씀해 주시죠."

주부의 얼굴에 웃음기가 가셨다.

"사실 타지에 혼자서 직장 다니고 힘들게 살다가 그렇게 가

버린 게 참 딱하긴 한데... 사실 이웃들과는 좀 트러블이 있었어요. 담배를 피워 물고 아파트 복도를 돌아다니는데... 그 뭐라 그러더라. 길빵?" 우성이 고개를 끄덕이자 주부는 만족한다는 듯 말을 이었다. "네. 그거요. 애들 키우는 입장에서 담배 냄새 풍기면서 아파트 돌아다니는 거 보기에도 안 좋고 건강에도 안 좋잖아요. 간접흡연이 얼마나 안 좋아요. 그것 때문에 아기엄마들이 항의도 많이 했어요."

510호 집안에 널려있던 꽁초들을 떠올린 영섭이 쓴웃음을 지으며 말했다.

"주부님도 510호 김은경 씨와 담배 문제로 다투신 적 있으세요?"

영섭의 질문에 화들짝 놀란 주부가 소심한 목소리로 말했다.

"아뇨. 속으론 엄청 욕했는데... 제가 막상 사람 앞에 두고는 말하는 성격이 아니라요. 호호호. 근데 509호 그 뚱뚱한 남자랑은 종종 다투는 걸 본 적이 있어요."

"그랬군요. 그럼 김은경 씨 남자관계는 어땠는지 아시나요?"

"주말마다 만나는 남자가 있었어요. 키 크고 얼굴도 잘생겼는데 그 남자도 은경 씨처럼 만날 담배를 피워 댔어요. 아파트 공원에 앉아서 같이 담배 피는 걸 오며 가며 많이 봤어요. 맞담배라 그러나요? 남자나 여자나 담배는 몸에 백해무익한데 왜 그리 피워 대나 몰라요. 사람들이 지나다니는 아파트 벤치에서 그렇게 담배를 피워 대면 애들이 또 뭘 보고 배우겠어요. 쯧쯧쯧"

주부의 혀를 차는 소리를 끝으로 우성은 수첩을 덮었다.

"네 협조해 주셔서 감사합니다. 또 생각나시는 것 있으시면 연락 부탁드립니다."

중앙복도의 4층 계단으로 발걸음을 옮기며 우성이 말했다.

"509호 김종주 씨와 다툰 건 소음 때문이었을까요? 담배 때문이었을까요?"

"본인이 소음 때문이라고 말했으니까. 중요한 건 9호와 10호 사이에 트러블이 있었다는 사실이지."

507호와 508호는 부재 중이었다. 끝 집 506호에는 사람이 있었다.

175cm, 꽤 큰 키의 28세 주부 권새라는 앞선 이웃들과 비슷한 진술을 했다. 다만 한 가지 중요한 목격 단서를 이야기했다.

"화재 사고 전에 택배기사가 문 앞에 놓고 간 상자를 갖고 집에 들어왔거든요. 그런데 그때 510호에 남자가 들어가는 걸 봤어요."

"혹시 몇 시쯤이었나요? 인상착의를 보셨나요?"

"한 16시 50분에서 17시 사이였던 것 같아요. 50분쯤에 택배기사가 벨을 누르고 문 앞에 택배를 두고 갔거든요. 별로 의식하지 않고 본 거라 자세히는 못 봤고요. 음... 어두운 남색 계열 상의를 입었던 거 같아요. 키는 저랑 비슷했던 것 같고."

영섭은 인사와 함께 명함을 건네고 돌아섰다.

둘은 610호에 가기 위해 506호 옆 외부 계단을 올라갔다. 탐문을 돌며 질문을 많이 해서일까. 입이 텁텁한 영섭은 담배 생각이 어느 때보다 간절했다. 영섭은 외부 계단에서 발을 멈추고 우성에게 말했다.

"먼저 610호에 가 있어." 우성이 돌아보자 영섭이 스윽 담뱃갑을 들어 보였다. "한 대 태우고 갈게."

비흡연자인 우성을 들여보내고 영섭은 6층 외부 계단에 서서 담배를 빼 물었다.

잠시 후. 선선한 바람을 맞으며 맛깔나게 담배를 태운 영섭이 복도로 들어왔다. 발걸음을 서둘러 중앙 엘리베이터까지 온 영섭의 눈에 우성 말고 낯선 사람이 들어왔다. 낯선 이는 얇은 비닐에 쌓인 옷가지를 들고 610호 벨을 누르고 있었다.

곧이어 낯선 이가 현관문 틈에 얼굴을 가져가 말했다.

"대진 세탁소에요. 맡기신 옷 가져왔습니다."

잠시 후. 반쯤 열린 문 사이로 불쑥 튀어나온 손이 옷을 낚아챘다.

세탁소 사람은 꾸벅 인사를 건네고 남은 세탁물을 챙겨 지켜보고 있던 영섭을 지나쳤다.

"누구시죠?"

다분히 신경질적인 목소리. 자기 집 문 앞에 빤히 서 있던 우성이 거슬리는 것이리라.

"안녕하세요. 동남경찰서 김우성 형사입니다. 어제 화재 사건 관련해 몇 가지 여쭤 보려고요."

영섭은 오른편으로 열린 현관문에 가로막혀 우성과 610호 남자의 모습이 보이지 않았다. 아마 610호 남자도 마찬가지일 것이다.

영섭은 우성이 혼자 어떻게 탐문을 할지 지켜보기로 했다. 잠시 투덜거리는 소리에 이어 우성이 질문을 시작했다.

"우선 성함과 나이, 직업을 말씀해 주세요."

영섭은 610호 남자의 말소리를 잘 듣기 위해 조금 더 다가갔다.

"이름은 이진성, 34세이고 집에서 프리랜서 그래픽디자이너로 일하고 있습니다."

수첩에 뭔가를 적는 소리가 들렸다. 대부분 태블릿을 들고 다니는 요즘에도 아날로그식 수첩을 고집하는 우성이었다.

"어제 화재가 난 시간에 하셨던 일을 말씀해 주십시오."

"새로 런칭하는 게임 프로젝트 때문에 토요일부터 어제 아침까지 꼬박 밤을 샜습니다. 그대로 쓰러져 잠이 들었고 깨어나니 15시더군요. 늦은 점심을 먹고 리프레쉬 할 겸 베그를 했습니다."

"베그요?"

"아. 총질하는 온라인 PC게임입니다. 어쨌든 헤드폰을 끼고 한참 집중하는데 갑자기 화재 벨 소리가 울리더군요. 헤드폰을 벗고 거실로 나오니 정말 거실 바닥이 뜨거웠어요. 창밖으로 검은 연기가 막 올라오고. 탄 냄새가 진동을 하는데 느낌이 심상치 않았습니다. 생각할 것도 없이 그대로 옷을 챙겨 입고 밖으로 나왔어요. 때마침 화재 벨 소리에 다른 집에서도 사람들이 뛰쳐나오더군요."

"510호 김은경 씨에 대해 아시는 대로 말씀해주세요."

"바로 윗집에 살지만 사실 아는 건 별로 없습니다. 그저 주말마다 남자친구가 오고 자주 싸운다는 정도밖에는."

"자주 싸웠나요? 혹시 남자친구가 폭력을 휘두르는 걸 본 적은 없습니까?"

"그러고 보니 그 커플 집 밖에서도 종종 싸웠던 것 같습니다. 아파트 단지 내에서도 큰 소리로 언쟁을 벌이는 걸 보기도 했고요. 뭐 직접 몸싸움을 벌이는 건 본 적 없지만요."

필요한 질문을 하고 있다고 판단한 영섭은 가로막은 현관문을 지났다.

영섭은 현관문 너머 가려져 있던 이진성을 빠르게 스캔했다. 왼손에는 방금 받은 세탁물인 투명 비닐에 쌓인 감청색 셔츠가 들려 있었는데 가슴 쪽 구찌 로고가 선명하게 보였다. 시선을 들어 본 이진성은 170cm 정도로 평범한 체격, 단정한 5:5 가르마에 먼지 하나 없는 회색 지방시 폴로셔츠와 진청색 청바지를 입은 깔끔한 댄디 스타일이었다.

우성의 탐문에 영섭이 끼어들었다.

"안녕하세요. 동남서 오영섭 형사입니다. 혹시 커플이 어떤 일로 다투는지 들으셨나요."

이진성은 가볍게 기침을 하며 답했다.

"아뇨. 콜록. 커플이 싸우는데 머 이유가 있겠습니까. 그냥 길거리에서 싸워도 모르는 척하고 지나가는 거죠. 콜록. 아! 그러고 보니 어제 화재가 나기 전 두 커플이 아주 크게 싸우는 소리를 들었습니다."

"저기. 괜찮으신가요?"

이진성이 손바닥을 들어 보였다.

"아. 괜찮습니다. 제가 기관지가 좀 예민해서요. 신경 쓰지 마세요."

영섭이 고개를 끄덕이고 질문했다.

"혹시 싸우는 소리를 들은 시각이 몇 시경이었는지 기억하시는지."

"아마. 리그전 끝나고 간 화장실에서 들었으니 16시 40분쯤이었을 겁니다. 죽어버리겠다는 아랫집 여자의 비명 소리가 콜록. 우리 집 화장실을 타고 들렸던 것 같아요."

"화재 직전이군요."

우성이 조용히 읊조렸다.

영섭의 눈에 열린 문틈 사이로 가지런히 정리된 굽 높은 신발들이 보였다. 신발장 위엔 아크릴 케이스 속으로 다양한 게임 캐릭터 피규어와 기하학적 모형의 장식물들이 열을 맞춰 진열돼 있었다. 게임 디자이너에 걸맞는 덕후스러운 장식이었다. 줄을 맞춘 장식들이 굉장히 깔끔하고 꼼꼼한 성격의 소유자로 보였다. 집안에는 은은한 레몬 향이 배어 나왔다. 그러나 방향제로도 희미한 탄내를 지울 순 없었다.

"아. 피규어 좋아하시나보죠?"

영섭의 시선을 알아챈 이진성이 자연스럽게 물었다.

"네. 좋아는 합니다만 아무래도 저 같은 월급쟁이로선 가격대가 크다 보니 언감생심이죠. 하하."

영섭이 뒷머리를 긁적였다.

"맞습니다. 비싼 취미이긴 하죠. 하지만 좀 더 저렴하게 즐기는 방법도 있답니다."

"네? 그런 방법이 있었나요?" 영섭이 되묻자 이진성이 고개를 주억거렸다.

"만들면 됩니다." 이진성이 자랑스레 피규어들을 둘러보며 말했다. "뭐 좀 더 시간과 노력을 들여야겠지만요."

영섭이 맞장구쳤다. "오오. 그런 방법도 있었군요. 저도 한 번 생각해 봐야겠어요." 그리고 안주머니에서 꺼낸 명함을 이진성에게 건넸다. "협조해 주셔서 감사합니다. 또 떠오르는 게 있으면 연락 부탁드립니다."

시간은 어느덧 17시가 되었다.

영섭과 우성은 김은경의 남자친구 조기정의 회사에서 퇴근하는 조기정을 기다리기로 했다. 영섭이 차의 시동을 걸자 수첩을 살피던 우성이 말했다.

"일단 피해자 김은경 씨의 남자친구가 유력한 용의자군요. 평소에도 다툼이 있었고, 화재 전 16시 40분에 크게 싸웠어요. 불과 12분 후 남자친구가 아파트를 나간 뒤 화재가 시작된 것도 수상하고요."

운전 중인 영섭은 전방을 주시한 채 답했다.

"506호 권새라 씨의 진술도 확인해야겠지."

"16시 50분에서 17시 사이에 510호에 출입한 남자 말이죠?"

영섭은 대답 없이 고개를 끄덕거렸다.

차는 쌍용대로에서 케이블 방송 사무실이 있는 불당대로 건널목에 멈춰 섰다. 신호를 받아 기다리던 영섭이 뭔가 생각난 듯 우성에게 말했다.

"대진아파트 담당 택배기사 연락처 있나?"

"네." 우성은 대답과 동시에 재빨리 휴대폰을 조작했다. 곧이어 스피커폰으로 택배회사 안내 멘트가 흘러나왔다. 신호가 녹색불로 바뀌는 순간 기사가 전화를 받았다.

– 안녕하세요. 제일 택배 쌍용동 담당기사 고한석입니다. 주소와 동 호수를 말씀해 주세요.

조건 반사처럼 택배기사의 멘트가 튀어나왔다.

"안녕하세요. 동남경찰서 강력반 오영섭 형사입니다. 다름이 아니라 어제 저녁 대진아파트 화재 사건으로 전화드렸는데 잠시 통화 괜찮으실까요."

– 아 네. 말씀하시죠.

이내 서비스용 말투에서 벗어난 기사가 대답했다.

"어제 저녁 대진 아파트 택배 배달을 하셨던데요. 기사님이 다녀가신 뒤로 아파트에 화재가 났던 사실은 알고 계신가요?"

– 네. 아무래도 담당지역이다 보니 그런 소식은 빨리 듣게

됩니다. 제가 배달을 마치고 나간 직후에 불이 났다더군요.

배달 중 핸즈프리로 전화를 받는지 거친 숨소리와 계단을 내려가는 발소리가 스피커폰 너머로 들려왔다.

"17시 10분경에 103동을 나가셨더군요. 그래서 말인데 혹시 어제 배달목록 중에 510호가 있었나요?"

잠시 정적이 흐른 후 기사가 말했다.

- 510호라. 음. 잠시 만요. 송장을 한번 확인해 보겠습니다.

잠시 후 기사가 답했다.

- 네 어제 배달목록에 510호가 있었습니다.

"혹시 어떤 물건인지도 알 수 있을까요?"

영섭의 물음에 기사는 난감한 목소리로 말했다.

- 아니요. 저희야 물건을 전달만 하지 그 안에 뭐가 들었는지는 모르죠. 아. 다만 발송처는 확인이 가능합니다.

"그러시면 발송처를 이 번호로 문자 부탁드립니다."

- 네. 네. 알겠습니다.

흔쾌히 대답하는 기사에게 영섭이 한 번 더 물었다.

"혹시 5층 배달을 하시면서 뭔가 목격하신 것 없나요? 사소한 것도 상관없습니다."

- 흠....특별한 건 없었던 것 같아요.

"마지막으로 한 가지만 더 여쭙겠습니다. 103동을 끝으로 대진 아파트 단지를 나가셨나요? 아니면 단지 내 다른 동을 배달하셨나요?"

- 103동 뒤에 105동, 106동, 107동을 마저 돌고 한 18시쯤

단지를 나갔던 것으로 기억합니다. 뭐 정확하지는 않아요.

"네 시간 내주셔서 감사합니다."

우성이 휴대폰을 도로 주머니에 넣으며 말했다.

"화재 시간이나 택배기사의 동선으로 미루어 용의자로 보기는 어렵겠어요."

"동감이야. 그런데 피해자가 죽기 전 마지막으로 받은 택배는 뭐였을까?"

×××

이제 만나 볼 사람은 김은경의 애인 조기정 뿐이었다.

증언이나 정황증거로 봤을 때 조기정에 대한 의심이 증폭됐다. 17시 20분경. 영섭과 우성은 조기정의 사무실에 도착했다.

영섭은 케이블 방송 회사가 훤히 보이는 주차장에 차를 세웠다.

"할 일도 없고 시간은 남고. 담배나 한 대 태울까."

"담배 좀 줄이세요. 선배님."

차 문을 여는 영섭을 보며 우성이 쓴웃음을 지었다.

주차장 구석 흡연구역으로 이동한 영섭이 안주머니에서 담배 한 개비를 꺼내 물었다. 불을 붙이고 습관적으로 휴대폰을 꺼내 들었다. 사진첩 어플을 열자 가족과 함께한 사진들이 회면 가득 떠올랐다. 딸아이들과 동해바다 해변을 거닐던 순간, 서울 애니메이션 페스티벌에서 즐거웠던 한때.

사진 가득 행복한 아이들의 미소에 잠시나마 복잡한 마음이 평온해졌다.

그때 사진을 넘기던 영섭의 손이 멈칫했다.

한 달 전 천안 과학대제전에서 찍은 사진이었다. 사진 속 아이들은 조막만한 손으로 두툼한 연필 모양의 기구를 움직여 안경을 만들고 있었다.

그 순간 영섭의 뇌리에 뭔가가 스쳐 갔다. 하지만 빠르게 스쳐 간 생각을 정리하기는 힘들었다. 생각에 잠긴 영섭의 담뱃불이 필터에 닿을 즈음. 멀리서 케이블 회사 로고가 큼직하게 박힌 경차가 주차장으로 들어섰다. 퇴근 시간이 다가오자 외근을 마치고 사무실로 복귀하는 차 같았다.

시동이 꺼지고 운전석 쪽에서 훤칠한 청년이 내렸다. "아." 영섭은 청년을 곧바로 알아봤다. 김은경의 SNS에서 봤던 조기정이었다.

영섭은 서둘러 땅바닥에 담배를 비벼 끄고 조기정에게 다가갔다.

키 174cm의 마르지 않은 체격. 단정하게 빗어 넘긴 머리와 볼록한 이마. 오밀조밀한 이목구비가 왠지 모르게 신뢰감을 주는 얼굴이었다. 선한 눈매가 전체적으로 착한 인상을 풍겼다. 오래 입어 빛이 바랜 감색 작업복 왼편 가슴에는 지역 케이블 회사 로고가 박음질 돼 있었다. 가슴 로고 아래 포켓 단추는 거친 작업에 뜯겨 없어지고 대신 영수증 따위가 두

툼히 꽂혀 있었다. 퇴근 시간이 가까워서인지 피로한 얼굴이 었다.

"안녕하세요. 동남경찰서 강력반 오영섭 형사입니다. 몇 가지 여쭤볼 게 있어 찾아왔습니다."

영섭은 경찰이라는 말에 순간 얼굴이 굳는 조기정을 포착했다.

"김은경 씨 남자친구 되시죠? 어제 대진 아파트에서 화재사고가 발생했던 건 알고 계신가요?"

조기정은 담담하게 대답했다.

"네. 화재 소식은 오늘 출근하고 동료를 통해 알게 됐습니다. 아무래도 직업이 직업이니만큼 지역에서 벌어진 일은 다른 사람들보다 빨리 접하게 됩니다. 안 그래도 헤어진 여자친구가 사는 아파트라 걱정돼 전화를 걸고 톡을 남겼는데 일방적인 이별 통보 때문이었는지 전부 무시하더군요."

조기정의 대답에 영섭이 재차 되물었다.

"헤어지셨다고요."

"네. 어제 헤어지자 말하고 그녀 집을 나왔습니다."

"혹시 실례가 안 된다면 이유를 여쭤 봐도 될까요."

조기정은 쓸쓸한 표정으로 미소지었다.

"형사님께 말씀드려도 될지 모르겠군요."

"조사를 위한 일이니 부담 없이 말씀해주세요."

조기정은 잠시 생각을 정리한 뒤 입을 열었다.

"1년 동안 은경이와 사귀면서 많은 부분을 참았습니다. 그런데 더 이상은 신물이나 견딜 수가 없더군요. 그런데 절 찾아와 은경이에 대해 여쭤 보시는 이유가 뭡니까? 혹시 은경이에게 무슨 일이 생긴 건가요?"

"먼저 말씀드려야 했는데... 사죄 말씀드립니다." 조기정의 얼굴을 슬쩍 살피며 영섭이 말을 이었다. "사실 어제 화재가 났던 곳이 김은경 씨 댁이었습니다. 안타깝게도 김은경 씨는 화재에 휘말려 집안에서 사망하셨습니다. 이런 소식을 전하는 것을 유감스럽게 생각합니다."

조기정은 갑작스러운 충격에 눈을 부릅뜨고 몸을 떨었다. 꽤 나 큰 충격을 받은 듯 보였다. 영섭은 조기정의 반응이 진심인지 연기인지를 날카롭게 살폈다.

"주, 죽었다고요? 정말요? 흑... 이럴 줄 알았으면 헤어지자는 말은 하지 않는 건데... 그렇게 고생만 하다 허망하게 죽어버리다니. 내가. 내가 더 노력할 걸... 흐흑."

영섭은 아스팔트에 무릎을 꿇고 오열하는 조기정을 바라봤다.

그때 조기정의 왼쪽 귓바퀴에 뭔가 날카로운 것에 긁힌 흉터가 보였다.

영섭은 두 귀를 막은 김은경의 사체를 떠올렸다. 정신이 번쩍 들었다. 영섭은 조기정을 일으켜 주차장 구석 흡연 장소로 데려갔다. 나무 벤치에 조기정을 앉히고 자신의 담뱃갑을 건넸다. 떨리는 손으로 담배를 집어 든 조기정을 따라 영섭도 한 개비를 꺼내 입에 물었다. 주머니에서 라이터를 꺼내 조기정의 담배에 불을 붙인 뒤 자신의 담배에도 불을 붙였다.

벌게진 눈으로 말없이 담배를 빨던 조기정은 스스로 이야기를 시작했다.

"은경이를 처음 만난 건 1년 전에 다닌 물류회사였습니다. 그때 전 물류창고 관리 계약직이었고 은경이는 사무실 경리였죠. 돈을 벌려고 고향을 떠나 타지에 왔다는 공통점과 쉬는 시간마다 건물 뒤편에서 이렇게 담배를 태우며 사는 얘기, 상사 흉을 봤더니 자연스레 가까워졌습니다. 그렇게 사귀게 되었죠." 조기정이 숨을 내쉬자 담배 연기가 공중에서 흩어졌다. "몇 달 뒤 전 창고를 그만두고 케이블 설치기사로 이직했습니다. 쥐꼬리만 한 월급에 물류창고 중노동은 도저히 못 견디겠더군요. 회사를 옮겼지만 은경이와 관계는 계속됐습니다. 서로 직장도 다르고 평일엔 늦게까지 야근을 해서 만나지 못하지만 주말이 되면 제가 은경이네 집에 가서 일요일까지 죽치고 있었습니다. 돈벌이는 시원찮고 삶은 팍팍하고... 그러니 어쩌겠습니까. 그냥 애인 집에서 시간을 보내는 수밖에요. 제 집은 단칸방 고시원인데 은경인 그래도 아파트 월세라 대부분 제가 은경이네 집으로 찾아갔습니다."

조기정은 잠시 말을 멈추고 담배를 낀 손바닥으로 눈을 비볐다. 그러자 금세 조기정의 눈 주위가 붉게 물들었다.

"처음엔 함께 티브이를 보고, 함께 음식을 만들어 먹으며 꽤 행복한 시간을 보냈습니다. 그런데 시간이 지나고부터 조금씩 은경이와 관계가 삐걱거리기 시작하더군요. "

"이유가 뭐였죠?"

"그녀의 생활 습관 때문이었습니다."

담배 한 모금을 깊이 빤 뒤 한숨처럼 길게 내쉰 기정은 이야기를 이어갔다.

"딱히 게으른 건 아닌데 그녀에게 정리란 단어는 없는 것처럼 사는 게 거슬렸습니다. 함께 담배를 태우고 꽁초를 쓰레기통에 버리라고 그렇게 말해도 기어코 산처럼 쌓아놓는 일이 다반사였습니다. 처음엔 제가 버렸어요. 하지만 시간이 지날수록 오기가 생기더군요. 언제까지 안 치우나 두고 보려고 방치했더니 정말로 온 집안이 담배꽁초로 뒤덮일 때까지 치우지 않았습니다. 택배로 받은 박스들을 버리지 않고 처박아 두는 것도 그렇고 이런저런 행동들을 참을 수 없게 된 저는 결국 은경이에게 이별을 통보했습니다. 그런데 막상 이별을 통보하니 그전에는 제 말은 귓등으로도 듣지 않던 그녀가 세상이 끝난 양 울고불고 매달리는 겁니다. 다시는 그러지 않겠다면서요. 처음엔 마음이 약해져 용서하고 만남을 이어갔지만 바뀐 모습은 단 일주일도 지속되지 않았습니다. 이후엔 다시 처음 그대로 돌아갔죠. 지긋지긋했습니다. 결국 전 단단히 마음 먹고 이별을 통보하고 전화기를 꺼놨습니다. 그랬더니 은경이가 제가 사는 고시원까지 찾아와 식칼로 손목을 그어 자살하겠다고 난동을 부리더군요."

조기정이 허탈한 웃음을 지었다.

"그땐 정말 미치는 줄 알았습니다. 칼을 들고 있던 그녀의 눈빛은 장난이 아니었으니까요."

기정의 말을 듣던 영섭이 다 피운 담배를 발로 짓이기며 말했다.

"어제도 그렇게 이별을 통보하셨군요."

조기정 역시 다 태운 담뱃불을 손가락으로 튕기며 말했다.

"네. 어제도 마찬가지였습니다. 거실 식탁 재떨이에 담배가 넘치게 쌓였고 베란다 뿐만 아니라 심지어 방안에도 꽁초 산이 즐비했으니까요. 더구나 월급 모은 돈으로 구매한 한정판 지포라이터가 배송된다고 자랑을 하더군요." 조기정은 손바닥으로 마른세수를 했다. "돈에 쪼들려 힘들게 살면서 그런 쓸데없는 것에 돈을 쓴다는 게 이해가 안 됐습니다. 그걸로 또 한참을 싸우고 나니. 오만 정이 다 떨어졌어요. 결국 홧김에 헤어지자 말하고 집을 뛰쳐나왔습니다. 혹시라도 또 자살 소동을 벌일까 두려워서요."

영섭은 피해자가 받았던 택배는 이것으로 확인됐다고 생각했다.

"혹시 은경 씨 집을 나선 뒤 다시 돌아가지는 않으셨나요?"

기정이 고개를 저었다.

"아뇨. 또 험한 꼴을 볼 것 같아 현관문을 박차고 뒤도 안 돌아보고 아파트를 나왔습니다. 아. 은경이 집을 나와 엘리베이터를 탈 때 마침 택배기사님이 내리더군요. 새로 산 지포라이터를 배달하려 했을까요. 라이터에 넣겠다고 라이터 전용 오일도 사 놨는데…. 그렇게 죽을 줄 알았다면 그까짓 라이터쯤 그냥 눈감아 줄 걸 그랬습니다. 제가 이해했다면 은경인 죽지 않았겠죠."

기정은 다시 어깨를 들썩이며 눈시울을 붉혔다. 영섭은 위로의 말과 함께 자신의 명함을 건네고 자리를 떠났다.

어느덧 내리쬐던 해는 주황빛 꼬리를 물고 서산으로 넘어가고 있었다. 영섭은 주차된 승용차로 돌아왔다. 차창 안으로 조수석에 앉은 우성이 세상모르게 졸고 있었다. 딱한 마음에 조금 더 두고 싶었지만 서에 가서 진술들을 정리해야 했다.

운전석 문을 열고 영섭이 차에 타자 우성이 깜짝 놀라 문손잡이를 붙들었다.

"와, 왔습니까?"

"누가."

"조기정이요."

"응. 왔다 갔어."

"네. 네?"

"서로 가자."

소나타의 전조등이 불을 밝혔다.

멍한 표정의 우성 옆에서 운전대를 잡은 영섭의 머릿속은 복잡했다.

조기정의 진술과 표정, 눈물은 거짓 없이 진실돼 보였다. 하지만 그것만으로 판단할 수는 없는 법. 관계를 끝내려는 조기정을 끈질기게 붙잡는 김은경을 죽음으로 떼어냈을지도 모른다. 화재 신고 약 한 시간 전에 아파트를 빠져나간 알리바이는 촛불을 이용한다면 충분히 깨트릴 수 있었다. 왼쪽 귓바퀴의 흉터도 석연치 않다. 하지만 결정적 한 방이 부족했다.

생각의 정리가 필요했다.

피해자 김은경의 사법해부 결과를 확인해야 했다.

18시 20분. 외근을 마치고 책상에 앉은 영섭은 하루 동안의 일들을 차근차근 복기했다.

506호, 509호, 410호, 610호, 택배기사와 조기정까지. 그들의 진술들, 목격정보, 피해자에 대한 이야기를 종합해 봤지만 자살을 뒤집기에는 역부족이었다.

하지만 10년 차 형사 영섭의 감은 여전히 살인 쪽으로 기울어 있었다.

거실 밀실 트릭. 냉장고 속의 사체. 살인 동기. 닿을 듯 닿지 않는 수수께끼에 영섭은 혼란스러웠다. 그때 영섭의 옆자리 앉은 우성이 모니터에서 눈을 떼고 말했다.

"선배님. 사법해부 결과 왔어요. 바로 프린트할게요."

영섭의 눈이 번쩍 뜨였다. 곧이어 복합기가 요란한 소리를 내며 종이를 토해 냈다.

영섭은 결과서를 낚아채 빠르게 훑었다. 굳어 있던 영섭의 얼굴에 회심의 미소가 떠올랐다. 안개 속에 가려져 있던 의문들이 하나씩 맞물려지는 것을 느꼈다.

마침내 모든 수수께끼가 풀렸다.

'피고어. 담배 기침.'

"무슨 내용인데 그렇게 뚫어지게 보고 계세요?"

우성이 영섭의 옆으로 다가와 손에 든 프린트를 봤다.

"그리고 단추."

"단추요?"

손에 든 A4에 단추가 인쇄돼 있었다.

×××

"큭큭큭."

오늘 다녀간 얼뜨기 형사를 보니 마음이 놓였다.

괜히 분위기나 잡으면서 꼴값 떨고 있는 꼬락서니라니. 잠시나마 긴장한 게 병신 같다.

그년이 죽지 않고 깨어난 건 예상 밖이지만 어쨌든 죽어 버렸으니 원하던 바다.

어차피 경찰은 자살로 결론 내릴 것이다. 어디 그년 주변이나 죽어라 파 보라지. 진실은 영원히 묻혀 버릴 테니.

'지이이잉. 지이이잉.'

"어?"

처음 보는 번호인데... 이 시간에 누구지.

"여, 여보세요?"

×××

9월 17일 화요일.

아침부터 동남경찰서로 소환된 남성은 조사실에 미동 없이 앉아 있었다.

어제와 마찬가지로 깔끔하고 단정한 차림이다. 오염된 곳 하나 없는 흰색 챙 모자에 감청색 구찌 셔츠와 청바지, 굽 높은 운동화를 차려입었다. 영섭과 우성은 조사실 문을 열고 들어가 남성의 맞은편 의자에 앉았다. 우성은 노트북을 켜고 기록할 준비를 했다.

영섭은 남성의 얼굴을 슬며시 살폈다.

내리깐 눈. 꽉 다문 입. 자신의 소환에 기분이 무척 상한 듯했다. 책상을 마주하고 앉은 두 사람 사이로 팽팽한 긴장감이 감돌았다. 힘겨루기와 같은 침묵이 이어졌다.

기나긴 침묵 끝에 영섭이 먼저 입을 열었다.

"소환에 협조해 주셔서 감사합니다. 이진성 씨. 아무래도 화재 사건으로 좀 더 나눌 얘기가 있어서 말이죠."

이진성이 영섭을 노려봤다.

"어제 분명하게 말씀드린 것 같은데요. 재택근무지만 지금 맡고 있는 프로젝트가 얼마나 중요한지 알고 계십니까? 여기와 있는 시간으로 제가 겪게 될 금전적 손해는 경찰서에서 내주실 건가요? 분명하게 말씀드리는데 소송을 걸어서라도 어떻게든 보상받을 겁니다. 각오하십시오."

독설에 가까운 말을 내뱉는 이진성의 태도에 영섭은 흔들리지 않고 말했다.

"어제 이진성 씨 댁을 찾아뵙고 꼭 확인해야 할 게 있어 방문을 요청 드렸습니다. 너무 노여워 마십시오."

이진성이 눈을 치켜뜨고 노기 어린 목소리로 말했다.

"대체 뭘 확인하려고 사람을 오라 가라 하는 겁니까."

영섭 역시 이진성의 눈을 쏘아보며 말했다.

"단도직입적으로 말씀드리죠. 9월 15일 일요일. 화재 사건이 있던 그날을 이야기하려고 모셨습니다. 시작하기에 앞서 어젠 몸이 안 좋아 보이던데 오늘은 괜찮으신지요?"

이진성은 약간 누그러진 목소리로 답했다.

"네. 오늘은 괜찮습니다. 기침이 워낙 발작적이라서요. 뭐. 환경에 따라 들쭉날쭉합니다."

"다행이군요. 그렇다면 시작하겠습니다." 영섭이 의자를 책상에 바짝 붙였다. "이건 어디까지나 제가 조사한 바를 토대로 한 9월 15일 일요일 이진성 씨의 행적입니다. 아파트 CCTV 확인 결과 이진성 씨 말대로 토요일과 일요일 화재 발생 전까지 103동 밖으로 외출하지 않으셨더군요."

이진성이 가볍게 고개를 끄덕였다.

"네. 그렇습니다."

"일요일 16시 50분에서 17시 사이 택배기사는 피해자 김은경 씨가 있는 510호에 이어 506호로 택배를 배달합니다. 506호 권새라 씨는 문 앞에 놓인 상자를 찾으면서 510호에 남성이 들어가는 것을 목격하죠. 175cm인 권새라 씨 본인과 비슷한 키라 하셨으니, 남성 역시 175cm에서 크게 차이가 나지는 않을 거라 생각합니다."

영섭이 말을 멈추고 철제 책상을 손가락으로 두드렸다. 이진성의 시선이 영섭의 손가락으로 향하자 영섭이 다시 말을 이었다.

"전 그때 510호에 들어간 남성이 이진성 씨라고 생각합니다. 170cm인 이진성씨가 5cm 굽의 키 높이 신발을 신으면 175cm가 되니 권새라 씨의 목격증언과 일치 한다고 볼 수 있죠."

"참나. 무슨 말도 안 되는 소립니까. 510호 여자가 왜 제게 문을 열어 주겠습니까."

이진성의 반박에 영섭이 날카롭게 대꾸했다.

"얼굴을 식별할 수 없는 대진 아파트 특성상 택배 배달 직후 택배기사로 사칭했거나 가스검침원 혹은 아파트 관리실 직원 등 마음만 먹으면 얼마든지 침입할 수가 있죠. 그런 이진성 씨에게 속아 김은경 씨는 문을 엽니다. 문이 열리자마자 이진성 씨는 집안으로 침입합니다. 남자친구와 헤어진 직후 정신적 충격을 받은 김은경 씨에게 이진성 씨의 침입은 또 다른 충격이었을 겁니다. 사실 일반적인 여성들은 그런 상황에서 비명조차 지를 수 없는 쇼크에 빠지죠."

영섭은 잠시 틈을 두고 말을 이었다.

"이진성 씨는 김은경 씨에게 폭력을 행사해 정신을 잃게 만들었습니다. 홧김에 저지르긴 했지만 이미 일은 돌이킬 수가 없습니다. 당황한 이진성 씨는 정신을 잃은 김은경 씨를 보고 죽여야겠다고 생각했을지도 모르겠군요. 이미 쌓이고 쌓인 분노가 폭발한 상태였을 테니까요. 목적이야 어떻든 이진성 씨는 목격합니다. 거실 탁자에 놓인 새 지포 라이터와 라이터 기름을 말이죠. 그리고 이진성 씨는 결심합니다. 의식을 잃은 김은경 씨를 자살로 위장하기로..."

가만히 듣고 있던 이진성의 어깨가 들썩거렸다. 영섭은 개의치 않고 말을 이었다.

"아이러니하게도 새로 산 지포라이터에 기름을 채워 넣는 사람이 이진성 씨일 줄, 그 라이터로 생명을 잃게 될 줄은 김은경 씨는 전혀 상상도 못 했을 겁니다. 이진성 씨는 재빨리 지포라이터를 분리해 라이터 오일을 채워 넣었습니다. 그리고 화장실 문과 방문의 잠금 버튼을 누르고 문을 닫아 안으로 들어갈 수 없도록 잠가 버립니다. 이어서 거실 창틀과 문틈, 현관문 틈에 꼼꼼히 테이프를 붙이죠. 이제 집안에 들어온 흔적을 깨끗이 지운 뒤 출입문을 포함한 거실 전체에 라이터 오일을 뿌립니다. 마지막은 지포 라이터로 불을 붙이고 집을 빠져나오는 거죠. 댁으로 돌아온 이진성 씨는 대충 상황을 지켜보다 대피하는 사람들 틈에 섞여 아파트 밖으로 빠져나오면 끝입니다. 어떤가요. 제 말이 맞습니까?"

"큭큭큭. 끅끅끅..."

이진성이 웃음을 터트렸다. 하지만 올라간 입 꼬리와는 달리 눈빛만은 차갑게 빛났다. 웃음이 잦아든 이진성이 입을 열었다.

"형사님 망상이 너무 지나치시군요. 덕분에 오랜만에 크게 웃었습니다. 큭큭큭."

이진성이 눈가의 눈물을 훔치며 말했다.

"형사님 말씀대로면 510호는 그야말로 밀실이란 말인데 제가 어떻게 밀실에 불을 지르고 빠져 나왔다는 말입니까. 격무에 정신이 나간 거 아닙니까?"

비웃음은 상관없다는 듯 영섭이 검지를 펴고 말했다.

"엄밀히 말해 510호는 밀실이었죠. 하지만 이진성 씨에겐 아니었습니다. 우선 연기를 막기 위해 문틈에 붙인 테이프부터 말씀드리죠. 언뜻 김은경 씨가 자살을 위해 직접 창문과 방문 틈에 테이프를 붙였다고 생각할 수도 있습니다. 하지만 문밖으로 나가야 했던 이진성 씨는 절대로 테이프를 붙일 수 없는 곳이 한 곳 있습니다. 바로 현관문의 바닥입니다. 거실과 화장실, 방문 모든 틈에 테이프를 붙였지만 밖으로 열리는 현관문은 문을 살짝 연 채로 윗면과 측면에 미리 테이프를 붙여 논다 해도 바닥면에는 절대로 테이프를 붙일 수가 없으니까요. 그래서 의도치 않게 509호 김종주 씨가 바닥으로 새어 나오는 연기를 목격할 수 있었던 겁니다."

영섭은 이어서 중지를 폈다.

"잠겨 있던 현관문도 같은 맥락입니다. 어제 저녁 이진성 씨를 찾아갔을 때 신발장 위에 장식해 둔 다양한 피규어들을 봤습니다 말씀대로 시중에서 판매하는 기성품이 아니라 제작품이었죠. 당시에는 연결 짓지 못했지만 얼마 전 과학박람회에서 간단한 스캔으로 실제 모양을 본떴던 3D 프린터 체험 사진을 보자 밀실 트릭을 깰 수 있는 방법이 생각났습니다. 과연 그게 뭘까요?"

영섭은 이진성의 대답을 기다리지 않고 답했다.

"이진성 씨는 510호에서 발견한 열쇠를 복제한 겁니다. 열쇠를 보자마자 떠올렸겠죠. 댁에 있는 3D 프린터를요. 이진성 씨는 재빨리 열쇠를 댁으로 가져가 3D 스캐너로 렌더링한 뒤 프린팅을 합니다. 열쇠 크기도 작을뿐더러 수차례 시도했던 작업이니 몇 분 만에 열쇠 복제를 끝낼 수 있었겠죠. 그렇게 510호 열쇠를 손에 넣었습니다. 그다음은 굳이 제 입으로 설명하지 않아도 아시겠죠. 본래 열쇠를 제자리에 놓고 510호에 불을 붙인 뒤 플라스틱 열쇠로 문을 잠가 밀실로 만드는 겁니다. 내구성 낮은 플라스틱이지만 단 1회만 사용한다면 충분히 버틸 수 있다는 게 제 생각입니다. 따로 조사해보니 열쇠를 찍은 사진만으로도 3D 복제가 가능하더군요. 하지만 사진만으론 제작 시간이 오래 걸리는 만큼 이진성 씨는 실물 열쇠를 가져다 복제했으리라 추측합니다."

영섭이 주머니에서 플라스틱 열쇠를 꺼내 책상 위에 올렸다.

"저도 호기심에 한번 만들어 봤는데 전문가가 봤을 때 어떤가요. 괜찮게 나왔을까요? 솔직히 바보가 아닌 이상 금일 소환에 응하시면서 범행에 쓰인 플라스틱 열쇠는 처리했을 거라 생각합니다. 하지만 컴퓨터 하드디스크에는 작업 내역이 남아 있겠죠. 데이터를 삭제했어도 문제없습니다. 저희 경찰청 사이버수사대의 디지털 포렌식 기술은 세계에서도 손꼽히는 기술이니까요. 이진성 씨의 하드디스크에서 분명 제작 데이터를 찾아낼 거라 자신합니다."

내내 잠자코 있던 이진성이 반박했다.

"디지털 포렌식? 전 형사님이 지금 무슨 말씀을 하는지 전혀 모르겠네요. 네. 집에 3D프린터가 있는 건 사실입니다. 제가 진열한 피규어도 직접 3D프린터로 제작한 게 맞고요. 하지만 분명히 말씀드리는데 전 사건 당일 3D프린터를 사용한 적이 없습니다. 안타깝지만 저희 집 PC 하드를 가져가셔도 나오는 건 없을 겁니다. 공교롭게도 사건 다음 날 하드가 고장 나서 새로운 하드로 교체했거든요."

이진성이 입 꼬리를 올려 비열한 웃음을 지었다. 영섭도 미소를 지으며 화답했다.

"물론 이진성 씨가 하드디스크를 처리했을 거란 것도 예상했던 바입니다. 전 어젯밤 국과수에 긴급 조사 한 건을 의뢰했죠. 그게 뭔지 아십니까?"

이진성은 미소를 거두고 신경질적으로 대꾸했다.

"그걸 내가 어떻게 알겠습니까?!"

"510호 현관문에 설치된 문고리 잠금장치와 보조 잠금장치 실린더입니다."

영섭의 말에 이진성이 입을 굳게 다물었다.

"사실 반신반의했습니다. 시간도 얼마 없었고요. 그런데 국과수에서 도어록 부속 하나 하나를 전부 분해하고서야 마침내 발견했습니다. 보조 잠금장치 열쇠 구멍에서 녹아내린 미세 플라스틱 조각이 끼었던 것을요. 저희가 발견한 조각이 이진성 씨 댁의 피규어 플라스틱과 같은 성분이라는 건 굳이 제가 말하지 않아도 이진성 씨 본인이 제일 잘 알겠죠?"

이진성의 표정이 점차 일그러졌다. 처음과는 달리 불안한 눈빛이 어지럽게 흔들렸다.

"제가 510호 여자를 죽일 이유가 어디 있겠습니까? 전 그 여자와 아무런 관련이 없습니다. 형사님의 억지 주장일 뿐이라고요."

"살인 동기 말이군요. 아무래도 얘기가 길어질 것 같은데 잠시 쉬었다 할까요."

임의로 조사를 중단한 영섭은 우성과 이진성을 두고 조사실을 나섰다.

영섭은 경찰서 옥상으로 발길을 돌렸다. 높고 푸르른 가을 하늘 아래 영섭은 점퍼 안주머니에서 담배 한 개비를 꺼내 물었다. 천천히 그리고 깊이 필터를 빨아들였다. 담배가 모두 타 들어 갈 때쯤 구둣발로 담배를 비벼 끈 영섭이 중얼거렸다.

"이쯤이면 됐겠지."

영섭이 다시 조사실 문을 열자 이진성이 고개를 돌려 영섭을 바라봤다. 영섭은 이진성이 앉은 탁자 맞은편 의자에 앉아 이진성을 향해 한숨을 쉬었다.

"콜록... 콜록. 콜록."

이내 급작스러운 기침을 시작한 이진성이 손으로 입을 틀어막았다.

"이게 이진성 씨가 김은경 씨를 살해한 동기입니다."

기침을 토해내는 이진성이 힘겹게 말했다.

"콜록. 콜록. 뭐, 뭐요?"

"이진성 씨는 담배 알레르기 환자십니다. 꽃가루, 먼지 알레르기처럼 담배 연기를 맡으면 발작적으로 기침을 지속하는 사람들이 있다는 걸 이번에 알았습니다. 이진성 씨의 기관지는 담배 연기에 상당히 민감하게 반응하더군요. 어제 제가 찾아갔을 때도 김 순경과 무리 없이 이야기하던 이진성 씨가 담배를 태운 제 앞에서 기침을 시작하셨죠. 그 당시에는 몰랐지만 지금 담배를 피우고 들어온 제 앞에서 발작적인 기침을 하시는 걸로 보아 확실히 알았습니다. 사실 어제 저녁 이진성 씨에 대해 조사하면서 이진성 씨가 프리랜서가 되기 전 다녔던 직장에 전화를 걸었습니다."

"콜록. 회사요?"

"네. 퇴사하신 직장의 인사 담당자가 말해주더군요. 이진성 씨가 회사를 퇴사한 이유가 흡연자들과 한 사무실에서 함께 일할 수 없을 정도로 담배 연기를 괴로워했다고요. 그래서 어쩔 수 없이 퇴사했다고 하더군요. 자택에서 재택근무를 하는 것도 그 이유 때문이겠죠."

"제가 담배연기에... 콜록. 민감한 건 사실입니다. 하지만 그게 510호 여자를 죽일 동기라는 건 억측입니다."

영섭이 우성을 보며 말했다.

"이진성 씨에게 물 한 잔 가져다 주세요."

우성은 조사실 구석에 놓인 정수기에서 물을 떠 이진성에게 건넸다.

"자 우선 물부터 드시죠."

영섭은 이진성이 목을 축이는 것을 보고 난 뒤 말을 이었다.

"이진성 씨가 김은경 씨를 살해한 동기는 충분합니다. 이유는 20년이나 된 대진 아파트에 있죠. 모르셨겠지만 저도 대진 아파트에 살고 있습니다. 저희 집은 매년 여름만 되면 베란다 배수관으로 강아지가 싼 오줌 지린내가 올라옵니다. 아랫집에서 조그만 애완견을 키우거든요. 근데 하필 강아지 화장실이 베란다인가 봐요. 뜨거운 볕에 오줌이 말라서 그런지 가뜩이나 날도 더운데 온 집안을 가득 채운 지린내는 정말 환장하겠더군요. 배수구 배관을 아무리 막고 청소해도 아랫집에서 올라오는 냄새는 막을 수가 없었습니다. 오래된 아파트라 낡아서 그런지는 모르겠지만요. 뭐, 지금은 포기상태입니다만. 하하하."

실없게 웃던 영섭이 눈을 번뜩이며 말했다.

"510호 화재 현장을 찾아갔을 때 베란다에 산처럼 쌓인 꽁초더미를 발견했습니다. 그리고 어제 이진성 씨 댁에서 방향제에 섞인 탄내도 맡았죠. 510호에서 올라온 탄내를 방향제로도 지울 수 없었던 겁니다. 말할 것도 없이 610호에 사는 이진성씨 댁은 김은경 씨가 매일 태우는 담배 냄새로 진동했겠죠. 그것도 하루도 빠짐없이 매일 매일.... 담배 냄새 때문에 직장을 그만두고 재택근무를 하는데 집안에 담배 연기가 가득 차 일을 할 수 없다면. 아마도 살의를 느낄 정도로 괴로우셨을 겁니다. 특히 담배 알레르기가 있는 이진성 씨라면 더욱 그렇겠죠. 이 정도면 살해 동기로 충분하지 않을까요."

참다못한 이진정이 영섭을 노려보며 크게 외쳤다.

"담배 알레르기는 그렇다 칩시다. 그런데 증거가 하나라도 있습니까? 콜록. 모두 형사님의 머릿속에서 나온 정황증거뿐이지 않습니까."

영섭이 차분하게 대답했다.

"김은경 씨의 지포 라이터라면 증거가 될까요."

"라이터?"

"김은경 씨 댁에 불을 붙인 라이터 말입니다. 국과수 현장 감식에서 김은경 씨가 새로 구매한 지포 라이터는 발견되지 않았습니다. 혹시 이진성 씨가 갖고 계신가요. 범죄의 긴장감 때문에 라이터를 처리하지 못 하고 댁으로 가져가지 않았을까요. 이진성 씨 댁을 압수 수색하면 없어진 지포 라이터가 나올지도 모르겠군요."

"하하하. 쿨럭. 하하...."

이진성의 일그러진 입 사이로 비웃음이 터져 나왔다.

"형사님. 전 그런 라이터는 갖고 있지 않습니다. 크게 오해 하셨군요. 큭큭큭. 이런 말도 안 되는 주장이 증거란 말씀인가요. 어이가 없군요."

영섭이 두 손을 깍지 긴 채 턱에 댔다.

"물론 이진성 씨는 범행 후 플라스틱 열쇠와 하드디스크처럼 라이터도 처리하셨겠죠."

"그럼 더 이상 이야기를 계속 나눌 이유가 없군요. 전 혐의가 없으니 이만 가도 되겠습니까?"

의자를 박차고 일어서려는 이진성의 셔츠에 매달린 소매 단추가 철제 탁자와 스치며 탁한 소리를 냈다.

"이진성 씨!"

엉거주춤 일어선 이진성을 영섭이 불러 세웠나.

"자. 이게 이진성 씨가 김은경 씨를 살해했다는 결정적 증거입니다."

영섭은 서류철에서 A4 용지 한 장을 이진성 쪽으로 밀었다.

"이게 뭡니까?"

투덜거리며 탁자 위 종이를 가져온 이진성은 눈을 크게 떴다. 종이에는 확대된 단추 사진이 인쇄돼 있었다. 사진 속 단추는 음각으로 GUCCI라는 알파벳이 새겨져 있었다.

"익숙한 단추 아닌가요."

이진성의 얼굴이 크게 일그러졌다.

"이, 이게 뭐 어쨌단 말입니까?"

발끈하는 이진성을 향해 영섭이 침착하게 설명했다.

"어제 이진성씨가 들고 있던. 그리고 지금 입고 있는 명품 셔츠. 물론 저희가 103동 입구 폐쇄회로로 확인한 화재 사건 당일 대피할 때 입고 있던 셔츠도 바로 그 셔츠죠. 이진성 씨도 알다시피 사진 속 단추는 이진성 씨가 입고 있는 셔츠의 단추입니다. 이미 이진성 씨께 셔츠를 배달한 세탁소 주인에게 확인했습니다. 이진성 씨가 단추가 없어진 소매에 예비 단추를 달아달라고 수선을 맡기셨던 것을요." 영섭은 손바닥으로 책상을 쾅 치며 다그쳤다. "이진성 씨. 이제 거짓된 연기는 그만하시죠. 지금부터 제가 드리는 말씀은 이진성 씨가 미처 몰랐던 일요일 저녁의 진실입니다."

충격으로 입을 벌린 이진성을 보며 영섭이 계속했다.

"담배 연기 때문에 김은경 씨 댁으로 들어간 이진성 씨는 김은경 씨를 떠밀어 의식을 잃게 했습니다. 그리고 김은경 씨가 이진성 씨에 의해 떠밀려 넘어지는 순간 뭐든 잡으려던 김은경 씨는 이진성 씨가 지금 입고 있는 셔츠 소매에 달린 단추 한 개를 뜯어 냈어요. 단추를 움켜쥔 김은경 씨가 정신을 잃고 쓰러진 사이 이진성 씨는 라이터 오일을 뿌려 불을 붙이고 도주합니다. 한참이 지나 뜨거운 열기에 정신을 차린 김은경 씨는 화재의 열기를 피해 냉장고 안으로 피신합니다. 하지만 냉장고 안의 공기는 금세 희박해졌습니다. 어쩔 수 없이 김은경 씨는 불꽃이 일렁이는 부엌으로 냉장고 문을 열고 나옵니다. 다가오는 열기와 질식의 고통에 희미해져 가는 의식 속에서 김은경 씨는 목격합니다. 바닥에 떨어진 이진성 씨에게서 뜯어 낸 단추를 말이죠."

이진성의 어깨가 조금씩 떨렸다. 핏기 없는 회색빛 입술이

부들부들 떨렸다. 이진성의 눈빛에 천천히 절망감이 어렸다.

"이 단추가 발견된 곳이 어디인지 아십니까? 바로 김은경 씨의 귀속 고막 부근입니다. 죽어 가는 그 순간 이진성 씨가 잡히길 바라는 마음에 자신의 귀속에 단추를 쑤셔 넣은 겁니다. 손가락으로 얼마나 깊숙이 찔러 넣었는지. 찢어진 고막 안쪽 중이 부근에서 발견됐다더군요."

영섭은 서류철에서 참혹하게 타버린 김은경의 시신 사진을 꺼내 이진성에게 던졌다. 이진성은 자신 앞의 사진을 물끄러미 바라보고 고개를 푹 숙였다. 영섭은 이진성을 손가락으로 가리키며 강하게 말했다.

"두 손으로 귀를 감싸고 불에 타 죽은 김은경 씨가 보이나요? 김은경 씨는 불꽃에 타들어가는 고통 속에서도 단추가 들어있는 귀를 부여잡고 바로 당신. 이진성 씨가 범인이라고 외치고 있었던 겁니다."

영섭의 일갈에 이진성 내부의 무언가가 끊어진 듯했다. 절망 어린 눈빛에 다시금 살기가 타올랐다.

"당신은 아무것도 몰라. 이렇게 살아가야 하는 내 고통을. 아랫집 년은 저녁마다 담배를 피워 대지, 주말마다 연놈이 쉴 새 없이 연기를 피워 올리는데 내가 안 미칠 수 있겠어?"

"그래서 살인밖에는 방법이 없었습니까."

"나도 수십 번 찾아가고, 사정하고 이야기 했다고. 그년한테 사정하고 집으로 돌아오자마자 담배 냄새가 올라오는 기분을 당신이 알겠어? 이사 온지 얼마 되지도 않았고 계약기간은 한참 남았는데 왜 내가 내 돈을 들여 이사를 가야 하지? 나쁜 건 그년이고 난 피해자라고."

이진성의 악에 바친 외침이 조사실 가득 울려 퍼졌다. 흥분한 이진성이 영섭을 향해 뛰어들었다. 우성은 그런 이진성의 목덜미를 잡아 막았다.

"다 죽여 버릴 거야. 전부 죽여 버릴 거야아아아!"

영섭은 절규하는 이진성을 뒤로하고 조사실을 나왔다.

어딘가 쓸쓸한 마음이 가슴을 한 구석을 채웠다. 답답한 마음에 바람이라도 쐬고 싶어 옥상에 올라갔다. 깨끗하게 걷힌 가을 하늘이 영섭을 맞이했다. 구름을 내모는 청량한 바람이 기분 좋게 불어왔다. 한껏 숨을 들이 마신 영섭은 자신도 모르게 담배를 입에 물고 있다는 걸 깨달았다.

대체 언제 꺼내 물었는지 전혀 기억이 나지 않았다.

어이가 없었다. 허탈한 웃음이 터져 나왔다.

"허참..."

한겨울 아내와 아이들 몰래 베란다에서 담배를 태웠던 기억이 스쳐 지나갔다.

'나 역시 누군가에겐 그저 몰지각한 흡연자였겠구나.'

영섭은 고개를 절레절레 흔들었다.

입에 문 담배를 도로 담뱃갑에 구겨 넣었다. 그리고 담뱃갑을 쥔 손에 힘을 주었다.

'바스락' 형체를 알아볼 수 없이 구겨진 담뱃갑이 영섭의 손에서 마지막 비명을 질렀다. 옥상 휴지통에 구겨진 담뱃갑을 던지며 영섭은 되뇌었다.

"이번엔 진짜로 금연 한 번 해 본다."

5
×
영광의 살의

먼저 이 작품은 픽션이 아닌 실화임을 언급한다.

내가 그녀를 만난 건 추리작가 지망생 커뮤니티 '나도 홈즈가 될 수 있어' 정모에서였다.

추리작가 등단을 꿈꾸던 나는 습작을 거쳐 몇 편의 단편을 완성했고 공모전에 응모했다.

하지만 기대와 달리 결과는 하나같이 낙방이었다.

어떤 부분이 기준에 못 미치는지, 어떤 부분을 보강해야 하는지 알 수가 없었다. 머리를 싸매고 고민했지만 답은 나오지 않았다. 작품에 대한 피드백이 간절해질 때쯤 퍼뜩 떠오르는 것이 있었다. 피드백에 목마른 자가 나 혼자만은 아니리라. 그래서 찾은 곳이 예비 작가들의 커뮤니티 '나도 홈즈가 될 수 있어' 카페였다.

　온라인상에 작품을 올리고 서로 합평하는 곳이었다. 나도 당장 공모전에 응모했던 원고를 올리려다 한순간 주저했다. 트릭이 중요한 추리소설에서 아무리 회원 간 공개라지만 나만의 트릭을 공개하기가 망설여졌던 것이다. 내 트릭을 교묘하게 변형하여 자신의 작품인양 발표할지 누가 알겠는가. 사실상 카페 회원 모두가 내 경쟁상대가 아닌가.

　어쩔 수 없이 며칠간 유령회원으로 눈팅만 하던 중 마침내 기회가 찾아왔다.

　충남지역 회원 정모가 잡힌 것이다. 더군다나 정모 장소는 천안시. 내가 사는 곳에서 열리는 정모를 빠질 이유는 없었다. 모임 장소는 불당동 번화가에 위치한 호프집이었다. 모임 시간에서 십 분 정도 늦게 가니 먼저 온 사람들이 맥주잔을 기울이고 있었다. 어색한 분위기를 걱정했으나 기우였다. 남자 셋, 여자 둘. 나까지 여섯 명의 사람들이 둘러앉아 추리 미스터리 이야기에 열을 올렸다. 나를 포함해 등단한 사람은 아직 없었다. 나는 간간이 대화에 끼면서 참석자들을 유심히 살폈다. 그중 유독 한 명이 내 눈에 들어왔다.

　그녀의 이름은 박하나였다.

　본격, 스릴러, 사회파 등 장르를 가리지 않고 다양한 미스터리 작품을 섭렵했고 그렇게 얻은 트릭과 데이터를 논리적으로 이야기하는 그녀는 모임에서 단연 빛나는 존재였다. 나는 타오르는 불꽃에 달려드는 불나방처럼 그녀에게 매료되었다.

그녀가 농담처럼 내뱉는 이야기들조차도 매력적인 트릭이자 설정이었다. 넘치는 아이디어를 주체할 수 없어 보이는 그녀야말로 내가 애타게 찾고 있던 뮤즈였다. 나는 그녀의 말을 경청하고 적당히 센스 있는 말장구로 분위기를 돋웠다. 그녀 역시 나와의 대화가 즐거웠는지 다른 회원보다 나와 대화하는 시간이 많았다.

모임을 마치면서 단톡방을 만들었다. 물론 다른 사람들과 달리 나는 그녀의 전화번호를 따는 데 성공했다.

이후로 그녀와 긴밀하게 연락하면서 내가 쓴 작품들을 공유했다. 그녀는 단번에 작품의 허점을 잡아냈고 곧바로 더 나은 아이디어를 제시해 주었다. 나는 그녀의 조언을 바탕으로 작품을 보강해 다시 공모전에 도전해 보려 했다. 하지만 그녀는 만류했다. 한 번 공모전에서 낙방한 작품은 다른 공모전이라 해도 내지 않는 것이 좋다고 했다. 미스터리 장르는 워낙 바닥이 좁은 곳이라 공모전이 다르더라도 같은 심사위원이 심사를 볼 가능성이 있다는 것이 그 이유였다.

듣고 보니 맞는 말 같았다. 하여 새로운 작품을 쓰기로 마음먹었다.

공모전 주제는 자유. 남은 시간은 3개월. 나는 소재부터 설정, 반전까지 거의 모든 것을 그녀에게 의지하면서 작품을 썼다. 그런 내가 귀찮을 만도 한데 그녀는 낮이건 밤이건 시간을 가리지 않고 아낌없는 조언을 주었다.

"하나 씨는 이번 공모전 준비 안 해요?"

너무 민폐를 끼치는 것이 아닌가 싶어 물어보니 그녀는 이번 공모전까지는 푹 쉬고 싶다고 했다. 고마운 마음에 커피며 케이크 등의 기프티콘을 보냈지만 그녀는 한사코 거절했다. 그녀 자신도 좋아서 돕는 것이니 마음 쓰지 말라는 답이 돌아왔다.

　그녀 덕분일까. 단편은 날개가 달린 듯 일사천리로 쓰였다. 그렇게 공모전 마감 한 달을 앞두고 작품을 탈고했다. 물론 그녀에게도 완성본을 전달했다. 그녀는 이 정도면 공모전 입상도 어렵지 않겠다며 기뻐했다.

　공모전 입상, 등단 후 프로작가가 되는 장면들이 떠올라 슬며시 웃음 짓는 일이 잦아졌다.

　하지만 꿀맛 같던 달콤한 상상은 잘못 보내온 링크 하나로 산산이 조각나 버렸다.

　공모전에 원고를 보내기 하루 전.

　그녀와 둘만의 카톡방에 링크 하나가 떠올랐다.

　그녀는 잘못 보냈다며 삭제했지만 나는 이미 그녀가 보낸 링크를 연결한 뒤였다.

　화면에는 온라인 서점 속 신작 미스터리 한 권이 떠올라 있었다. 그런데 저자명에 시선이 못박혔다. 박하나. 그녀의 이름이었다.

　동명이인일까. 어찌 된 일인가 싶어 책 소개를 훑던 나는 잠시 멍해졌다. 아니, 뒤통수에 커다란 충격을 받아 정신이 아득해지는 것 같았다.

두 편의 중편으로 엮인 단편집 중 하나가 제목부터 줄거리까지 내가 공모전을 위해 쓴 작품과 똑같은 것이 아닌가. 아니, 정확히 등장인물의 이름이나 배경은 달랐다. 하지만 중심소재나 설정은 내 작품과 동일했다. 한순간 귀에서 '삐이이' 거리는 이명이 들리고 얼굴이 확 달아올랐다. 눈으로는 소개글을 쫓고 있으나 머릿속은 지우개처럼 깨끗이 지워져 버렸다. 대체 어떻게 된 일이란 말인가.

머릿속이 정리되고 나서야 내 작품을 도둑맞았다는 사실을 깨달았다. 어이가 없었다. 배신감에 분노가 치밀었다.

요망한 년 같으니라고.

곧바로 그녀에게 전화를 걸었다. 내 전화를 피하리라 생각했건만 예상과 달리 그녀는 곧바로 전화를 받았다. 욕설을 퍼붓고 싶었지만 막상 그녀의 목소리를 들으니 그럴 수가 없었다. 한참을 망설인 뒤에야 간신히 그녀에게 새로 출간한 책에 대해 물었다.

"A씨의 저렴한 문장으로 나오기엔 너무 좋은 트릭이라서요. 차라리 제가 빌드업해서 내는 게 낫겠다 싶었어요."

뻔뻔스러운 그녀의 대답에 얼굴에 핏기가 싹 가셨다. 눈앞이 캄캄해져 쓰러질 뻔한 것을 간신히 버텨 냈다. 깔깔거리며 비웃는 소릴 끝으로 전화는 끊어졌다. 휴대폰을 쥔 손이 부르르 떨렸다. 두 볼이 축축하여 훔쳐보니 손등에 물이 묻어났다.

나도 모르게 눈물을 흘리고 있던 것이다.

배신의 충격으로 정신을 못 차리는 와중에 공모전 마감시한을 넘겼다. 공모전에 넘겼더라도 결과는 뻔했을 것이다. 설령 그녀와 주고받은 카톡을 증거로 결백을 주장한다 해도 그녀의 책은 이미 시중에 출간됐고 표절 논란이 있는 작품을 당선시킬 리 만무했다.

메일링을 걸었던 온라인 서점 신간 소개에서 그녀의 책을 볼 때마다 허탈감과 분노가 치솟았다. 참을 수 없는 분노는 그녀에 대한 살의로 이어졌고 마침내 이 이야기를 떠올리게 되었다.

나를 배신한 그녀를 죽이기로. 그리고 그녀를 죽이기까지의 과정을 기록하기로. 나의 복수를 작품으로 승화시킨다.

즉 이 글은 나의 살인 수기인 셈이다.

픽션이 아닌 추리 작가 지망생의 실제 살인 수기는 대중들에게 커다란 충격을 안길 것이다. 그것이 내가 노리는 바이다. 내 작품이 사람들의 기억 속에 각인되고 오래도록 회자되는 것. 살인의 전 과정을 기록한 이 수기야말로 리얼리티가 살아 있는 진짜 범죄소설이다.

일단 살인을 결심하니 구체적인 방법들이 떠올랐다.

그녀의 집 주소는 이미 알고 있었다. 정모 이후 그녀가 구하던 절판 추리소설을 내가 선물로 보냈었기 때문이다.

주소를 따라 찾아간 그녀의 집은 번화가에서 멀리 떨어진 재개발 지구에 위치해 있었다. 빨간 벽돌로 지은 2층짜리 단독주택이었는데 그녀는 2층에 살았고 1층은 비어 있었다. 오랜 세월에 여기저기 파손된 흔적이 보이는 낡은 집이었다. 나는 주택 맞은편 골목에 몸을 숨기고 2층을 살폈다. 해질 무렵 골목을 오가는 사람은 없었다. 하긴 불이 켜진 집도 얼마 없었다. 이미 대부분의 세대가 이주한 뒤인 듯했다.

오히려 잘됐다고 생각했다. 그녀의 집을 관찰하기에 최적의 조건이었다.

재개발 지구로 범죄를 의식해서인지 각 골목에 CCTV가 설치돼 있었다. 나는 마스크에 야구 모자를 푹 눌러쓰고 최대한 CCTV를 피하려 노력했다.

그렇게 며칠간 그녀의 집을 관찰했지만 그녀는 관찰 내내 두문불출했다. 마트 이름이 박힌 소형 봉고차에서 내린 남자가 물건이 가득 담긴 상자를 문 앞에 놓고 가는 것으로 보아 생필품은 온라인 마트 배송으로 해결하는 듯했다.

3일간 그녀의 집을 지켜보면서 소형 봉고차 외에 두 명의 남자가 드나드는 것을 확인했다. 두 명 다 나와 같은 또래인 20대 정도로 보였다. 짧은 머리의 남자는 현관을 자유롭게 출입했고 또 다른 곱상하게 생긴 남자는 현관 앞에서 문을 두드린 후 그녀가 문을 열어 주고 나서야 집 안으로 들어갔다. 짧은 머리의 남자는 첫날과 셋째 날 저녁 7시쯤 2회, 곱상한 샌님은 둘째 날 오후 3시경 1회 방문했다. 둘 다 집에서 머문 시간은 그리 길지 않았다.

해가 지고 조명을 밝힌 커튼 뒤로 비치는 실루엣으로 보아 그녀는 혼자 있는 것 같았다. 고향을 떠나 홀로 살고 있다던 그녀의 말은 사실이었다.

관찰 4일째. 오늘은 대망의 결행일이다.

몇 가지만 확인되면 오늘 그녀는 내 손에 죽는다. 살인 도구도 챙겨왔다. 이번엔 골목을 벗어나 2층 현관이 훤히 보이는 맞은편 주택 2층에 몸을 숨겼다. 3일간 관찰한 결과 빨간 벽돌집 맞은편 주택은 비어 있었다. 나는 미리 준비해 온 쌍안경을 꺼내 들었다. 시간은 오후 6시를 넘기고 있었다. 골목 어귀에서 스포츠머리의 남자가 빠른 걸음으로 걸어왔다. 역시 스포츠머리는 오늘도 비슷한 시간에 그녀의 집에 들렀다. 나는 쌍안경으로 남자를 관찰했다. 계단을 올라 2층 현관에 다다른 남자는 주변을 두리번거렸다. 나는 침을 꿀꺽 삼켰다. 남자는 안심한 듯 현관 옆 계단 난간에 놓인 화분 아래에서 뭔가를 주워 현관문 열쇠구멍에 꽂았다.

역시! 현관 열쇠를 화분 아래 보관했던 것이다. 골목에서 관찰할 때 스포츠머리 남자가 현관 앞에서 허리를 숙이는 것이 이상했는데 이런 이유였을 줄이야. 나는 작게 혀를 찼다. 치밀한 트릭의 추리소설을 쓰는 작자가 문단속을 이리 허술하게 하다니.

집안에 들어간 스포츠머리 남자는 불과 5분 만에 집을 나와 현관문을 잠그고 서둘러 계단을 내려갔다. 나는 스포츠머리 남자가 멀어져 보이지 않을 때까지 기다렸다. 그 뒤로 10분을 더 기다리고 마지막으로 그녀의 집 주변을 살펴봤다.

아무도 없는 것을 확신하고 계단을 내려가려던 그때. 그녀의 집으로 꺾어 들어가는 왼쪽 골목에서 웬 그림자가 어른거렸다. 나는 깜짝 놀라 다시 몸을 숨기고 골목을 주시했다. 휘적거리는 그림자에 이어 어둠 속에서 모습을 드러낸 것은 다름 아닌 샌님이었다. 예상치 못한 불청객의 등장에 결행 시간을 늦출 수밖에 없었다.

종이가방을 든 샌님은 빨간 벽돌집 계단을 올라가 현관문을 두드렸다.

곧 문이 열리고 샌님은 집안으로 사라졌다. 집안에서 무슨 일이 벌어지는지 궁금했지만 거실 창은 커튼에 가려져 궁금증만 증폭됐다. 시간은 어느덧 8시를 향해 가고 있었다. 얼마나 더 기다려야 할지 가늠하기 힘들었다. 삼십분만 더 기다려 보고 샌님이 나오지 않는다면 결행은 내일로 미뤄야겠다고 생각했다.

11월의 싸늘한 바람이 점퍼를 파고들어 몸이 부르르 떨렸다. 하지만 그녀를 향한 분노는 여전히 활활 타올랐다.

기약 없는 기다림에 슬슬 지쳐 갈 때쯤. 마침내 현관문이 열리고 샌님이 나왔다. 샌님은 그대로 계단을 내려가 뒤도 돌아보지 않고 골목을 빠져나갔다. 나는 조금 전과 마찬가지로 다시 시간을 두고 주변을 살폈다. 아무도 없다는 확신이 들자 미리 챙겨 온 우비를 입고 가죽장갑을 끼었다. 우비와 가죽장갑의 용도가 무엇인지는 이 글을 읽고 있는 사람이라면 굳이 설명하지 않아도 너무나 잘 알고 있으리라.

준비를 마친 나는 길을 가로질러 그녀의 집으로 향했다. 녹슨 철 대문을 지나 발소리를 죽이고 조심스레 계단을 올랐다.

요시! 뭔가 부자연스러워 보여 현관에 손을 살짝 대 보니 현관문이 힘없이 움직였다. 샌님이 집을 나간 후 그녀가 문단속을 깜빡 잊은 것이다. 나는 점퍼주머니 속 망치손잡이를 움켜쥐고 천천히 현관문을 열어젖혔다. 곧바로 그녀의 머리를 깨부술 요량으로 거실로 뛰어들었지만 거실은 텅 비어 있었다.

나는 거실을 가로질러 안방 문손잡이를 움켜쥐었다. 방문을 열자 침대에 엎드려 자는 그녀가 보였다. 어차피 주변은 모두 빈집. 비명을 질러도 그녀를 도와 줄 사람은 없었기에 나는 대담하게 방안으로 성큼 들어갔다. 머리를 벽 쪽으로 돌려 얼굴은 보이지 않았지만 곤히 잠들었는지 미동도 없었다.

온통 구겨진 침대시트. 헝클어진 머리칼. 말려 올라간 치마 사이로 드러난 매끈한 허벅지.

음탕한 생각들이 머릿속을 휘저었다. 조금 전까지 샌님과 격정적으로 몸을 섞고 탈진해 잠든 것이리라.

섹스로 지쳐 잠든 그녀를 보고 있자니 마음속에 앙금처럼 남아 있던 그녀에 대한 감정이 깨끗하게 씻겨 내려갔다.

그래. 죽이자. 죽여 버리자.

나는 망치를 높이 들어 올렸다.

그녀의 머리 위로 망치 모양의 그림자가 어지러이 흔들렸다. 마음을 다잡았음에도 막상 일을 치르려니 망설여졌다. 식은땀이 쉴 새 없이 흐르고 겨드랑이가 축축하게 젖어 들었다. 나는 가슴이 뻐근할 정도로 크게 심호흡했다.

여기서 그만둘 수는 없었다.

나를, 내 작품을 농락한 여자가 아닌가.

나는 마음을 가다듬고 그녀의 머리를 조준하여 강하고 빠르게 망치를 휘둘렀다. 수박이 '퍽석' 깨지는 소리와 함께 기분 나쁜 떨림이 손목을 타고 전신에 흘렀다. 나는 두 눈을 질끈 감고 한 번 더 강하게 내리쳤다.

'퍼서석'거리는 소리에 정수리부터 찌릿한 소름이 돋았다.

피 묻은 망치가 방바닥에 부딪치며 요란한 소리를 냈다. 도저히 그녀의 머리를 확인할 용기가 나지 않았다. 대신 손바닥으로 시선을 돌렸다. 가죽장갑을 낀 손이 온통 피투성이였다. 왈칵 구역감이 밀려왔지만 간신히 참아 냈다. 나는 반쯤 넋이 나간 채로 안방을 나섰다. 잠시 거실에 서서 심장의 두근거림이 가라앉길 기다렸다.

어찌됐던 이제는 돌이킬 수 없었다. 나의 걸작을 위함이라 스스로 되뇌었다.

어느 정도 냉정을 되찾자 주변 상황이 눈에 들어왔다. 거실에는 진한 커피향이 가득했다.

안 그래도 조금 전까지 마신 듯한 커피 두 잔이 탁자 위에 덩그러니 놓여 있었다. 고개를 돌려 식탁을 보니 스타벅스 로고가 그려진 원두커피 봉지와 그라인더가 놓여 있었다. 조금 전 샘님이 들고 있던 종이가방이 스타벅스 가방인 것으로 보아 샘님이 가져온 커피를 함께 마신 것 같았다.

참나. 곱상하게 생긴 샘님이 남친이었나. 한 사람의 인생을 밍쳐 놓고 자기는 남자와 희희낙락 커피나 마셨을 것을 생각하니 머리통을 깨부순 것이 조금은 통쾌해졌다.

　더 이상 시간을 지체할 수 없었다. 어떤 변수가 생길지 몰랐다. 나는 서둘러 피 묻은 우비와 야구모자, 마스크를 벗어 비닐봉투에 담았다. 가죽장갑에 묻은 피도 깨끗이 닦아 냈다. 매고 있던 가방에서 새로운 모자와 마스크를 꺼내 쓰고 비닐봉투를 가방에 집어넣은 뒤 집을 빠져나왔다. 현관문은 처음 들어왔던 그대로 살짝 닫아놓았다. 역시나 가로등 불빛조차 없는 스산한 동네에는 사람 그림자라곤 없었다. 나는 모자를 더욱 깊숙이 눌러쓰고 재빨리 동네를 벗어났다.

　그녀의 집에서 한참을 걸어 나와 버스와 택시를 번갈아 타고 집으로 돌아왔다.

　나는 살인의 떨림이 채 가시지 않은 채로 이 글을 써내려갔다.

　박하나 살인사건이 기사로 뜬 것은 살해 후 12시간이 지나서였다. 지역 인터넷 뉴스에 짤막한 단신으로 언급되었다. 재개발 지구에서 살해된 피해자 성명과 나이 정도만 간단히 언급되어 정확한 내용은 확인할 수 없었지만 박하나 그녀가 분명했다. 이제 경찰이 수사에 착수할 것이고 곧 내가 있는 집으로 들이닥칠 것이다. 현장에 흔적을 남기지 않으려 신경 썼지만 어차피 그녀의 휴대폰 문자내역을 조사해 보면 나를 유력 용의자로 지목할 수밖에 없다.

　비참하게 체포되느니 스스로 자수하리라.

　그것이 살인과 이 수기를 계획하면서 결심했던 각오이다.

(중략)

✕✕✕

수기를 소리 내 읽던 오영섭 형사가 들고 있던 종이뭉치를 거칠게 내려놨다.

"그래서 예까지 스스로 걸어 들어오셨구먼. 하하. 이거 참 나."

오 형사는 맞은편 철제의자에 앉은 A를 한심한 눈으로 쳐다봤다. A는 오 형사의 눈을 피하지 않고 당당하게 맞섰다.

"이곳에 오기 전에 제가 알고 있는 모든 출판사에 이 수기를 메일로 발송했습니다. 이제 곧 절 취재하기 위해 기자들이 달려들 겁니다. 큭큭큭."

그때 A의 옆에 나란히 앉아있던 B가 A의 기분 나쁜 웃음을 가로막고 말했다.

"바보 같은 소리. 박하나는 내가 죽였어. 이 거짓말쟁이야!"

B의 말에 A가 고개를 돌려 B를 노려봤다. 마주보는 A와 B의 눈빛에 불꽃이 튀었다. A가 다시 오 형사를 바라보며 물었다.

"형사님. 그런데 이 샌님은 대체 왜 여기 앉아 있는 겁니까?"

오 형사는 대답 없이 관자놀이를 짓눌렀다. 그리고 또 다른 종이뭉치를 집어 들어 소리 내 읽기 시작했다.

×××

한 여인에게 내 역작을 도둑맞았다.
나를 농락한 그녀를 절대 용서치 않으리라.
나를 나락으로 빠트린 악녀.
이것은 나의 분노를 상세히 기록한 피의 복수록이다.

×××

"잠, 잠깐. 뭐라고?!"
잠자코 있던 A가 끼어들었다. 오 형사는 종이뭉치를 내리고
A를 잠시 노려봤다. A는 오 형사의 매서운 눈길에 움찔하여
입을 다물었다.
오 형사는 다시 시선을 종이뭉치로 가져갔다.
이어지는 오 형사의 굵은 목소리에 A는 귀를 기울였다.

×××

그녀가 접근한 것은 추리작가 지망생들이 모인 '나도 아가
사 크리스티가 되고 싶어' 온라인 커뮤니티였다. 추리작가를

꿈꾸던 난 커뮤니티에 습작 소설을 올리곤 했다. 대부분이 외면하는 내 글에 꾸준히 긍정적인 댓글을 달아 주고 피드백을 해 준 것이 바로 그녀였다.

그러다 우연히 온라인 상태인 그녀에게 채팅을 걸었다. 다른 뜻은 없었다. 그저 고마운 마음을 전하고 싶다는 마음에서였다.

그녀는 내 열렬한 팬이라며 반겼다. 우쭐할 새도 없이 미스터리에 대한 그녀의 엄청난 내공에 블랙홀에 소행성이 빨려들어가듯 매료되었다. 곧바로 전화번호를 교환하고 카톡으로 연락하게 됐다.

(중략)

공모전 이야기를 꺼낸 건 그녀였다.

미스터리이기만 하면 되는 공모전에 응모해 보면 어떻겠냐고 그녀가 넌지시 물었다. 어떠한 주제도 상관없다고 했다. 추리작가 등단을 꿈꿔 오던 내게는 더없이 좋은 기회였다. 게다가 망설이던 내가 도전을 결심한 건 그녀의 이어지는 말 때문이었다.

'B씨라면 충분히 승산이 있어요. 제가 도와드릴 테니 도전해 봐요.'

지금에서 돌이켜 보자면 그것은 악마의 달콤한 속삭임이었다.

공모전을 결심하고 초기설정부터 그녀와 함께 논의했다. 막다른 길에 가로막힐 때마다 그녀는 번뜩이는 아이디어로 나를 수렁에서 끌어 내 주었다. 고마움에 눈물이 날 지경이었다.

그런 그녀에게 1그램의 의심도 없었다. 그녀를 전적으로 믿었고 신뢰했다.

그래서 배신의 충격이 그렇게 컸는지도 모르겠다.

영혼을 갈아 넣어 단편을 탈고했다. 내가 썼지만 이정도면 가능성이 있겠다는 생각이 들었다.

(중략)

책을 쥔 손이 부들부들 떨렸다.

미쳐버릴 것 같았다.

그녀가 출간한 책에 내가 쓴 공모작이 있었다.

내겐 한마디 말도 없이 내 작품을 훔쳐 간 것이다.

부랴부랴 공모 주관사에 전화해 응모를 취소했다. 목소리가 뒤집혀 알아듣지 못하는 담당자에게 몇 번이나 다시 말해야 했다. 흥분을 가라앉히고 차분히 생각하려 했지만 생각처럼 쉽지 않았다. 그만큼 믿었던 그녀의 배신은 엄청난 충격 그 자체였다.

한동안 멍하니 있다가 손에 든 책을 펼쳤다. 그리고 그녀에게 도둑맞은 내 작품을 차근차근 읽었다. 군데군데 다른 부분이 있었지만 전체적으로 내 작품을 그대로 가져다가 그녀의 스타일로 수정한 듯했다. 엄밀히 따지자면 내가 쓴 작품보다 좋았다. 아니, 솔직히 말하자면 훨씬 좋았다. 바로 그 점이 참을 수 없는 수치심을 야기했다.

군이 내 작품을 훔쳐가야 했을까. 그녀 스스로도 충분히 더 좋은 작품을 쓸 수 있었을 텐데 말이다. 몇날 며칠을 끙끙 앓다가 그녀에게 전화를 걸었다. 아무래도 만나서 이야기해야 할 것 같았다. 전화를 받은 그녀는 외출이 여의치 않으니 자신의 집으로 찾아오라고 했다. 나는 곧바로 약속을 잡고 차에 올라탔다.

내비게이션을 따라가니 도심지를 지나 주택들이 밀집한 지구로 들어섰다. 주택 창문과 대문 곳곳에 붉은 락카로 '철거예정'이라는 글씨가 쓰여 있었다. 이후로도 늘어선 주택들을 지나치고 나서야 목적지에 다다랐다. 차로에 주차할 수는 없어 목적지를 지나쳐 골목길 안쪽에 주차했다. 골목을 걸어 나오자 눈앞에 붉은 벽돌로 지어진 2층 양옥집이 들어왔다.

오후 3시를 막 지난 시간. 한 낮임에도 거리에는 돌아다니는 사람이 없어 을씨년스러웠다. 나는 점퍼 옷깃을 여미고 2층으로 가는 층계를 올랐다. 2층 현관문은 초인종 따윈 없었다. 주먹으로 가볍게 두드리자 곧이어 문이 열리고, 문 안쪽에 그녀가 서 있었다.

키는 165정도 될까. 마른 체형에 어깨까지 기른 컬이진 머리. 동그란 은테 안경 뒤로 커다란 눈동자. 약간 날카롭지만 전체적으로 미인형에 속하는 얼굴이었다.

뭐랄까. 그동안 머릿속으로 상상해 왔던 그녀의 모습과 거의 일치했달까.

그녀는 나를 거실로 안내했다. 그녀를 따라 탁자를 끼고 그녀의 맞은편에 앉았다. 막상 마주 앉아 있으니 준비했던 말이 떠오르지 않았다. 미리 따질 말들을 준비했는데도 말이다. 그녀는 잠시 기다리라 말하고 식탁으로 가 갈아낸 원두를 거름지에 담았다. 그 위로 뜨거운 물을 붓고 컵 두 잔에 차례로 커피를 내렸다. 군더더기 하나 없는 움직임이 평소에도 자주 커피를 내려 마시는 듯했다. 그녀는 커피가 담긴 머그 두 잔을 들고 와 한 잔을 내게 건넸다. 그러고 나서 김이 모락모락 나는 커피를 한 모금 마신 뒤 말했다.

"이렇게 만나는 건 처음이네요. B씨가 급히 만나고 싶다고 하셔서 집을 알려드리긴 했는데, 무슨 일로..."

순간 화가 치밀었다. 무슨 일로 찾아왔는지 뻔히 알면서 모른 척을 하다니. 뻔뻔한 그녀의 얼굴에 뜨거운 커피를 끼얹고 싶은 충동을 간신히 참고 품안에 있던 책을 꺼냈다.

"이거. 하나 씨가 내신 거죠?"

그녀는 책 표지를 슬쩍 보더니 눈 하나 깜짝 않고 고개를 끄덕였다.

"네. 맞아요."

나는 책을 덥석 집어 들어 내 작품을 표절한 페이지를 펼쳐 보였다.

"이 작품이요. 이거 제가 쓴 작품 아닌가요? 이번 공모전에 내려던 거요. 하나 씨도 수십 번은 읽었잖아요. 그런데 어떻게 하나 씨 이름으로 책이 나온 거죠? 그걸 여쭤 보려고 이렇게 찾아왔어요."

내 말이 떨어지기 무섭게 그녀는 배를 잡고 깔깔 웃어댔다. 주먹 쥔 손이 부르르 떨렸다. 날 앞에 두고 비웃는 건가.

숨넘어가듯 웃어 대던 그녀가 정색하고 말했다.

"솔직히 말해 봐요. 아이디어부터 설정, 플롯, 반전까지. 제가 관여하지 않은 부분이 있는지요."

그녀의 물음에 속 시원히 대답할 수 없었다. 그랬다. 정말 이 작품을 내가 썼다고 할 수 있을까. 얼굴로 피가 쏠려 피부가 따끔거렸다. 수치심이 밀려왔다.

그녀가 이어서 말했다.

"B씨의 작품으로 두기엔 아까웠어요. B씨가 제가 낸 작품을 읽어 보셨다면 무슨 말씀인지 이해하실 거예요."

뭐라 반박하고 싶었지만 입이 떨어지지 않았다. 그렇게 한동안 우두커니 앉아있다 벌떡 자리에서 일어서 집을 나왔다. 그녀는 거실에 앉은 채 아무 말 없이 나를 지켜봤다.

서둘러 도망치는 내가 얼마나 한심해 보였을까.

어떻게 집까지 왔는지 모르겠다. 집에 돌아오고 나서야 현실감각이 돌아왔다. 현타라고 하던가. 견딜 수 없는 분노에 책상 위에 쌓인 미스터리 책들과 노트북을 쓸어 버렸다. 책과 노트북이 요란한 소리를 내며 방바닥에 내리꽂혔다.

분이 풀리지 않았다. 당장 냉장고로 달려가 소주병을 꺼내 그대로 들이마셨다. 뱃속에서부터 알싸한 취기가 올라오자 머릿속에 흐릿했던 생각이 또렷해졌다. 그랬다. 바로 그 순간 나는 마음먹었다.

그녀를 죽여 버리겠다고. 그냥 평범하게 죽이지 않는다. 차기작에 쓰려고 아껴 두었던 미스터리 트릭으로 죽여 버리리라.

(중략)

계획한 살인준비는 모두 마쳤다.

땅거미가 진 저녁 즈음 차를 몰고 그녀의 집으로 향했다. 지난번과 마찬가지로 공터에 차를 세우고 커피가 담긴 종이백을 챙겨 빨간 벽돌집으로 걸어갔다. 골목에 CCTV가 있었으나 별로 개의치 않았다. 그녀를 죽이고 이 글을 마무리할 수 있는 시간만 있으면 됐다. 혼자 산다는 그녀의 말이 사실이라면 밤사이 그녀의 집에 찾아갈 사람은 없었다.

미리 방문한다고 말한 탓인지 현관을 두드리자 기다렸다는 듯 그녀가 문을 열었다. 두 번째로 찾은 그녀의 집이다. 그녀가 자리에 앉기도 전에 나는 준비했던 말을 쏟아 냈다.

"그날 하나 씨가 한 말을 곰곰이 생각해 봤어요. 솔직히 처음엔 화가 많이 났어요. 그런데 시간이 지날수록 생각이 바뀌더군요. 인정하기는 싫지만 하나 씨 말을 반박할 수가 없었어요. 모두 사실이니까요." 그녀는 거짓된 내 말을 들으며 천천히 고개를 끄덕였다. 그 모습을 보고 있자니 분노가 치밀었지만 꾹 참고 말했다. "이렇게 다시 찾아온 이유는 염치없지만 하나 씨에게 한 번 더 도움을 청하기 위해서입니다. 작품을 쓸 수 있게 도와주세요."

나는 눈을 질끈 감고 그녀 앞에서 고개를 숙였다. 내 말의 진위를 파악하려는 걸까. 한참을 말이 없던 그녀가 마침내 입을 열었다.

"B씨의 진심이 전해지는 것 같아요. 좋아요. 제가 도와 드릴게요."

나는 고개를 들고 애써 환한 표정을 지어 보였다. 그녀는 미소 띤 얼굴로 자리에서 일어서며 물었다.

"우리 커피 한 잔 하면서 이야기해요."

그제야 나는 등 뒤에 가리고 있던 종이백을 들어보였다.

"커피 좋아하시는 것 같아서 준비했어요. 실례가 안 된다면 제가 타 드릴게요."

그녀는 약간 놀란 듯했지만 내 제안을 거부하지는 않았다. 나는 부엌으로 걸어가 백에서 커피봉지를 꺼냈다. 물이 든 포트에 전원을 넣고 깔때기에 거름지를 꽂았다. 그녀는 거실에 앉아 물끄러미 나를 바라봤다. 그녀가 지켜보고 있다고 생각하니 긴장되기 시작했다. 가슴이 쿵쾅쿵쾅 뛰고 등 뒤에서 식은땀이 흘렀다. 봉지를 찢고 스푼으로 거름지에 원두가루를 덜었다. 스푼을 든 손을 떨지 않기 위해 부단히 노력해야 했다. 그사이 포트의 물이 끓었고 나는 거름망에 끓는 물을 부었다. 원두가루와 물이 닿자 곧바로 하얀 거품이 일었다.

"원두커피 정말 좋아하시나 봐요."

"네. 거짓말 안 보태고 하루에 열 잔은 마시는 것 같아요."

망할 년. 그 좋아하는 커피가 네년의 목숨을 빼앗을 거다.

이윽고 거름지를 통과해 내려온 커피가 머그컵을 채웠다. 나는 새 머그잔을 받치고 거름지를 교체한 뒤 봉지에서 새 원두가루를 덜고 뜨거운 물을 부었다. 다시금 향긋한 커피 향과 함께 거름지가 넘칠 정도로 하얀 거품이 일었다. 두 번째 머그컵이 채워지자 나는 먼저 내린 첫 번째 잔과 두 번째 잔을 들고 거실 탁자로 향했다. 지난번과 마찬가지로 탁자를 사이에 두고 그녀의 맞은편에 앉았다.

자연스럽게 탁자 위로 첫 번째 잔을 그녀에게 건네고 나는 들고 있던 컵을 입에 가져갔다. 씁쓸하면서도 고소한 커피가 입안을 채웠다. 한 모금을 마시고 컵 안을 후후 불어 다시 한 모금을 머금었다. 뜨거운 온기가 위장을 채우면서 긴장이 조금은 풀리는 것 같았다.

"커피 향이 좋아요."

한동안 커피 향을 음미한 그녀도 커피를 후후 불어 마셨다. 나는 커피를 삼키는 그녀의 목을 유심히 지켜봤다. 목울대가 움직이는 것을 똑똑히 봤다.

마셨다!

나는 다시 시선을 머그잔으로 내리깔았다.

잠시 후. 그녀가 목을 부여잡고 컥컥거리기 시작했다. 그녀는 거실 바닥에 헛구역질을 하며 고통스러워했다.

"컥컥컥. 푸하하핫!"

고통에 몸부림치며 바닥을 기는 그녀를 보자 웃음이 터져 나왔다. 그녀는 눈물을 흘리며 내게로 손을 뻗었다. 하지만 부질없는 일이었다. 곧이어 바닥에 엎어진 그녀가 마지막 숨을 토해냈다.

아드레날린이 미친 듯이 분출됐다. 복수의 쾌감이란 이런 것인가.

"자업자득이다. 망할 년아!"

숨이 끊어진 그녀에게 이 한마디를 던지고 서둘러 집을 빠져나왔다.

(중략)

×××

오 형사가 어두운 얼굴로 들고 있던 종이뭉치를 내려놨다.

B는 A를 돌아보며 의기양양하게 말했다.

"이것 봐. 그년이 숨이 끊어지는 걸 내 두 눈으로 똑똑히 봤다고. 이 거짓말쟁이야."

A도 질세라 반박했다.

"그, 그럴 리 없어." 씩씩대던 A가 오 형사를 보며 물었다. "대체 어떻게 된 건가요. 형사님." B도 오 형사 쪽으로 얼굴을 돌렸다.

갑작스레 두 남자의 시선을 받은 오 형사가 한숨을 푹 쉬었다.

"일단 그전에 당신들이 알아야 할 게 하나 더 남았어."

오 형사는 이마를 덮은 머리를 쓸어 올린 뒤 책상 위에 있던 또 다른 종이뭉치를 들어 올렸다.

"그건 뭡니까?"

A와 B가 동시에 물었으나 오 형사는 대답 없이 종이를 읽기 시작했다.

제 이름은 박하나.

이 노트북에 기록된 글은 저의 마지막 유서입니다.

"!!!!"

오 형사의 말에 A와 B는 쥐 죽은 듯 조용해졌다.

×××

유년시절 부모님을 교통사고로 여의고 오빠와 둘이서 힘겹게 살아 왔습니다.

하루하루 끼니를 걱정해야 할 정도로 궁핍한 생활이었지만 꿈을 잃은 적은 없었습니다. 초등학생시절 절친 집에서 봤던 《명탐정 코난》은 제게 강렬한 인상을 남겼고 커 가면서 추리 작가를 꿈꾸게 해 주었습니다.

아르바이트를 하면서도 추리소설을 놓지 못한 건 그 때문이 겠지요.

도서관의 추리 코너를 모두 섭렵하면서 더 이상 읽을 작품이 없어질 때쯤 습작을 시작했습니다. 비슷한 시기에 오빠와 함께 고향을 떠나 천안으로 이사왔습니다. 사실 빚쟁이들을 피해 도망치듯 떠나왔다고 해야 맞겠지요. 오빠는 전국에 막 노동판을 따라다니며 어떻게든 살아 보려 노력했습니다.

저 역시 학업과 힘든 아르바이트 중에도 꾸준히 작품을 써 왔습니다. 그러다 우연히 출판사 이벤트로 진행했던 인기 추리작가인 박기범 작가님의 멘토링 기회를 얻게 되었어요. 전 떨 듯이 기뻤습니다. 평소 좋아하던 작가님이었거든요. 없는 돈을 쪼개 박기범 작가님의 작품을 모두 소장할 정도로 팬이었답니다.

멘토링은 간단했습니다. 제가 쓴 작품을 작가님께 보내고 피드백을 받는 것이었어요. 전 바로 그동안 제가 썼던 작품들을 작가님의 메일로 보냈습니다. 모아보니 단행본 두 권 분량은 되더군요. 메일 발송 후 계속 새로 고침을 누르며 작가님이 메일을 읽기를 기다렸습니다. 약 5분 뒤 '읽음' 표시로 바뀌면서 입을 틀어막고 환호성을 질렀답니다.

하지만 설렘은 오래가지 못했습니다.

작가님으로부터 되돌아온 회신은 단 몇 줄 뿐이었습니다.

'트릭이 형편없다. 너무 감성적이다. 좀 더 노력해야 되겠다.' 등등 혹평뿐이었습니다. 큰 기대를 걸었던 만큼 실망도 컸습니다. 솔직히 다시 글을 쓸 수 있을 것 같지 않았어요. 그만큼 제겐 충격적이었습니다.

매일 우울한 나날을 보내는 사이. 멘토였던 박기범 작가님의 신간이 출간됐습니다. 더 이상 추리소설에 관심을 두지 않기로 마음먹었으면서도 그동안 한 권, 두 권 모았던 작가님의 작품을 넘길 수가 없었습니다.

그렇게 서점에서 책을 사서 첫 페이지를 읽는 순간 눈앞이 캄캄해졌습니다.

제 글을 읽는 분들은 예상하셨겠죠.

책에 실린 다섯 편의 단편이 전부 제가 썼던 단편들과 흡사했습니다. 트릭만 두고 본다면 제 글과 완전 똑같았어요. 제가 힘들게 써 온 글들을 도둑맞은 거였어요.

책을 쥔 손이 부들부들 떨렸습니다. 얼굴에 핏기가 싹 가시는 것 같았습니다.

작가님과 출판사에 항의메일을 보내려 글을 썼지만 결국 발송 버튼을 누르지 못했어요. 대중들은 보잘것없는 저와 베스트셀러 인기 작가님의 말 중 누구의 말을 믿어 줄 것인지 분명했거든요.

실의에 빠졌습니다. 삶의 의욕을 잃었어요. 아르바이트를 그만두고 집에서 두문불출하게 됐습니다. 불면증에 시달렸고 어렵게 잠이 들더라도 악몽에 시달렸습니다.

수면제를 처방받고 그 약들을 하나, 둘 모으면서 자살을 생각했습니다.

약통에 수면제가 가득 찼을 때 목숨을 끊으리라 결심했습니다. 그런데 약통이 차오르면서 제 안에 분노가 차올랐습니다. 이대로 죽기에는 너무 억울하다고 해야 할까요. 그래서 결심했습니다.

저를 주인공으로 하는 인생의 마지막 추리소설을 쓰자고요.

결심을 하고나니 꺼져가던 불꽃이 마지막 발악을 하듯 의욕이 샘솟았습니다.

멘토 작가와 똑같은 방법을 쓰기 위해 추리작가 지망생들을 노렸습니다. 작가 지망 카페에 가입하여 활동하고 정모도 참여했습니다. 그렇게 지망생 A와 B를 타겟으로 잡았습니다.

×××

"헉!!!"

"뭐, 뭐라고?"

A와 B가 눈을 동그랗게 떴다. 오 형사는 개의치 않고 계속 읽어 내려갔다.

×××

그들에게 공모전 응모를 권유하고 글을 쓰게 만들었습니다.

그들의 글은 조악하기 그지없었어요. 하지만 오히려 잘됐다 싶었어요. 제게 의존하는 만큼 제 마음대로 조종할 수가 있었으니까요. 둘은 밤낮없이 제게 도움을 요청했고 그때마다 전 해답을 제시했습니다.

어느덧 공모전 마감일자가 다가오고 둘의 작품도 완성되어 갔습니다.

전 그들 몰래 그들이 쓴 단편을 수정해서 제 사비로 단편집을 출간했습니다. 물론 그들에게도 단편집 출간 사실을 흘려두었습니다. 예상대로 둘은 분노에 가득 차 제게 항의했습니다. 물론 전 멘토 작가가 제게 했던 것처럼 뻔뻔하게 대응했습니다.

그들도 제게 살의를 느끼고 절 살인하기를 바랐어요. 추리 지망생이라면 살인의 과정을 글로 남기지 않을까 하는 생각도 했습니다. 지금의 저처럼 말이죠.

소심한 A는 그대로 포기하는 듯했어요. 하지만 B는 집까지 찾아와 항의했고 제 태도에 B의 눈빛에 살의가 깃드는 것을 목격했습니다. 전 속으로 쾌재를 불렀습니다. 어차피 미련 없는 인생. 제발 와서 나를 죽여 달라고 빌었을 정도입니다.

그리고 며칠 뒤 B에게서 연락이 왔습니다. 다시 집으로 찾아온다고 말이죠.

과연 어떤 방법으로 절 죽일지 두근거렸습니다. 마침내 B가 집에 들어선 순간. 쭉 생각했던 제 계획은 바뀌었습니다.

B가 선택한 방법은 독살이었습니다. 그것도 제가 좋아하는 커피를 이용한 독살이었어요. 어떻게 알았냐고요. 이 트릭도 제가 B에게 언급했던 트릭이거든요. 멍청한 B는 그것조차 기억 하지 못한 게 분명합니다.

내내 굳은 얼굴로 식은땀을 흘리는 B가 갑자기 자신이 선물로 가져온 원두커피를 직접 타겠다고 했을 때 확신이 섰습니다.

커피 봉지 위쪽에 주사바늘로 구멍을 뚫고 니코틴 원액을 왼쪽에 뿌린 뒤 왼쪽 원두가루로 커피를 타면 독극물이 든 커피가 되고 그 반대인 오른쪽 원두가루로 커피를 타면 보통의 커피가 되는 간단한 트릭이었습니다.

전 커피가루를 뜨는 B의 스푼을 유심히 살펴봤습니다. 역시 예상대로더군요. 독이 든 커피를 건네며 제 눈치를 살피는 B를 보니 웃음이 터지려는 것을 간신히 참았습니다.

이런 어설픈 수로 죽음을 맞이하긴 싫었습니다. 차라리 마지막까지 B에게 엿을 먹이고 자살을 택하리라 마음먹었습니다.

전 보란 듯이 B앞에서 커피를 마시는 척하고 목을 부여잡고 쓰러져 몸부림쳤습니다. 그러다 축 늘어져 죽은 척을 했어요.

제 상태를 확인하면 어쩌나 싶었는데 B는 확인도 없이 웃음을 터트린 뒤 벌떡 일어나 집을 뛰쳐나갔습니다.

정말 끝까지 어설펐어요.

×××

오 형사가 이 대목을 읽었을 때 B의 얼굴은 온통 새빨개졌다. 치욕스러움에 잔뜩 움츠러든 어깨가 가늘게 떨렸다.

×××

거지같았던 인생. 미련은 없습니다.

이 글을 마지막으로 전 그동안 모아 둔 수면제를 털어 넣고 자살합니다.

이 글을 빌어 절 이용한 파렴치한 작가 박기범의 실체가 세상에 널리 알려지길 하늘에서 보고 싶습니다.

×××

오 형사가 들고 있던 종이뭉치를 내려놓았다.

A가 오 형사를 향해 따지듯 물었다.

"그럼 전 수면제를 먹고 죽어 있던 박하나의 머리를 깨부순 겁니까?"

오 형사가 책상을 손바닥으로 쾅 치며 말했다.

"지금 그게 중요합니까?"

오 형사의 호통에 A가 깨갱하며 물러섰다.

때맞춰 오 형사의 파트너이자 후배 김우성 형사가 서류를 들고 다가왔다.

"선배님. 박하나 씨 부검 결과 나왔습니다."

김 형사에게 서류를 건네받은 오 형사의 눈이 갑자기 커졌다. 그리고 김 형사를 향해 신경질적으로 소리쳤다.

"뭐야. 결정적 사인은 사망 직전 피해자가 마신 오렌지주스에 첨가된 시안화칼륨(청산가리) 중독이라고?! 그럼 수면제다량 복용도, 두개골 골절도 사인이 아니었다는 거야? 이게대체 어떻게 된 거야?!!!"

그 순간 A와 B는 입을 벌린 채 멍하니 오 형사를 바라봤다.

×××

안녕하세요. 하나의 오빠 박현수입니다.

지방에서 일을 하느라 늦게 찾아뵈 죄송합니다.

동생 약통이요? 네. 제가 그랬습니다.

그 망할 작가한테 배신당한 뒤로 동생은 삶의 의욕을 잃은것 같았습니다. 지금에서야 후회해도 소용없겠지만. 오빠로서동생을 챙겨야 했는데 저도 살기에 급급하다 보니 미처 신경쓰지 못했습니다.

동생이 자살을 생각한다는 건 얼마 전에 알아차렸습니다.

동생과 전 따로 살았는데 종종 동생 집에 들르곤 했습니다. 잘 지내는지 보기 위해서였어요.

마침 집에 들르니 동생은 샤워 중이더군요. 그때 탁자 위 동생 노트북이 켜져 있었습니다. 전 화면보호기가 걸리기 직전 마우스를 움직여 노트북을 훔쳐봤습니다. 낌새가 이상했다고 할까요. 볼 때마다 굳은 얼굴로 노트북을 보는 동생이 영 의심스러웠거든요.

제 예상대로 노트북에 쓰여 있는 글은 동생의 유서였습니다. 동생이 저 몰래 수면제를 모으고 있다는 사실도 그때 알게 됐습니다.

아뇨. 제가 동생의 유서를 훔쳐봤을 땐 A와 B의 이야기를 쓰기 전이었습니다. 그래서 다른 생각은 할 수가 없었어요. 알았더라면 A와 B가 동생 집에 오기 전에 제가 막았을 겁니다.

어쨌든 전 동생의 자살을 막아야겠다고 생각했습니다. 동생이 수면제를 모아 둔 곳도 찾아냈습니다. 침대 옆 협탁 서랍이더군요.

동생의 고집스러운 성격에 유서를 훔쳐보고 자살계획을 알았다고 하면 더욱 반발할 것이 분명했습니다. 동생이 모르게, 은밀하게 조치를 취해야 한다고 생각했어요. 그렇게 떠올린 게 약을 바꿔치는 것이었습니다.

이상한 건 사건이 벌어지기 며칠 전부터 동생이 유달리 의욕적이었다는 겁니다. 이유는 몰랐어요. 그냥 전과 달리 표정이 밝아지고 생기가 돌았다고 할까요. 자살하려던 생각을 고쳐먹었나 싶었는데 협탁 서랍 속 모아 둔 수면제는 그대로더군요. 연기를 하는 건지, 정신이 이상해진 건지 도저히 갈피를 잡을 수가 없었습니다. 저도 마음을 놓을 수가 없었어요.

사건이 벌어진 날은 제가 지방 출장을 가기 전날이었습니다. 당분간 동생 집에 들를 수 없었기에 약을 바꿔치기해야 했습니다. 집에 들어가니 동생은 때마침 샤워를 하러 화장실에 들어갔더군요. 전 기회를 틈타 방에 들어가 약통에서 수면제를 빼내고 대신 수면제와 똑같이 생긴 비타민 캡슐을 채워넣었습니다. 자살을 시도하더라도 한숨 푹 자고 일어나라고 수면제 한 알은 남겨두었습니다. 그렇게 실패하고 나면 동생은 훌훌 털고 일어날 수 있을 거라 생각했습니다.

결국 저만의 안일한 생각이었지만 말이죠.

하아.... B의 살인시도에도 살아남은 동생이 청산가리를 탄주스를 마시고 죽었다니요.

저로선 도저히 이해할 수가 없습니다.

분명 A와 B가 아닌 또 다른 사람이 개입한 게 분명합니다.

형사님. 부탁드립니다. 불쌍한 우리 동생을 죽인 범인을 찾아 주세요.

꼭 좀 부탁드립니다. 흐흑...

×××

철제 의자에 앉은 청년은 몹시 긴장되는지 탁자 아래로 다리를 달달 떨었다.

"C씨는 시원마트 배달원으로 근무 중이죠?"

"네...."

청년 C는 오 형사의 눈을 마주치지 못하고 기어들어가는 목소리로 대답했다. 오 형사가 재차 물었다.

"당신이 5일 전 박하나 씨 댁에 배달한 물품 중에 400ml 델몬트 오렌지 주스도 있었죠?"

C는 주눅 든 채로 역시 작게 대답했다.

"마, 맞습니다...."

C의 대답과 동시에 오 형사가 주먹으로 책상을 쾅 치면서 몰아붙였다.

"대체 주스에 청산가리는 왜 탄 겁니까! 발뺌할 생각은 하지 마세요. 당신이 약국에서 시안화칼륨을 구매하는 장면이 담긴 CCTV를 확보했고, 박하나 씨가 사망한 현장에 있던 주스 뚜껑에서 당신의 지문과 주사 자국을 확인했습니다."

한참을 우물쭈물하던 C는 체념한 듯 눈을 내리 깔고 입을 뗐다.

"제.... 제 마음을 받아 주지 않았어요."

C는 한동안 멍하니 취조실 천장 구석을 바라보다 다시 입을 열었다.

"열 번 찍어 안 넘어가는 나무는 없다고 했는데... 하나 씨는 정말로 제게 철벽을 쳤습니다. 아무리 노력해도 눈 하나 깜짝 안 하는 하나 씨에게 화가 났습니다. 그러다 배달을 마치고 나오던 중에 우연히 하나 씨 집을 방문하는 잘생긴 남자를 봤어요. 저런 남자친구가 있으니 제 마음을 받아주지 않았나 싶었습니다."

C는 손바닥으로 마른세수를 했다.

"거기에서 깨끗이 포기해야 했습니다. 하지만 이상하게 더욱 화가 났어요. 죽이고 싶었어요. 절 무시한 하나 씨를요. 결국 하나 씨가 주문한 주스 병에 주사바늘로 청산가리를 넣었습니다. 더는 하나 씨가 남자친구에게 미소 짓지 못하게요."

"하하. 이거 참."

오 형사는 허탈하게 웃었다. 이어서 어이가 없는 듯 나직이 혼잣말을 지껄였다.

"B의 독살시도를 넘기고 친오빠 덕분에 수면제 자살에서도 목숨을 부지했는데... 살인을 하려던 B를 남자친구로 오해한 C가 주스에 독을 타고. 피해자는 수면제를 먹기 위해 함께 마신 오렌지 주스 때문에 어이없는 죽음을 맞이했다. 거기에 A는 이미 죽은 시체 머리에 대고 망치질을 했다는 말인가."

오 형사는 깊은 한숨을 푹 쉬었다.

"하아.... 이 사건이야말로 진짜 미스터리 소설 뺨치는 사건이 아닌가."

6

×

시기의 살의

창밖으로 불어오는 스산한 바람에 복도 창틀이 덜컹거렸다. 시멘트로 뒤덮인 건물이건만 바깥의 냉기가 복도에 그대로 전달되는 것 같았다.

Y가 내쉬는 날숨에서 뿜어져 나온 하얀 입김이 공중으로 사그라졌다.

Y는 숨을 죽였다. 이윽고 복도를 밝히던 센서 등이 꺼졌다. 칠흑 같은 암흑이 순식간에 내려앉았다. 눈을 감은 Y는 망막이 어둠에 익숙해지기를 기다렸다 눈을 떴다. 복도 창문 안으로 들어오는 달빛이 금박을 입힌 각진 숫자에 반사돼 희미한 빛을 발했다.

301.

Y는 심호흡했다. 그리고 수십, 수백 번 되뇌었던 순서를 마지막으로 다시 한 번 되새겼다.

저녁 9시. 아파트 입주민들은 따뜻한 집인에서 한창 휴식 중일 것이다. Y는 가만히 귀를 기울였다. 사위는 고요했다. 두근거리는 심장의 고동만이 귓가를 울렸다. 이 추운 날 계단으로 내려오는 사람은 없었고, 두 층 아래 일 층 정문으로 출입하는 사람 역시 없었다.

바로 지금이 기회였다.

Y는 들고 있던 휴대폰의 잠금 패턴을 풀고 화면을 터치했다.

마침내 방아쇠는 당겨졌다.

안 그래도 터질 것 같던 Y의 심장이 더욱 미친 듯이 고동쳤다.

Y는 얼음장처럼 차가운 현관문에 서서히 귀를 가져갔다.

철제문의 냉기가 두개골까지 저릿하게 만들었다. Y는 냉기를 꾹 참고 문 너머에 모든 신경을 집중했다. 예상대로 철문 너머로 부산한 움직임이 느껴졌다. 거실의 마룻바닥이 울리는 소리. 슬리퍼의 고무가 땅바닥에 끌리는 소리. 덧문이 열리고 닫히는 소리.

그래. 이제 곧이다.

현관문 바로 뒤로 슬리퍼가 스치는 소리가 들리자 Y는 문 옆 계단 벽에 몸을 바짝 붙였다. 이윽고 현관문에 달린 디지털 도어록이 요란한 전자음을 내며 손잡이가 아래로 꺾였다. Y는 점퍼 안주머니 속에 넣어 둔 등산 나이프의 손잡이를 슬며시 움켜쥐었다. 닫혀있던 현관문이 열리자 문틈 사이로 새어 나온 빛이 어두운 복도를 밝혔다. 마침내 문틈 사이로 마스크를 낀 묘령의 여성이 나타났다. 여성의 시선은 정면을 향했다. 아직 계단 벽에 있는 Y의 존재를 눈치 채지 못한 듯했다.

현관문이 절반 정도 열리자 복도 천장의 센서 등이 다시 불을 밝혔다. Y는 그 틈을 놓치지 않고 재빨리 계단을 성큼 올라갔다. Y의 인기척에 여성의 시선이 Y에게로 향했다.

순간 여성의 동공이 확대됐다. 예상치 못한 Y의 등장에 놀랐던 것일까 아니면 Y의 기세에 당황한 탓일까. 여성은 미처 아무런 저항도 하지 못한 채 집안으로 밀려들어갔다. Y는 가죽장갑을 낀 오른손으로 여성의 입을 틀어막고 온몸으로 밀어붙였다. 여성은 단 두 번의 뒷걸음질 만에 현관 안쪽으로 밀려났다. 등이 신발장에 닿고 나서야 여성은 거칠게 저항하려 했지만 이내 포기할 수밖에 없었다. 그녀의 옆구리를 지그시 누르고 있는 날카로운 칼끝을 감지했기 때문이다.

그사이 공포에 질린 여성의 절박한 눈빛은 도어 클로저에 의해 서서히 닫히는 현관문 틈 사이로 사라져 버렸다.

×××

"젠장. 더럽게 춥네."
1월의 중순이 지난 어느 날.

모든 것을 꽁꽁 얼리려는 듯 전국에 한파 주의보가 내려졌다. 천안도 예외는 없었다. 벌써 일주일째 영하 십 도 아래로 떨어진 수은주가 올라올 줄을 몰랐다. 엎친 데 덮친 격으로 이틀 전 내린 눈이 녹지 않고 그대로 얼어붙어 도로는 흡사 아이스링크나 다름없었다. 곳곳이 블랙아이스로 덮인 2차선 도로 위로 차들이 줄지어 기어갔다.

영섭의 구형 소나타도 바로 그 사이에 끼어 있었다. 마음은 급했지만 뭐 어쩔 도리가 있으랴. 사실 영섭에겐 답답한 속도보다 망할 추위가 더 문제였다. 자동차 히터를 최대로 틀어놨지만 오래된 연식 탓에 엔진 가열이 오래 걸리는 건지 히터 구멍으로 찬바람만 숭숭 불어나왔다. 자동차 밖이나 실내나 다를 게 없었다. 영섭의 입에서 뿜어 나온 입김이 자동차 앞 유리에 닿아 뿌옇게 성애가 끼었다. 그것마저도 성가셨다.

"아우 뜨거운 바람은 대체 언제 나오는 거냐!"

망할 놈의 자동차. 16년을 타는 동안 바꾼다 바꾼다 수도 없이 노래를 불렀건만. 올해도 글러먹은 것 같아 속이 답답했다. 사고가 나서 폐차라도 해야 새 차를 탈 수 있을까. 차라리 따뜻한 봄이 오길 기다리는 게 더 빠를지도 모르겠다. 박복한 형사 월급으로 새 차 사기가 이리도 힘들구나.

"허허허." 영섭의 입에서 자조적인 헛웃음이 터져 나왔다.

영섭의 소나타는 그렇게 이십 여분 더 빙판길을 기어가서야 목적지에 도착했다.

시가지를 훌쩍 벗어나 지은 지 수십 년은 되어 보이는 아파트가 밀집한 구도심이었다. 페인트가 벗겨져 군데군데 회색 빛 시멘트가 드러난 아파트는 한눈에 봐도 세월의 흔적이 역력했다.

아파트 입구를 지나자 때마침 경광등이 번쩍이는 순찰차들이 영섭의 눈에 들어왔다. 영섭은 순찰차 뒤로 주차한 뒤 차에서 내렸다.

차 안도 추웠지만 역시나 밖은 더 추웠다. 차디찬 바람에 영섭의 머리칼이 흩날렸다. 두툼한 밀레 구스다운 안으로 세찬 바람이 새어 들어와 온몸이 부르르 떨렸다.

짙게 낀 구름 사이로 우뚝 선 아파트는 영섭의 마음을 더욱 우중충하게 만들었다.

이렇게 추운 날 살인사건이라니.

한 번 더 소름이 영섭의 전신을 훑고 지나갔다. 이 소름은 추운 날씨 때문만은 아닌 듯 했다. 영섭은 들릴 듯 말 듯 작게 혀를 찼다.

사건이 벌어진 102동 주변으로 몰려나온 사람들을 제치고 영섭은 아파트 안으로 들어갔다. 사건은 3층 1호에서 벌어졌다. 천천히 계단을 오르자 2층에서 3층으로 이어지는 계단에 정복경찰들이 가득했다. 중앙 엘리베이터를 가운데 두고 302호와 301호가 마주하고 있었다. 활짝 열린 301호 현관문 안으로 얼굴을 빼꼼이 내밀자 덧신과 라텍스 장갑을 낀 과학수사대원들이 한창 현장을 감식 중이었다.

영섭은 거미줄처럼 현관을 막고 있는 폴리스 라인 아래로 슬쩍 몸을 집어넣었다. 현관을 지나 바로 신발장에 맞닿은 왼편의 화장실 안에 피해자가 있었다. 좁디좁은 3평의 공간. 그 안에 감식반원 두 명이 분주히 사체를 조사 중이었다. 영섭은 감식반원 사이로 보이는 사체의 모습을 눈에 담았다.

사체는 화장실 안쪽 욕조에 쪼그려 앉아 있었다. 아파트 화장실에서 흔히 볼 수 있는 사이즈의 아이스크림색 욕조였다. 욕조 안은 물이 찰랑거릴 정도로 차 있었고 사체는 수도꼭지를 등지고 있었다. 손목은 등 뒤로 굳게 묶여 있었다. 하반신은 욕조에 가려 보이지 않았지만 상체는 벌거벗은 상태였다. 아마 하반신도 실오리기 하나 걸치지 않았으리라. 무릎을 꿇은 자세로 쓰러질 듯 기울어진 몸은 사체의 목에 이어진 비닐 끈이 지탱하고 있었다. 목 언저리로 팽팽한 비닐 끈이 샤워기 거치대에 단단히 묶여 있었다.

사체의 젖은 머리가 얼굴에 미역처럼 감겨있었다. 머리카락 끝으로 작은 물방울이 뚝 뚝 떨어졌다. 얼굴을 휘감은 머리카락 사이로 보이는 사체의 얼굴은 고통으로 한껏 일그러져 있었다. 부릅뜬 흰자위는 충혈되어 있었고 눈동자는 하늘로 말려 올라간 상태였다. 눈썹에 바른 마스카라가 눈물 자국을 따라 턱 부분까지 지저분하게 번져 있었다. 분홍 립스틱을 바른 입술 사이로 비닐 끈이 여러 겹 감겨 있었다.

머릿속에 욕조 속 사체의 잔상이 떠올랐다. 손목이 묶인 채 공포에 떨고 있는 나신의 여성. 살인마는 그녀의 등 뒤에 서서 목에 감긴 비닐 끈을 조인다. 숨이 막힌 여성은 입에 감긴 비닐 끈 사이로 거친 숨을 토해 낸다.

아니. 아냐.

손목이 묶인 사체의 팔이 멍 자국 하나 없이 깨끗하다. 고로 사망 당시 저항하지 않았다는 말이다. 아니면, 반항할 수 없는 상태였을까.

영섭의 머릿속에서 다른 잔상이 떠올랐다.

손목이 묶인 채 정신을 잃은 나체 여성. 그리고 그 뒤에서 목에 감긴 끈을 천천히 조이는 살인마. 숨이 끊기기 직전 정신을 차린 여성은 눈을 부릅뜬 채 사망하고 그녀의 몸이 쓰러지지 않게 목에 감은 끈을 샤워기 거치대에 묶는다.

머릿속의 잔상이 사라지고 영섭의 망막에 부릅뜬 여성의 눈동자가 아로새겨졌다.

영혼을 잃어버린 텅 빈 눈동자를 보자 가슴이 조여 왔다. 어림잡아도 이십대 중반에서 삼십대 초반으로 밖에 보이지 않았다. 새해가 밝은지 채 한 달도 되지 않았건만. 영섭은 안타까운 죽음에 저절로 한숨이 새어 나왔다.

"선배님. 감식 중이라 나오셔야 해요."

화장실 안으로 목을 빼고 있던 영섭이 고개를 돌리자 우성이 현관 앞에서 고개를 꾸벅 숙였다. 영섭이 고개를 작게 끄덕였다.

"왔어? 안 그래도 나가려고 했어."

밀레 다운점퍼 주머니 속에 손을 끼워 넣은 영섭이 슬그머니 발길음을 돌렸다.

×××

　며칠 뒤. 한라 아파트 30대 여성 살인사건의 국과수 부검결과가 나왔다.

　예상대로 사인은 경부압박에 의한 질식사였다. 살인 도구는 사체의 목에 감긴 비닐 끈이었고 수평적 모양으로 남아있던 액흔은 누군가 뒤에서 잡아당겼음을 말하고 있었다. 위에서는 음식물이 나오지 않아 공복상태였음이 확인됐고 혈액에서 수면제 성분이 검출됐다. 피해자의 몸에 저항흔이 없던 것은 수면제 때문인 것으로 추정됐다. 추가로 피해자의 질에서 소량의 정액이 검출됐고 질 입구에 가벼운 열상이 발견됐다. 열상의 형태로 보아 피해자 사망 직전에 생긴 상처임이 밝혀졌다.

　결론적으로 피해자를 겁탈한 뒤 살인을 저지른 전형적인 성폭행 살인사건이었다.

　현장에서는 성폭행을 입증하는 몇몇 증거가 발견됐다. 화장실 바닥에서 피해자의 것이 아닌 타인의 체모가 두 가닥 발견됐다. 감정결과 남성의 음모로 밝혀졌다. 정액과 체모의 DNA 유전자 감식결과 동일인의 것으로 확인됐다. 추가로 피해자의 질 벽에서 콘돔의 윤활제 성분이 검출됐다. 하지만 사용된 콘돔은 현장에서 발견되지 않았다. 그 밖에 범인을 특정할 생물학적 증거는 찾을 수 없었다. 욕조나 세면대 등에는 범인으로 보이는 지문은 남아있지 않았다. 지문을 방지하기 위해 장갑을 착용한 듯했다. 거칠게 반항했을 피해자의 손톱 밑에도 아무것도 남아 있지 않았다. 범인으로 특정 지을 족적 역시 남아 있지 않았다.

사망시각은 정확히 특정하기 어려웠다. 공복상태로 위 속에 내용물이 없었고 욕조에 채워진 물이 온수인지 냉수인지에 따라 사망시각에도 변화가 생기기 때문이다. 때문에 경찰은 아파트에 출입한 CCTV로 범인의 출입과 피해자의 사망시각을 추정할 수밖에 없었다.

성폭행이 동반됐지만 치밀한 계획적 범죄였고 범인은 범죄를 위해 철저하게 준비했음을 짐작케 했다.

피해자는 31세 박승희로 밝혀졌다.

26세에 고향인 삼척을 떠나 천안에서 회사를 다니며 홀로 살던 여성이었다. 회사에서 만나 1년간 교제해 온 남자친구가 있었지만 1년 전 헤어진 것으로 확인됐다. 헤어진 이후 왕래는 없었던 것으로 보인다. 6개월 전부터 전 남자친구는 새로운 애인과 교제 중이었다. 사건 당시 전 남자친구는 자취방에서 게임을 했다고 진술했는데 실제로 자택 PC에서 게임에 접속한 기록을 확인했다. 외부에서 원격으로 자택 PC에 접속하여 게임 접속 기록을 남길 수는 있겠지만 헤어진 지 1년이 지난 전 여자친구를 살해할 만한 동기는 희박했다. 신고자는 30세 김민정. 피해자와 같은 회사 동료로 언니 동생사이로 지내며 피해자의 현관 비밀번호까지 공유하는 사이였다. 사건 발생 다음 날 만나기로 했던 김민정은 사건 당일 피해자와 연락이 되지 않는 점을 이상하게 여겨 아침 일찍 피해자의 아파트를 찾았고 직접 디지털 도어 록을 열고 사체를 발견했다. 김민정의 알리바이는 그녀가 사는 빌라 근처 CCTV로 확인됐다.

책상 위에는 과수대가 사건 현장에서 찍은 스냅사진들이 즐비하게 널려있었다.

영섭은 사진 하나하나를 유심히 살폈다.

피해자를 다양한 각도로 찍은 사진들도 더러 있었다. 비닐끈에 의해 목 깊숙이 팬 상처자국. 초점을 잃은 공허한 망자의 눈동자. 고통에 일그러진 표정들.

비록 사진이었지만 피해자의 고통이 고스란히 사진 밖으로 전달됐다.

"살인에 쓰인 비닐 끈 출처는 파악됐나?"

영섭의 물음에 우성이 답했다.

"네. 피해자가 비닐 끈을 베란다 천정에 걸어 빨랫줄로 이용했던 것이 확인됐습니다. 범인은 그 비닐 끈을 잘라 범행도구로 사용했어요." 우성은 수첩을 뒤적이며 덧붙였다. "비닐 끈에는 피해자의 생체조직만 나왔습니다. 아무래도 범인은 장갑을 착용했던 것 같습니다."

"그건 그렇고, 콘돔을 사용했는데 질 안에 정액이 남았어. 콘돔 자체가 자신의 흔적을 남기지 않으려고 끼는 건데, 정액이 남았다는 건 무슨 의미일까."

영섭의 질문에 우성이 볼펜을 입에 물었다.

"음... 범인이 콘돔을 끼고 있다가 사정 직전 콘돔을 빼진 않았겠죠. 제 생각엔 성폭행을 시도하려던 범인은 무척 흥분했을 겁니다. 떨리는 손으로 콘돔 껍질을 찢고 성기에 콘돔을 끼우죠. 그런데 너무 흥분한 나머지 콘돔 끝의 공기를 미처 빼지 않은 겁니다. 첫 성행위를 하는 초보들이 하는 흔한 실수죠. 어쨌든 강간 도중 압력에 의해 콘돔이 터졌고 범인은 그런 줄도 모르고 사정해 버린 거죠."

"범인은 콘돔이 찢어진 줄도 모르고 그대로 사용한 콘돔을 처리했다? 범행에 사용했던 비닐 끈은커녕 지문, 족적조차 남기지 않은 놈인데 의외의 곳에서 어설픈 증거를 남겼군." 영섭은 팔짱을 끼고 한숨을 쉬었다. "하아. 그나저나 범인의 정액과 체모가 발견됐지만 인근에 거주하는 성범죄자도 없을 뿐더러 경찰청 데이터베이스에 일치하는 DNA는 없었어. 그렇다면 용의자를 특정한 뒤에나 비교할 수 있다는 말인데. DNA를 확보했는데도 잡을 수가 없다니. 이거 원. 증거는 아파트 정문에 찍힌 CCTV 뿐이잖아."

영섭이 책상 위에서 흐릿한 사진 한 장을 집어 들었다. CCTV속 한 장면을 프린트 한 사진은 화질이 상당히 좋지 않았다. 사진 속에는 검정색 야구 모자에 마스크를 쓰고 두툼한 점퍼에 검정색 배낭을 등에 멘 사람의 정면과 뒷모습이 찍힌 사진이 절반씩 나누어져 있었다.

우성이 헛기침을 한 뒤 브리핑하듯 수첩을 읽어 내렸다.

"키 약 170cm. 점퍼 때문에 몸무게는 특정하지 못했습니다만 마른 체형으로 추정. 아파트 입주민은 아닌 것을 확인했고요. 범인은 오후 8시 50분에 102동 8층 입주자가 아파트 공동 현관 비밀번호를 누르고 출입하는 틈을 타 뒤따라 들어온 것을 확인했습니다. 이후 입주자는 엘리베이터를 탔고 범인은 계단을 이용해 3층으로 올라간 것으로 보입니다. 그 뒤 40분이 지난 9시 30분에 범인은 홀로 계단을 내려와 102동을 빠져나갔습니다." 우성은 수첩을 보며 계속 말을 이었다. "해당 시간대 전후로 아파트 출입 차량에서 범인으로 보이는 사람은 없었어요. 아마도 도보로 출입한 것 같습니다."

"도난 물품은 파악됐어?"

우성은 난처한 표정으로 대답했다.

"아직은 조사 중입니다만, 피해자가 사망한데다 대조할 만한 증거가 없어서요."

수많은 사진 중 한 장을 유심히 살펴보던 영섭이 물었다. 우성이 영섭의 손끝에 있는 사진을 힐끗 봤다. 안방 옷장 안을 찍은 사진이었다. 다양한 사이즈의 명품 가방과 박스, 쇼핑백이 즐비하게 늘어서 있었다.

"참나. 수천만 원짜리 옷장일세."

"그게 말입니다. 확실히 수집한 명품 가방들은 피해자의 수입만으로는 보유하기 힘든 물건들이었어요."

영섭이 볼펜 끝으로 사진을 탁탁 치며 말했다.

"그렇겠지. 얼핏 봐도 샤넬에 프라다에.... 이게 다 얼마야."

"가방 상자 안에 진품 증명서와 영수증까지 보관하고 있었습니다. 전부 가품이 아닌 정품입니다. 우편함이 터질 것 같아서 살펴봤는데, 카드사에서 보낸 연체 독촉장들이 가득했습니다. 아직 할부금도 다 못 갚은 가방도 있더라고요. 마이너스 계좌는 이미 꽉 찬 상태고 카드빚에 사채까지 끌어 쓴 것 같습니다. 아마 사채업자들에게 꽤나 압박을 받았을 거예요. 정신적으로나 신체적으로 말이죠."

영섭이 다시 CCTV 화면을 프린트한 사진을 손가락으로 가리켰다.

"이놈이 사채업자일지도 모른다?"

우성이 어깨를 으쓱했다.

"뭐 아예 가능성이 없는 건 아니죠. 원래 조폭 출신들이 다 혈질이고 숙은 피해자도 미모가 상당했으니까요. 밀린 이자를 받으려고 협박하다 다른 쪽으로 보상을 받았을지 누가 알겠습니까. 그러다 피해자가 거칠게 반항하자 홧김에 저질러 버린 거죠."

"홧김에 죽였다기엔 너무 용의주도하단 말이지. 그놈들은 밀린 돈을 받기 위해 장기를 빼다 팔아도 이런 식으로 돈줄을 잘라 버리지는 않거든. 흠. 그나저나 피해자 휴대폰은 아직인가?"

영섭의 물음에 우성은 볼펜 끝으로 머리를 긁적이며 답했다.

"네. 집안에는 없어요. 아무래도 범인이 가져간 듯합니다."

"분명 휴대폰에 범인을 특정할만한 뭔가가 있던 거야. 면식

범의 가능성도 배제할 수 없어. 피해자 휴대폰 통화목록은 깨 끗하다며?"

"통화내역, 문자내역, 카톡 채팅 내역까지 모조리 뽑아 봤는 데 사건 전날 신고자 김민정과 통화한 내역 외에는 아무 것도 건질 게 없어요."

"끄응. 쉽게 꼬리를 밟히지는 않겠다는 건가. 인터폰에 남 은 영상은 없었어. 초인종을 누르지 않고 침입한 거야. 누군가 를 사칭해 문을 두드렸을 수도 있지만 피해자가 경계하지 않 고 집안에 들일 수 있는 사람이었을 거야. 우선 사진 속 남자 가 사건 전후로 아파트 주변에 나타난 적은 없는지 확인 요청 하고. 제3금융 사채업자를 맡은 박 형사 쪽에서 나온 건 없는 지 확인해봐. 일단 우리는 피해자 주변을 다시 파보자고."

"주변이라면 누구요?"

우성의 물음에 영섭이 자리에서 일어서며 말했다.

"최초 목격자이자 신고자부터 만나 보자고."

×××

"승희 언니가 그렇게 가 버릴 줄은 생각도 못했어요."

김이 모락모락 피어오르는 커피를 앞에 두고 김민정의 눈시 울이 붉어졌다.

최초 신고자인 김민정을 만나기 위해 영섭과 우성은 김민정 의 회사가 위치한 쌍용동에 찾아갔다. 김민정은 전화를 건 영섭에게 점심시간을 내 주며 기꺼이 만나겠다고 대답했고 회사 근처에 있는 커피숍을 알려줬다. 아직 이른 점심시간이라 커피숍에는 빈자리가 많았다. 영섭과 우성 그리고 민정은 각자 아메리카노를 앞에 두고 마주앉았다.

"우선 귀한 시간 내 주셔서 감사합니다."

영섭이 인사를 건네자 민정이 대답했다.

"그날 봤던 승희 언니가 머릿속에서 잊히지가 않아요. 너무 무섭고 떨리는데. 그래도 제가 도움이 될 수 있지 않을까라는 생각에 나왔습니다. 우리 언니 그렇게 만든 사람 꼭 붙잡아 주세요. 부탁드려요."

민정의 눈빛은 분노에 타올랐다. 결연히 말하는 민정의 눈에서 눈물이 주르륵 흘러내렸다.

"그렇잖아도 승희 씨에 대해 몇 가지 여쭤볼 게 있어 찾아왔습니다. 두 분이 가장 친했다고 들었는데 맞나요?"

민정은 승희의 모습이 떠올랐는지 한참을 머뭇거리다 눈물을 닦고 입을 뗐다.

"네. 언니가 입사하고 1년 뒤에 제가 들어와서 4년 동안 함께 일했어요. 작은 회사라 마음을 나눌만한 여직원은 몇 안 됐거든요. 승희 언니랑 제가 비슷한 또래라 더 친하게 지냈던 것 같아요."

우성이 고개를 끄덕이며 수첩에 민정의 말을 필기했다. 영섭이 커피 한 잔을 마신 뒤 질문했다.

"회사에서 원한을 살 만한 사람이나 사건은 없었나요."

"언니요? 아뇨. 성격 싹싹하고 일도 꼼꼼하게 처리해서 부장님들이 예뻐했어요. 회사도 작고 직원들도 몇 명 안 돼서 사이가 안 좋으면 다닐 수가 없는 분위기였어요."

영섭은 민정의 말에 천천히 고개를 끄덕였다.

"그래서 승희 씨와 교제했던 남자친구가 회사를 그만뒀군요."

"이 주임 말씀이시군요. 언니랑은 재작년부터 1년 정도 사귀었었던 것 같아요. 물론 헤어진지는 한참 됐고요. 사실 이 주임이랑 헤어진 건 거의 백 프로 이주임 책임이었어요." 민정이 영섭을 향해 상체를 숙이고 목소리를 낮췄다. "언니를 두고 다른 여자랑 바람을 폈거든요. 그걸 언니한테 들켰어요." "저런."

민정은 다시 의자에 등을 대고 말을 이었다.

"결국 헤어졌는데 소문이 삽시간에 회사 전체에 퍼졌어요. 몇 개월 뒤 이 주임이 스스로 회사를 그만뒀죠. 아니 그만둘 수밖에 없었을 거예요. 착한 언니를 배신한 공공의 적이랄까. 뻔뻔하게 회사에 계속 다니기는 힘들었을 테죠." 커피 잔을 감싸 쥔 민정의 손등에 힘줄이 불뚝거렸다. "그 뒤로는 저도 이 주임 소식은 모르겠어요."

"그렇군요." 영섭은 잠시 쉬었다 화제를 바꿨다. "민정 씨는 승희 씨 집에 자주 방문하셨으니 잘 아시겠군요. 승희 씨의 평소 소비 패턴이랄까요. 승희 씨가 명품 구매에 열을 올렸던 것을요."

충혈된 눈의 민정이 영섭의 질문에 미간을 살짝 찌푸렸다. 민정은 천천히 머그컵을 들고 커피 한 잔을 입에 머금었다. 그렇게 잠시 창밖을 바라보던 민정이 가방에서 휴대폰을 꺼냈다. 잠시 화면을 조작하던 민정이 휴대폰을 영섭에게 건넸다.

"언니 인스타예요. 인플루언서라는 말 아시죠?"

영섭은 고개를 좌우로, 우성은 위아래로 흔들었다. 민정이 이어서 말했다.

"언니 인스타 팔로워가 2만이에요. 그 정도면 정말 많은 숫자죠. 인기 셀럽이랄까요. 언니는 유독 그 숫자에 굉장히 민감했어요. 처음에는 장난처럼 시작했거든요. 처음 인스타를 알려 준 것도 저였고요. 그런데 시간이 지날수록 언니는 뭔가에 홀린 것처럼 빠져들기 시작했어요. 아무래도 타지에서 혼자 생활하는 외로움을 인스타에서 위안을 얻었던 것 같아요. 다만 현실의 언니와 인스타그램 속의 언니는 전혀 다른 사람이었죠. 문제는 언니가 스스로 만들어 낸 허상을 따라잡으려고 무리를 했다는 거예요."

아닌 게 아니라 영섭이 바라본 휴대폰 속 승희의 모습은 무척 화려했다. 분위기 좋은 레스토랑에서 스테이크를 써는 사진 속에는 샤넬백이 장식처럼 테이블 위에 놓여있었다. 그 글 아래로 승희의 미모를 찬양하는 댓글들이 수백, 수천 개는 달려있었다.

"그런데 승희 씨랑 얼굴이 조금 다른 것 같은데요."

옆에 있던 우성이 승희의 사진을 보며 말했다. 민정이 맞장구쳤다.

"맞아요. 언니는 인스타에 사진을 업로드 할 때 꼭 보정 어플을 썼어요. 그런 거 없어도 충분히 예쁜데…. 항상 완벽한 모습을 보여야 한다는 강박감에 사로잡혀 있었어요."

영섭은 보고 있던 휴대폰을 민정에게 돌려주며 물었다.

"무리한 지출 때문에 힘들어 하지는 않던가요?"

영섭의 물음에 민정이 크게 한숨을 푹 내쉬었다.

"네. 사실…. 저한테는 내색 안 하려고 했는데, 옆에서 보기에도 굉장히 힘들어 했어요. 특히 카드 값이 빠져나가는 월초에는 심각했죠. 시종일관 안절부절 못하고 작은 일에도 깜짝 깜짝 놀라고요. 그런데도 새로 나온 신상백은 끊지 못했어요. 사채를 끌어다 쓰면서도요."

"사채 빚이 있는 걸 아셨군요."

"네. 우연하게 회사 탕비실에서 통화하는 걸 엿들었어요. 사채업자가 회사로 찾아온다는 걸 사정사정해서 말리고 있더라고요. 사실 요 근래에는 언니가 자살했다 해도 믿을 수 있을 정도로 빚에 허덕이고 있었어요."

"그랬군요. 그 정도로 심각했군요."

"목숨처럼 아끼던 가방을 팔려고 했으니 압박감이 얼마나 심했을까요. 흐흑. 불쌍한 우리 언니…."

민정의 눈시울이 다시 붉어졌다. 우성이 카운터에서 티슈를 가져와 민정에게 건넸다. 민정은 티슈로 흐르는 눈물을 찍어 냈다.

"도움 주셔서 감사합니다. 범인은 꼭 잡아내겠습니다."

민정은 소리 없이 고개를 끄덕였다.

영섭과 우성은 식어가는 커피를 단숨에 비우고 자리에서 일어섰다.

×××

신고자와 피해자 박승희의 회사 사람들을 차례로 조사했지만 범인을 추정할 만한 단서는 얻을 수 없었다. 어느덧 해가 지고 영섭은 소득 없이 현장에서 퇴근했다.

영섭이 집에 돌아와 뻐근한 몸을 소파에 누이자 우성으로부터 전화가 걸려왔다.

– 선배님. 쉬시는데 죄송합니다.

"어. 괜찮아. 뭔데?"

– 한라 아파트 사건요. 인근에서 범인이 찍힌 CCTV가 나왔어요.

우성의 말에 소파에 파묻혔던 영섭이 재빨리 고쳐 앉았다.

"어딘데? 아파트 근처?"

– 네. 아파트에서 십 분정도 떨어진 하나로 은행 무인지점이요. 피해자 사망시간 이후에 돈이 인출된 것이 이상해서 근방에 확인 요청을 했는데 해당 무인지점 ATM 폐쇄회로에 아파트에 출입했던 남자가 찍혔습니다. 시간이 9시 45분이었

어요. 신용카드 현금 서비스로 87만원을 인출했답니다. 현금
으로 뽑을 수 있는 최대 한도였다는군요. 사용한 신용카드는
ATM 옆에 있던 쓰레기통에 버렸습니다.

영섭은 저녁을 차리는 아내를 흘끔 보고 손으로 이마를 짚
었다.

"끄응. 사람을 죽이고 바로 은행에 가서 현금 서비스를…. 너
무 대범해. 이거 처음 범행을 저지른 놈 같지 않은데?"

－ 네. 처음부터 끝까지 계획적입니다. 일단 은행 무인지점
을 조사하고 있는데 그사이 사람들 출입도 잦았고 범인도 용
의주도해서 증거가 될 만한 건 없을 것 같습니다. 그래도 폐
쇄회로에 찍힌 범인 영상은 선배님 휴대폰으로 보낼게요.

"그래 수고 많았어. 쉬어."

－ 넵! 선배님. 편히 쉬세요.

영섭은 전화를 끊고 카톡 앱을 열었다. 우성이 보낸 동영상
은 두 개였다. 영섭은 동영상을 차례로 재생시켰다.

첫 번째 영상은 범인이 ATM기기 앞에 서 있는 영상이었다.
마스크와 모자를 푹 눌러쓴 탓에 얼굴이 전혀 보이지 않았다.
범인은 거침없이 화면을 터치하여 인출기에서 돈을 뽑아
냈다. 이후 현금 87만원을 점퍼 주머니에 쑤셔 넣고 몸을 돌려
폐쇄회로 화각 밖으로 사라졌다.

영섭은 이어서 두 번째 영상을 재생했다. 범인이 은행 무인
지점 안으로 걸어 들어오는 영상이었다. 영섭은 유리문을 열
고 천천히 걸어 들어오는 범인의 모습을 보면서 범인의 걸음

걸이가 약간 부자연스럽다는 것을 깨달았다. 영섭은 동영상을 몇 번이고 반복한 뒤에 우성에게 톡을 보냈다.

- 우성. 지난번 아파트 CCTV에서도 느꼈는데 범인 걸음걸이가 부자연스럽지 않아?

영섭이 보낸 톡의 숫자가 사라지는 동시에 답신이 왔다.

- 네. 저도 느꼈어요. 오른쪽 다리를 살짝 저는 것 같은데 고관절에 문제가 있어 보입니다. 저희 아버지 걸음걸이가 딱 그랬거든요. 음. 천안시 정형외과에 관련 질환으로 찾아왔던 사람 중 프로파일링으로 추려내면 용의자를 좁힐 수 있지 않을까요?

- 괜찮은 생각 같은데. 먼저 천안시 내 정형외과 리스트를 뽑아 줘. 그리고 사건 전후로 아파트 CCTV도 확보했지? 난 그걸 좀 더 살펴볼게. 아무래도 범인이 초인종도 누르지 않고 침입한 게 피해자와 안면이 있는 사람일 것 같아.

- 넵. 아파트 CCTV는 웹 클라우드에 있어요. 내일 뵙겠습니다.

"오셨어요. 아. 선배님 눈이.... 설마 밤새신거 아니죠?"

새빨갛게 충혈된 눈으로 출근한 영섭을 보고 우성이 놀라 물었다. 영섭은 엄지와 검지로 눈 사이를 지그시 눌렀다.

"후우. 조금만 본다는 게 그만. 피곤해 죽겠네."

입이 찢어져라 하품을 하는 영섭을 두고 우성이 종이컵에 믹스커피를 부었다. 냉온수기에서 물을 받아 커피 포장지로 휘저은 뒤 영섭에게 내밀었다.

"오. 땡큐."

영섭이 건네받은 커피를 후후 불고 한 모금 삼켰다.

"그래서 뭐 건지셨어요?"

우성이 기대감 가득한 눈으로 물었다. 영섭은 잠시 멍하니 있다가 입을 뗐다.

"잘 모르겠어. 평소 피해자는 거의 정시에 출근해서 6시 퇴근 후 귀가하는 집돌이 패턴이야. 그런데 사건 발생 전 이주일 세 종종 한, 두 시간씩 귀가가 늦는 경우가 있더군. 사건 당일에도 8시가 넘어서 귀가했어. 또 다른 점은 귀가한 이후 저녁 시간에 몇 차례 외출을 하더라고. 외출이라 하기도 뭣한 게 시간이 그리 길지도 않아 불과 몇 분 사이였어."

"뭐 쓰레기를 버리거나 아파트 앞 편의점에 간 거겠죠."

영섭은 커피를 홀짝인 뒤 말했다.

"처음엔 나도 그런 줄 알았지. 근데 그렇게 보기에는 시간이 너무 짧아. 짧게는 1분. 길어야 5분 내외였거든. 피해자는 비흡연자였어. 담배는 아니야. 혹시 쓰레기 분리수거 때문인가 싶어 분리수거장을 비추는 CCTV도 확인했는데, 피해자는 그쪽 근처는 가지도 않았어."

"그럼 뭘 한 거죠? 이렇게 추운 겨울밤에...."

"실제로 쓰레기봉투나 분리수거 봉지를 들고 나간 경우는 보이는 그대로겠지. 그런데 그중 몇 번은 종이팩이나 에코백 따위를 들고 나갔다 빈손으로 돌아오더라고."

영섭이 답답한 듯 머리를 벅벅 긁어 댔다.

"선배님. 일단 팀장님이 오늘부터 정형외과를 탐문하라고 하셨어요. 병원 리스트는 제가 뽑아났습니다. 오늘은 이쪽에 집중하시죠."

우성이 두툼한 종이 뭉치를 흔들었다. 영섭은 온통 인상을 구기며 종이 뭉치를 노려봤다.

"그, 그래야겠지? 오늘도 고단한 하루가 되겠군."

영섭은 도살장에 끌려가는 소처럼 마지못해 앞장선 우성을 뒤따랐다.

✕✕✕

이윽고 한겨울의 짧은 해가 지고. 영섭의 고되고 기나긴 하루는 끝이 났다.

퇴근하는 영섭의 무거운 발걸음은 더욱 축 처졌다. 하루 종일 병원을 돌았지만 영섭이 원하는 결과는 얻을 수 없었다. 여전히 범인의 정체는 오리무중이었다.

집에 도착한 영섭은 디지털 도어 록의 비밀번호를 눌렀다. 현관문을 열자 구수한 청국장 냄새가 코를 찔렀다. 자연스럽게 허기가 지고 배에서는 꼬르륵 소리가 울렸다.

"나 왔어."

신발을 벗는 영섭을 향해 아내가 부엌에서 소리쳤다.

"손 씻고 와. 밥 차렸어."

영섭은 화장실로 직행하여 손을 씻고 식탁에 앉았다. 식탁 위에는 뚝배기에 담긴 청국장이 보글보글 끓고 있었다. 아내가 밥공기 가득 담은 밥을 영섭 앞으로 밀었다. "자."

식탁 위 밥공기는 하나였다.

"당신은?" "난 먹었어. 자기나 먹어."

식탁 맞은편에 앉는 아내를 보며 영섭은 찌개를 입에 떠 넣었다. 고소한 청국장 향이 입안 가득 퍼졌다. "음." 찌개 한술을 더 떠 넣으며 휴대폰에 집중하는 아내에게 말했다.

"또 다이어트 시작한다더니. 끼니 거르지 말고 운동을 해."

영섭의 잔소리에 아내가 미간을 찡그렸다.

"신경 쓰지 말고 밥이나 드셔."

나왔다. 어금니를 꽉 깨물고 말하는 신공. 머쓱해진 영섭은 분주히 수저를 놀렸다. 한참을 정신없이 먹고 있는데 아내의 휴대폰이 부산하게 울려댔다.

'체리..... 체리. 체리.....'

아내의 휴대폰에서 쉴 새 없이 울리는 기계음. 아내의 손가락 터치 속도가 날개 돋친 듯 빨라졌다. 영섭은 내심 궁금했지만 섣불리 묻지 않기로 했다. 조금 전 아내의 심기를 거스른 것을 후회하며 그저 말없이 식사에 집중했다.

영섭이 마지막 밥숟가락을 입에 털고 수저를 식탁 위에 내려놨을 때. 마침내 아내가 휴대폰에 못 박힌 시선을 떼고 그윽한 눈으로 영섭을 쳐다봤다.

"다 먹었어?"

아내의 입가에 슬며시 미소가 떠올랐다. 순간 영섭의 등골이 서늘해졌다.

"에... 왜? 밥숟가락 놓자마자 뭐, 뭘 하려고..."

당황하여 말을 더듬는 영섭을 보며 아내는 냉랭하게 쏘아붙였다.

"갑자기 말은 왜 더듬어? 자기 지금 뭘 생각하고 있는 건데?"

아내의 눈빛이 돌변했다. 불현듯 이마에 식은땀이 흘렀다. 영섭이 손사래를 치며 얼버무렸다.

"아니. 그, 그게 아니라..."

"됐고. 지금 바로 103동으로 가. 가면 현관 앞에 누가 서 있을 거야. 가서 이만 원 주고 그 사람이 주는 거 받아오면 돼. 오케이?"

"도.. 돈은..."

아내는 지갑에서 꺼낸 이만 원을 영섭에게 밀었다.

"뭐, 뭔데 그래? 서 있는 사람이 누군데?"

"어허! 얼른 가. 지금 나간다고 했어."

아내가 영섭의 팔을 잡고 의자에서 억지로 일으켜 세웠다. 엉거주춤한 영섭에게 벗어 놓은 점퍼를 펼쳐 강제로 팔을 쑤셔 넣었다.

"뜨신 밥 먹여 놓더니 내쫓나? 갑자기 뜬금없이 이러면 어떻게 해. 추워 죽겠는데."

"엎어지면 코 닿을 거리인데 뭔 말이 이리 많아."

살짝 죽는 소릴 해봤지만 아내는 단호한 표정으로 영섭의 등을 떠밀었다.

'띠리링.' 청량한 디지털 도어로크의 기계음에 이어 영섭은 집 밖으로 쫓겨났다.

"아우 진짜 피곤해 죽겠구먼. 이건 마누라가 아니라 상전이야 상전. 진짜. 짜증....."

영섭은 구시렁대며 아파트를 나왔다. 따뜻한 집 안에 있다가 밖에 나오니 몸서리가 쳐졌다. 아내의 말대로 맞은 편 103동 앞에는 웬 남자가 서 있었다. 서른 후반쯤으로 보이는 남자는 비닐봉투를 손에 들고 연신 제자리걸음을 하고 있었다. 두꺼운 다운점퍼 아래로 수면바지에 슬리퍼 차림이었다.

영섭은 서둘러 다가가 주머니에서 이만 원을 꺼내 남자에게 건넸다.

"저. 여기 이만 원..."

"조금 늦으셨네요. 여기 있습니다."

남자는 살짝 짜증 난 목소리로 영섭의 돈을 가져간 뒤 비닐봉투를 건넸다. 영섭이 봉투를 받고 뭐라 말하기도 전에 남자는 쏜살같이 103동 안으로 사라졌다. 영섭은 어이가 없었다. 이건 무슨 불법 거래도 아니고 대체 무슨 일인지 알 수가 없었다. 주섬주섬 건네받은 비닐봉투를 살펴본 영섭은 헛웃음이 터져 나왔다.

"삼화 콜라겐? 참나. 뭐야. 기껏 이것 때문에 남편을 내쫓은 거야?"

다이어트를 밥 먹듯 하는 아내가 밥 대신 먹는 보조제였다.

아무래도 아파트에 입주민간에 중고 직거래를 한 것 같았다. 잔뜩 찌푸린 표정의 남자 얼굴이 떠올랐다. 영섭도 영섭이지만 상대도 아내 대신 애꿎은 남편이 나온 것이리라. 이런 걸 웃프다고 하는 건가. 고개를 들어보니 5층 중앙 등이 불을 밝혔다. 영섭은 5층을 바라보며 나지막이 중얼거렸다.

"그쪽도 파이팅...."

문득 아내의 휴대폰에서 연신 울리던 소리가 떠올랐다.

"아. 그러고 보니 이게 요즘 유행하는 체리마켓이구나."

살고 있는 동네를 중심으로 중고 물품을 직거래로 사고파는 앱이라 들었다. 앱의 존재는 알고 있었지만 아내를 통해 이렇게 이용당한 건 처음이었다.

"!!!!" 허탈하게 서 있던 영섭의 뇌리에 사건이 스치듯 지나갔다. 머릿속을 맴돌던 흩어진 조각들이 하나, 둘씩 짜 맞춰지는 듯했다.

영섭은 서둘러 휴대폰을 꺼내 통화버튼을 눌렀다. 몇 번의 통화 연결음 뒤 상대방의 목소리가 들렸다.

– 네 선배님.

"우성아. 너 체리마켓알지?"

– 알죠. 저도 몇 번 이용했어요. 근데 그게 왜요?

"피해자가 사망 이틀 전 저녁 8시 20분에 집 밖으로 가지고 나간 거. 그거 직거래를 하려고 했던 것 아닐까. 피해자가 돈에 쪼들려서 가방을 팔려 했었다는 진술도 있었고...."

- 피해자가 들고 있던 종이팩이 직거래하려던 물건이라는 말씀이죠?

"그래. 직거래라도 조심스러운 사람은 자기 동, 호수가 타인에게 노출되는 걸 꺼려할 수도 있으니까. 아마 자기가 살던 102동이 아닌 동과 동 사이 애매한 위치에서 구매자와 만났을 거야. 약속 시간을 정하고 나갔으니 몇 분 만에 빈손으로 돌아올 수 있었을 거고."

- 그렇다면 범인은 물건을 산 구매자일까요.

"가능성이 없지는 않아. 직거래 구매자가 범인이라면 피해자의 동, 호수를 알아 내는 건 식은 죽 먹기니까. 동, 호수 노출이 꺼려져 집 근처에서 거래를 했다 쳐도 구매자가 판매자 몰래 뒤를 밟으면 그만이야. 일단 아파트 동, 호수만 알아 내면 다음번 거래는 타겟이 집 밖으로 나오는 시간까지 범인이 마음대로 조정할 수 있는 거야."

- 아.... 정말 그럴 수도 있겠군요.

"내일 출근하는 대로 체리마켓 본사에 협조 공문 띄워. 피해자가 체리마켓 회원인지, 회원이라면 전체 채팅 내역을 요청해 줘."

- 영장 없이 가능할까요. 개인 프라이버시니 뭐니 해서 기피하던데....

"그딴 소리 지껄이면 당신네 앱 쓰다가 살인사건이 났다고, 매스컴에 자료 좌악 뿌린다고 해! 알아서 없던 자료도 만들어 보낼 거야."

야심한 밤 영섭이 휴대폰에 대고 소리쳤다.

때마침 영섭의 곁을 지나던 아주머니가 깜짝 놀라 휘청거렸다. 정신을 차린 아주머니는 영섭에게 오밤중에 뭐하는 짓이냐며 삿대질했다. 영섭은 그런 아주머니를 향해 꾸벅 인사한 뒤 비닐봉투를 들고 유유히 사라졌다.

이걸로 범인의 정체에 한 발짝 다가선 것 같았다.

집으로 돌아가는 발걸음이 가벼웠다.

×××

Y는 주차된 스타렉스 뒤에 몸을 숨기고 아파트 안으로 사라지는 여성을 지켜봤다.

잠시 후 4층 복도의 불이 켜졌다.

402호로 들어갔으리라.

여성용 명품 핸드백을 판매하는 열에 아홉은 여성.

그중 혼자 사는 여성들이 나의 타겟이다.

며칠간 지켜본 결과 혼자 사는 게 분명했다.

우편함에는 한 사람의 이름이 적힌 우편물만 들어있다.

그녀가 체리마켓에 올린 물건은 아직도 넘쳐났다.

모두가 제 분수에 맞지 않는 물건들이다.

단칸방에 살면서 허영심 가득한 꼴이라니.

기가 찰 노릇이다.

가방값을 후려쳐서 파는 걸 보니 돈에 쪼들리긴 한가보다.

그래. 다음은 네 차례다.

Y는 4층 복도의 불이 꺼지는 것을 보고서야 유유히 발걸음을 돌렸다.

×××

영섭의 예상이 적중했다.

체리마켓으로부터 전달받은 채팅 내역에는 사건 발생 직전 샤넬 핸드백 직거래가 예정돼 있었다. 거래 상대, 그러니까 범인이 마지막으로 메시지를 보낸 시각이 9시 직후였다. 더불어 사건 이틀 전에도 피해자와 직거래를 했던 내역이 기록돼 있었다. 피해자가 들고 있던 에코백은 버버리사의 미니 백이 담긴 더스트 백이었다.

앱에 등록된 구매자의 신원은 23세 여성. 진설아로 밝혀졌다. 진설아가 살인범과 어떤 식으로든 연관되어 있음이 분명했다.

영섭과 우성은 체리마켓 회원정보에 기재된 진설아의 주소를 찾아갔다. 주소지는 천안 외각에 위치한 낡은 단층 주택이었다. 당장이라도 쓰러질 듯 허름한 집에서 나온 사람은 진설아가 아니라 진설아의 노모였다. 머리가 하얗게 새어 지팡이 하나에 몸을 의지한 노모는 힘겹게 영섭과 우성에게 이야기했다. 진설아의 부모는 일찍이 교통사고로 명을 달리했고 노모가 홀로 손녀를 맡아 키웠다고 했다. 어릴 적에는 그렇게 착했으나 사춘기에 접어들면서 가난한 형편을 받아들이지 못했고 서서히 엇나가기 시작했다고 했다. 몇 차례의 가출 뒤. 결국 16살 무렵 집을 나가 지금껏 소식도 모른다고 했다. 노모의 말은 사실인 듯했다. 중학생이었던 설아의 방은 가출 이후 지금까지 시간이 정지된 듯 보였다. 진설아의 생가에서 건질 건 없었다.

다음으로 진설아의 휴대폰 번호로 위치를 추적했다.

진설아가 있는 곳에 살인범과 맞닿을 연결고리가 있을 게 분명했다. 지체할 시간이 없었다. 범인이 추가 범행을 저지르지 않는다는 보장이 없었다. 체리마켓에 등록된 진설아의 휴대폰 신호 추적 결과 전파가 수신된 기지국이 파악됐다. 사건이 발생한 무진 아파트에서 불과 500m 거리의 주택 밀집 지구였다.

형사들은 조를 나누어 각 구역에서 잠복근무에 들어갔다. 무턱대고 탐문할 경우 범인이 눈치를 채고 내빼버릴 우려가 있었다. 단서라고는 CCTV에 찍힌 얼굴을 가린 범인의 사진과 진설아의 집에서 가져온 중학생 때 찍은 증명사진뿐이었다. 7년이란 시간이 지나 어떻게 외모가 바뀌었을지 모르지만 산전수전 겪은 형사의 눈썰미라면 알아볼 수 있으리라는 자신감도 있었다.

영섭과 우성은 도로가 큰길에서 골목으로 접하는 다세대

주택 맞은편에 자리를 잡았다. 어김없이 영섭의 구형 소나타가 그들의 잠복 장소였다. 한겨울의 추위에 히터를 틀고 싶은 마음이 간절했다. 하나 오랜 시간 공회전을 돌리면 범인이 의심할 수도 있다. 어쩔 수 없이 시동을 끈 채 묵묵히 추위와 싸웠다.

매섭게 몰아치는 한파에 거리는 지나는 사람 자체가 없었다. 그런 텅 빈 거리를 영섭은 매섭게 노려보고 있었다.

"아우우. 선배님. 오후 4시가 넘었어요. 아무래도 오늘도 허탕인 거 같은데요."

손목시계를 보던 우성이 좁은 차 안에서 기지개를 켜며 말했다. 영섭은 팔을 교차시켜 스스로 어깨 부위를 쓰다듬으며 신경질적으로 말했다.

"젠장. 하루 종일 차 안에 처박혀 있는 것도 죽겠지만 그보다 추워서 죽겠어. 이러다 얼어 죽을 거 같아."

우성도 손바닥에 입김을 분 뒤 마주 비볐다.

"사람이 돌아다니질 않는데 언제까지 이렇게 있어야 할까요."

"하아. 나도 죽을 맛이다. 으으으."

영섭이 전신을 부르르 떨던 바로 그때였다.

소나타 옆을 스쳐가는 여성이 영섭의 눈에 포착됐다.

165cm 정도의 키에 목선까지 내려오는 갈색 단발머리 여성이었다. 초록색 숏패딩을 가로지른 검정 핸드백 아래로 진청 스커트를 입은 여성이 종종걸음으로 잠복 중인 소나타에서

멀어져 갔다. 찰랑거리는 머리카락 사이로 언뜻 블루투스 이어폰이 보였다. 음악을 듣는지 고개를 까딱이며 도로를 건너 다세대 주택으로 향하고 있었다.

찰나의 순간이었지만 영섭은 확신했다.

'저 여자다.'

영섭은 옆에 있는 우성의 어깨를 툭툭 치고 손가락으로 창밖을 가리켰다.

"저기, 저 여자."

영섭의 다급한 말에 우성이 영섭이 있는 운전석으로 고개를 쭈욱 내밀었다.

"저 가방. 피해자가 마지막으로 판매했던 샤넬백 아니야?"

우성의 눈이 가늘게 찢어졌다. 이내 고개를 돌려 영섭을 향해 말했다.

"맞아요. 한정판이라 가방끈이 독특했는데 똑같아요."

영섭은 서둘러 품 안에 갖고 있던 증명사진을 꺼내들고 여성의 옆모습과 사진을 번갈아 살폈다.

"맞아. 나이대나 이목구비도 그렇고 밝은색 염색을 제외하면 진설아가 맞는 것 같아. 그렇지?" "네!" 우성이 격하게 고개를 끄덕였다.

영섭과 우성은 서둘러 차 밖으로 나와 2차선 도로를 가로질렀다.

"저기 진설아 씨. 잠시 만요. 설아 씨."

영섭이 소리쳐 불렀으나 여성은 듣지 못한 채 다세대 주택

대문을 지나고 있었다. 그런 여성을 따라잡은 영섭이 다급히 여성을 돌려세웠다. 여성은 깜짝 놀란 듯 크게 눈을 떠 영섭을 쳐다봤다.

"진설아 씨 되시죠?"

그제야 여성은 귀에 꽂은 무선 이어폰을 뺐다. 우성이 재차 질문했다.

"실례지만 진설아 씨 되시나요?"

여성의 얼굴이 순식간에 굳었다. 이어서 영섭과 우성을 경계의 눈빛으로 쏘아봤다. 여성의 반응이 익숙한 듯 영섭은 지갑에서 경찰 신분증을 꺼내 보였다. 여성은 영섭의 경찰 신분증을 살펴본 다음에야 입을 열었다.

"맞아요. 어떻게 찾아오셨죠?"

경찰 신분증을 봤음에도 진설아의 눈빛에는 경계심이 가득했다.

"단도직입적으로 말씀드리죠. 지금 메고 있는 백. 체리마켓 직거래로 구매하신 거 맞죠?"

순간 진설아가 말을 잊지 못했다.

"어, 어떻게 아셨죠? 며칠 전 남자친구가 체리마켓에서 생일선물로 사준 건데요."

영섭의 눈빛이 날카롭게 빛났다. 영섭은 틈을 주지 않고 물었다.

"남자친구요? 남자친구 이름이 어떻게 되죠?"

"고, 고복수라고 하는데... 그보다 형사님들이 제 남자친구는 왜 찾는 거죠? 복수가 무슨 죄라도 지었나요?"

진설아는 갑작스러운 형사의 질문에 목소리가 떨렸다.

"일주일 전 금요일 오후 8시에 9시 사이에 진설아 씨는 뭘 하셨죠?"

진설아는 자신의 질문이 묵살된 것에 기분이 상한 듯 했지만 잠시 생각한 뒤 답했다.

"이게 드라마에서 보던 알리바이 확인인가요? 일주일 전 이면..... 네 맞아요. 지난주 금요일에 복수가 이 샤넬백을 선물했어요. 제가 커피숍 아르바이트가 8시에 끝나서 바로 집에 들어왔는데 집에 있던 남자친구가 생일선물로 명품 가방을 사주겠다며 제 휴대폰을 가져갔어요."

"복수 씨는 왜 설아 씨의 휴대폰을 가져갔죠?"

"아무래도 직거래 판매자가 여성인데 저도 같은 여자이니 거래하기도 쉽고 네고도 쉬울 거라고 했어요. 딱히 틀린 말도 아니고 전 상관없어서 복수에게 휴대폰을 넘겨줬어요."

"그렇게 설아 씨 휴대폰을 챙겨 집을 나갔군요."

"네. 8시 조금 넘어서요. 집에는 10시쯤 들어왔어요. 왜 그렇게 오래 걸렸냐니까 판매자가 일이 생겨 갑자기 시간을 미뤘다나. 저야 워낙 갖고 싶었던 가방이라 그런 건 신경 쓰지 않았죠."

"복수 씨가 전에도 체리마켓을 이용했나요?"

"네. 전에도 체리마켓으로 미니백을 선물해 줬어요. 남이 쓰던 걸 선물로 받는다는 게 조금 그렇긴 하지만 사실 제가 그리

넉넉한 형편이 아니거든요. 새것이 아니라도 제게 선물해 주고 싶은 남자친구 마음이 중요한 거니까요. 원래 선물을 주는 사람이 아닌데 이번엔 무슨 바람이 불었나 싶었죠."

우성은 진설아의 말을 열심히 메모했다. 진설아는 더 이상 못 참겠다는 듯 물었다.

"이제 말씀해주세요. 복수가 무슨 죄라도 졌나요?"

진설아의 물음에 우성이 영섭과 눈을 마주쳤다. 무언의 눈빛이 교차하고 결국 우성이 어렵게 입을 뗐다.

"자세한 건 말씀드리기 어렵습니다. 복수 씨는 지금 집에 있나요?"

진설아는 등 뒤의 다세대 주택으로 고개를 돌렸다.

"집은 보시는 저 건물 1층이에요. 복수는 성인 오락실에 가서 지금은 아무도 없고요."

설아의 말대로 주택 1층 창문의 불은 모두 꺼져 있었다. 설아는 자신의 휴대폰을 꺼내 복수의 카톡을 영섭에게 보여 줬다. 설아의 말대로 복수는 오후 4시경 성인 오락실에 간다는 톡을 남겼다. 영섭이 설아의 휴대폰을 보는 사이 때마침 새로운 메시지가 수신됐다. 이제 곧 집으로 돌아간다는 내용이었다. 운이 좋아 돈을 꽤 땄으니 삼겹살이라도 구워 먹자는 메시지가 이어졌다.

영섭은 범인을 체포할 절호의 기회라 생각했다. 영섭은 서둘러 휴대폰을 설아에게 건네고 물었다.

"오락실에서 집까지 얼마나 걸리나요?"

"음. 이 도로 끝 코너에 있으니까. 걸어서 한 십 분쯤 될 거예요."

도로 끝 오락실이라면 영섭도 잘 아는 곳이었다. 시간이 없었다. 영섭이 다급하게 말했다

"지금부터 저희 지시에 최대한 따라 주십시오. 휴대폰에 남자친구 사진 있죠?"

설아는 고개를 끄덕이며 휴대폰 속 애인의 사진을 띄었다. 반 곱슬머리에 정 가운데 가르마를 탄 남자는 입은 웃고 있었지만 날카로운 눈매가 사나워 보이는 인상이었다. 영섭과 우성은 급히 범인의 얼굴을 머릿속에 새겨 넣었다.

"설아 씨는 일단 댁에서 기다려 주세요. 복수 씨에게 어떠한 연락도 하지 마시고 혹시라도 연락이 오면 평소처럼 말씀해 주십시오."

설아는 불안에 찬 얼굴로 물었다.

"집에 들어가는 건 어렵지 않아요. 다만 복수가 뭘 잘못했는지 먼저 말씀해 주세요. 그렇지 않으면 전 형사님의 말을 따르지 않을 거예요."

설아가 단호하게 말했다. 영섭은 곤혹스러운 표정으로 어쩔 수 없이 이야기했다.

"남자친구가 살인사건에 연루돼 있습니다. 지금은 그 정도밖에 말씀드릴 수가 없어요."

"네? 뭐, 뭐라고요?"

설아가 두 손으로 입을 틀어막았다. 충격을 받은 듯 순식간

에 얼굴의 핏기가 가셨다. 다리가 풀린 듯 몸을 휘청거리는 설아를 우성이 급히 부축했다.

"시간이 없습니다. 협조 부탁드립니다."

우성은 설아를 천천히 집안으로 들여보냈다. 현관문이 닫히고 불투명한 덧창으로 뿌연 형광등 불빛이 새어 나왔다. 우성은 곧바로 영섭이 있는 대문 밖으로 뛰어나왔다.

"자. 차로 가자."

소나타에 올라탄 영섭과 우성은 고복수가 나타나기를 기다렸다.

차 안으로 숨 막히는 정적이 내려앉았다. 시간이 얼마나 지났을까. 마침내 사이드미러로 기다리던 남자의 실루엣이 비쳤다.

"왔다. 왔어." 영섭은 고개를 돌려 뒷창문에 시선을 집중했다. 우성 역시 숨을 꿀꺽 삼키고 영섭의 시선을 따랐다.

멀리서 차도를 따라 걸어오는 곱슬머리 남자. 얼굴은 구분하기 힘들지만 휴대폰 사진 속 머리 스타일과 흡사했다. 입고 있는 검정색 패딩도 범행 당시 입었던 점퍼와 같아 보였다.

결정적으로 부자연스러운 걸음걸이. 오른쪽 다리를 땅바닥에 끄는 걸음걸이를 본 순간 영섭과 우성의 눈빛이 마주쳤다. 둘의 눈빛이 날카롭게 빛났다.

"놈이다."

우성이 크게 심호흡했다. 영섭은 조용히 허리춤의 삼단봉 커버 클립을 풀었다. 마침내 고 복수가 영섭이 탄 소나타 뒷문을 지났다. 그 순간 영섭이 차 문을 박차고 나와 고복수의 앞을 가로막았다. 조수석의 우성도 소나타 후미로 돌아 나와 고복수의 뒤쪽에 섰다.

갑작스러운 두 사람의 등장에 고복수는 놀란 듯 걸음을 멈췄다.

세 사람의 긴장감이 팽배해진 순간. 영섭이 입을 뗐다.

"고복수 씨?"

고 복수의 인상이 험악하게 변했다.

"이런 씨발!"

고복수가 신경질적으로 목까지 채운 점퍼 지퍼를 내리고 왼쪽 가슴 안쪽을 더듬었다. 점퍼 안에서 나온 오른손에는 날카로운 나이프가 쥐어져 있었다. 나이프를 본 영섭과 우성은 주춤거렸다. 고복수는 두 사람을 향해 칼끝을 세우고 외쳤다.

"어떻게 알고 온 거야. 오, 오지 마 새끼들아!"

고복수는 흥분상태였다. 동공이 좌우로 크게 흔들렸다. 소리를 지르는 고복수의 이마에 굵은 핏줄이 선명하게 도드라졌다. 영섭은 난감했다. 고복수는 언제든 찌를 준비가 되어 있어 보였다. 영섭은 오른손을 우성 쪽으로 뻗어 고복수와 거리를 두라고 손짓했다. 뒤이어 왼손을 허리춤의 삼단봉에 가져간 채 말했다.

"고복수 씨. 진정하세요. 칼 버리고 대화로 풀자고요."

"입 닥쳐 새끼야!"

고복수는 위협적으로 칼을 휘두르며 차도 안쪽으로 슬금슬금 뒷걸음질 쳤다. 도로를 달리던 산타페가 차도로 튀어나온 고복수를 향해 경적을 울렸다. 고복수는 욕설을 지껄이며 다시 차도 밖으로 비켜섰다. 고 복수는 연신 차들이 달리는 차도를 힐끔거렸다. 가만히 두면 교통사고라도 날판이었다.

어쩔 수 없이 영섭은 삼단봉을 꺼내 허공에 크게 휘둘렀다. 접혀 있던 삼단봉이 촤라락 소리를 내며 길게 펴졌다. 그 모습을 지켜보던 고복수가 삼단봉에 시선을 빼앗긴 사이 우성이 고복수를 향해 돌진했다. 그러나 고복수는 우성의 돌진을 눈치 챘다.

"위험해." 영섭이 다급하게 외쳤지만 이미 무게중심이 앞으로 쏠린 우성은 발을 멈출 수가 없었다. 고복수는 돌진하는 우성을 피한 뒤 칼 손잡이로 우성의 뒷목을 세게 내리쳤다.

"억." 우성의 입에서 단말마의 비명이 터져 나왔다. 그대로 차가운 아스팔트 바닥으로 무너져 내렸다. 퇴로를 확보한 고복수는 그대로 도주했다. 영섭은 멀어져가는 고복수를 눈으로 쫓으며 쓰러진 우성의 상태를 살폈다. "괜찮아?"

우성은 낮게 신음했다. "으. 제가 방심했어요. 전 괜찮으니까 어서 가세요."

영섭은 고개를 끄덕이고 서둘러 고복수를 향해 뛰었다.

다행히 다리가 불편한 고복수는 그리 멀리 도망치지 못했다. 영섭은 삼단봉을 힘껏 움켜쥐고 전력으로 질주했다. 거리는 순식간에 좁혀졌다.

영섭이 마침내 고복수를 따라잡은 순간. 갑자기 발을 멈춘 고복수가 몸을 돌려 영섭을 향해 칼을 휘둘렀다.

영섭은 예상했다는 듯 재빨리 허리를 숙였다.

영섭의 뒤통수 위로 날카로운 칼날이 스치듯 지나갔다. 영섭은 그대로 어깨에 몸무게를 실어 고복수의 가슴팍에 태클을 걸었다. 영섭의 기세에 고복수는 결국 뒤로 넘어갔다.

영섭은 순식간에 넘어진 고 복수의 몸 위에 올라타 마운트 자세를 취했다. 고 복수는 뒤늦게 누운 채로 칼을 휘두르려 했지만 영섭의 삼단봉이 먼저 고 복수의 손목을 강타했다. "악!" 손목의 충격에 고 복수는 손에서 칼을 놓쳐 버렸다. 영섭은 재빨리 땅바닥에 떨어진 칼을 차도로 쳐 냈다. 퉁겨진 칼은 갈 곳을 잃고 차도 한복판에서 원을 그리며 빙글빙글 돌았다. 이어서 영섭이 허리춤에 찬 수갑을 빼 고복수의 손목에 채웠다.

거칠게 반항하던 고복수는 양손에 수갑이 채워지자 더 이상의 반항을 멈췄다. 그런데 뭔가 이상했다. 고복수가 필요 이상으로 경악했기 때문이다. 고복수는 넋이 나간 얼굴로 자신의 손에 채워진 수갑과 영섭의 얼굴을 번갈아 봤다.

영섭은 개의치 않고 고복수에게 미란다 원칙을 고지했다. 그때 영섭의 말이 채 끝나기도 전에 고복수가 떨리는 목소리로 물었다.

"겨, 경찰이었어?!"

어이가 없었다. 그렇다면 고복수는 자신을 누구로 생각했다는 말인가. 영섭은 바닥에 누워있는 고복수의 뒷덜미를 잡아 거칠게 일으켜 세웠다.

"그래. 경찰이다. 그래서 칼을 뽑아든 거 아니야?"

고복수는 억울하다는 듯 울상이 되어 말했다.

"아냐. 아닙니다. 난 당신들이 사채업자인줄 알았어요. 그 새끼들 피해서 야반도주까지 했는데 집 앞에 찾아온 당신들이 그놈들인 줄 알았다고요." 고복수가 불현듯 화를 냈다. "날 체포하는 이유가 뭔데? 지금 사채업자 돈 떼먹었다고 체포하는 거야?"

어느새 우성이 뒷목을 어루만지며 다가와 고복수의 한쪽 팔을 붙잡았다.

"속일 생각 마! 1월 18일 네 놈이 무진 아파트에서 사람을 죽인 날이잖아!"

고복수는 어이가 없다는 듯 우성을 노려봤다.

"네? 대체 누구랑 착각하시는 겁니까? 전 그쪽 아파트 근처에도 안 갔다고요."

두 눈을 부릅뜬 고복수의 얼굴은 정말로 황당한 표정이었다. 그동안 체포한 범인들 대부분 자신의 범행을 부정했지만 고복수의 반응은 연기라기엔 너무나 단호하고 리얼했다. 영섭은 흔들림 없이 윽박질렀다.

"피해자의 체내에서 체모와 정액이 나왔어. 유전자 감식으로 이틀이면 네놈의 체모라는 게 밝혀질 거야. 뻔한 거짓말로 면피해 봐야 소용없어."

"형사님 정말로 전 아니라고요. 억울합니다."

"시끄러워 임마!"

우성이 윽박질렀다. 고복수는 자신의 방법이 먹히지 않는다는 것을 깨닫고 방법을 바꿨다.

"1월 18일에 살인이 몇 시에 일어났습니까? 제가 알리바이를 대면 되잖아요. 정말로 제가 아닌 게 밝혀지면 어쩌실 겁니까. 무고한 시민을 살인범으로 몰아 폭행했다고 방송국에 제보할 겁니다. 폭력 경찰들이 무고한 시민을 두들겨 팼다고요."

계속되는 호소에 우성이 난처한 표정으로 영섭을 바라봤다. 영섭이 대뜸 물었다.

"정말로 아니라고?"

고복수는 세차게 고개를 좌우로 흔들었다.

"아니라고 몇 번을 말합니까. 1월 18일이라고 하셨죠? 전 그때 하루 종일 집에서 죽치고 있다가 저녁 8시쯤 성인 오락실에 갔어요. 사기 치는 걸 막으려고 온통 CCTV로 도배한 곳이 오락실이니, 그걸 확인해 보면 될 거 아닙니까."

아무래도 금방 들통날 거짓말을 하는 건 아닌 듯했다. 그럼에도 영섭은 으름장을 놓듯 되물었다.

"8시라고? 너 거짓말이면 정말 각오해야 될 거야." 영섭이 우성에게 지시했다. "바로 가서 확인해 봐. 도로 끝에서 우회전하면 보이는 첫 번째 건물 1층 로또 오락실이야. 어서."

"알겠습니다."

곧바로 우성이 도로를 따라 뛰었다. 영섭은 고복수의 목덜미를 잡아당기며 물었다.

"1월 18일에 네가 애인한테 가방 선물하지 않았어?"

고복수는 성질이 난 듯 눈을 뒤룩거리며 소리쳤다.

"아뇨. 아니라고요. 설아. 그년이 그랬습니까? 내가 죽였다고? 허허. 참나." 고복수는 수갑 찬 손으로 코를 훔쳤다. "걔 미진년이에요. 제정신이 아니라고요." 고복수가 검지를 펴 관자놀이 위로 빙글빙글 돌려 보였다. "전 그날 오락실에서 새벽까지 있다가 1시쯤 집에 들어왔어요. 오락실에서도 화장실 가는 것 빼고는 자리를 비운 적도 없고요. 오히려 걔가 훨씬 수상하다고요."

"진설아와는 어떻게 만났나?"

고복수는 요란하게 코를 들이마셔 가래를 뱉은 뒤 답했다.

"채팅 앱이요. 작년 12월에 하도 외로워서 데이트 앱에 들어갔는데, 그 계집애가 있더라고요. 저녁에 술 한 잔 사주면 한 번 준다고 해서... 그래서 만났는데 생각보다 반반해서 횡재했다 싶었죠. 삼겹살에 소주 한 잔 마시고 모텔 가기는 아까워서 집으로 데려갔는데 아침이 되도 갈 생각을 안 하더라고요. 그러더니 절 빤히 쳐다보면서 자기도 여기서 살면 안 되겠냐고... 저야 마다할 이유가 없었죠. 바로 오케이 했어요. 그랬더니 바로 그날 어디서 작은 캐리어 하날 들고 들어왔어요. 그 뒤로 지금까지 계속 눌러있긴 한데..." 고복수가 혀로 입술을 축였다. "그 계집애 가끔 섬뜩할 때가 있어요."

고복수는 침을 꿀꺽 삼킨 뒤 다시 입을 열었다.

"서로에 대해서는 터치 안 하기로 했어요. 가끔 내가 원하면 같이 자주는 거. 조건은 그게 다였죠. 근데 가끔씩 혼자 밖에 나갔다가 저녁 늦게 들어오는 경우가 있었어요. 나갈 때와는 다르게 들어올 때는 다른 옷을 입고 있었죠. 손에는 검정 비닐봉지가 들려 있었습니다. 그런 날은 화장실에 들어가 문을 잠그고 샤워기를 틀고 몇 시간이고 나오질 않았어요. 뭘 하는지는 몰라도 그 계집이 나오고 나면 화장실에 락스 냄새가 진동을 했어요. 제가 바보도 아니고 뭔가 이상하다는 느낌이 팍 왔죠. 그냥 둘까 하다가도 호기심이 생겨서 참질 못하겠더라고요. 결국 마음먹고 걔가 들고 왔던 캐리어를 뒤져보기로 했죠."

사건과는 관계없어 보였지만 고복수의 말에 호기심이 이는 건 영섭도 어쩔 수가 없었다.

"그래서. 뭐가 들어있었는데?"

"설아 고년이 나간 틈을 타서 가방을 슬쩍 열어봤죠. 근데 가방 안에서 뭐가 나왔는지 아십니까?"

"뭐, 뭔데?"

"온갖 가발이랑 전원이 꺼진 휴대폰들. 그리고 누군지 알아볼 수 없게 얼굴이 긁혀 있는 주민등록증. 게다가 등산용 나이프도 여러 개 있었어요. 대박인 건 가방 안에서 비릿한 피비린내가 훅 끼치는데.... 와. 덜컥 겁이 나데요. 아 얜 진짜 미친 애구나 싶었죠. 근데 막상 내쫓으려 해도 마땅한 구실이 없어서 지금껏 눈치만 보고 있었습니다. 가방을 보고 난 뒤로는 함께 있는 게 불편해서 오락실에서 시간을 때우다 들어가는 날이 늘어났어요. 내 집인데도 말이죠. 일을 하는 것 같진 않은

데 어디서 돈을 끌어오는지 명품 옷이며 가방들을 입고 SNS
에 사진 찍어 올리는 걸 그렇게 즐기더라고요."

그때 영섭의 바지 주머니에서 휴대폰이 울렸다.

"잠깐만." 영섭은 바로 전화를 받았다. 기다리던 우성이
었다. 시끄러운 기계음 사이로 우성이 소리를 질렀다.

– 선배님. 맞습니다. 그놈이 한 말이 맞았어요. 놈은 저녁 8
시에 들어와서 새벽 1시까지 계속 오락실에 있었어요. 대체
어떻게 된 거죠?

영섭의 손에 쥔 휴대폰에 저절로 힘이 들어갔다. 낭패감이
엄습했다. 저도 모르게 욕설이 튀어나왔다.

"이런. 젠장..."

고복수가 아니다. 하지만 진설아의 휴대폰이 직거래에 사용
된 것은 사실이다. 진설아가 다른 남자에게 휴대폰을 건네고
거짓말을 한 것인가? 그럼 피해자의 체내에 남은 정액은 누구
의 것이란 말인가.

영섭은 혼란스러웠다. 고복수의 도플갱어가 고복수가 오락
실에 있는 동안 강간살인이라도 저질렀단 말인가. 불현듯 얼
마 전 읽었던 '스티븐 킹'의 〈아웃사이더〉가 떠올랐다. 용의자
가 시간적으로나 거리상으로 도저히 있을 수 없는 곳에서 벌
어진 기이한 살인사건으로 혼란에 빠지는 이야기였다. 하지
만 그건 어디까지나 오컬트가 가미된 픽션이다.

현실에서는 통용될 수 없는 이야기가 아닌가.

어. 잠깐만....

복잡하게 꼬인 영섭의 뇌리에 무언가 스치듯 지나갔다.

영섭은 신경질적으로 고복수의 뒤통수를 내리쳤다.

"너 이자식. 똑바로 말 안 해? 8시 이전에는? 집에서는 뭐 했는데?"

고 복수는 온통 얼굴을 찌푸렸다. 뒤통수의 충격에 눈물이 찔끔 나온 듯 눈가가 촉촉하게 젖어들었다.

"아이고. 아야. 그, 그건 제 프라이버시인데.... 악!" 박 깨지는 소리에 이어 고복수의 비명이 이어졌다. "아이고. 말할게요. 형사님. 말할 테니 그만 때려요."

영섭이 위협적으로 손바닥을 들었다.

"바른대로 말해. 어서!"

고복수가 영섭의 눈치를 보면서 우물거렸다.

"설아가 집도 비우고 해서.... 오랜만에 데이트 앱에 접속해서...."

"뭐 이 새끼야? 똑바로 말 안 해?"

"자... 잤다고요."

영섭은 벌컥 화가 치솟았다.

"그게 몇 시야."

"6시 반에 만나서 8시 좀 안 되서 갔어요."

"그게 누군데? 이름은?"

고복수는 금세 실실 쪼개며 말했다.

"모르죠. 미나랬나? 그런 조건 만남에 실명으로 말하는 애가 어디 있어요."

"하아..." 영섭이 손으로 두 눈 언저리를 눌렀다. "피임은. 콘돔... 썼어?"

고복수는 뭐가 그리 웃긴지 키득거리며 답했다.

"몇 만원 더 주면 없이도 할 수 있어요. 미나도 피임약 먹었으니 상관없다고 했고요."

영섭의 머릿속에서 흩어진 퍼즐 조각들이 맞아 떨어지기 시작했다.

피해자가 돈에 쪼들렸다는 신고자의 진술이 떠올랐다. 빚 독촉으로 가방만 판 게 아니었단 말인가. 피해자의 몸에서 발견된 정액이 고복수의 성매매 증거라면, 콘돔 윤활제와 질 내 열상은 대체 어떻게 된 것인가.

순간 영섭은 쎄한 느낌이 들었다.

영섭은 다급하게 다세대 주택을 향해 발길을 돌렸다. 오로지 주택을 주시하며 빨리 걷기 시작했다. 빠른 걸음은 어느새 뜀박질이 되어 있었다.

영섭의 뒤에서 고복수가 소리쳤다.

"어이. 형사님. 이대로 두고 가면 어떻게 해. 이거 풀어 줘야지!"

영섭은 대꾸하지 않았다. 아니 고복수가 외치는 소리는 들리지도 않았다. 이미 사력을 다해 달리고 있었다.

마침내 다세대 주택 1층에 도착한 영섭은 현관문을 세차게 두드렸다. 현관 옆 창문으로 형광등 불빛이 비쳤다. 하지만 집 안에서는 아무런 대답이 없었다.

주먹으로 문을 두드리던 영섭이 어깨로 문을 힘껏 밀쳤다. 영섭이 부딪힐 때마다 문이 크게 흔들렸다. 하지만 잠긴 문은 열리지 않았다. 조바심이 난 영섭은 복도에 있는 소화기를 집어 들었다. 그리고 현관문 손잡이를 힘껏 내리쳤다. '쾅!' 쇠와 쇠가 맞부딪히는 소리가 주택가에 울려 퍼졌다. 영섭은 연이어 손잡이를 내리쳤다. '쾅! 쾅! 쾅! 쾅!' 마침내 손잡이가 부셔져 땅바닥에 떨어졌다. 영섭은 다급하게 문을 열어젖혔다.

구둣발로 거실에 들어선 영섭은 망연자실했다.

영섭의 상기된 볼에 매서운 바람이 부딪혔다.

싸늘한 바람 탓에 온 몸에 소름이 돋았다.

집안은 몹시도 추웠다.

영섭의 입에서 하얀 입김이 연신 뿜어 나왔다.

진설아가 고복수를 지목하며 겁에 질렸던 표정이 뇌리를 스쳐갔다.

집안은 텅 비어 있었다.

현관 맞은편 활짝 열린 거실 창문으로 세찬 겨울바람이 불어오고 있었다.

진설아는 다급했는지 캐리어를 그대로 두고 도주했다. 아마도 이동하기 쉬운 현금만 가져간 듯했다.

동남서 경찰들이 뒤늦게 일제 수색에 나섰지만 이미 도주한 진설아는 찾을 수가 없었다.

고복수의 집에 두고 간 캐리어에서 포장을 뜯지 않은 콘돔과 고무 재질의 성기를 본딴 딜도와 수면제. 그리고 가죽장갑이 발견됐다. 모두 범행에 쓰인 도구들로 파악됐다. 나이프에서는 DNA가 검출되지 않았지만 화장실 타일 벽에서 혈흔 자국이 발견되어 대조 작업에 들어갔다. 최소 2~3명의 혈흔이라는 게 국과수의 의견이었다.

키 높이 깔창이 들어있는 운동화도 발견됐다. 오른쪽 운동화에는 깔창 아래 커다란 돌이 들어 있었다. 군복무 중 오른발을 다친 고복수의 걸음걸이를 흉내 내기 위한 장치였다. 자신의 휴대폰으로 타겟을 물색하고 고복수로 변장하여 살인을 저지른 뒤 고복수의 유전적 증거까지 남겼다. 예상대로 피해자에게 발견된 정액과 체모는 고복수의 유전자와 일치했다. 진설아가 고복수의 집에서 수집한 체모를 사건현장에 가져다 놓은 것으로 추정했다. 진설아는 고복수와 피해자 박승희와의 성매매 사실은 알지 못한 채 콘돔을 끼운 딜도로 성폭행 흔적을 남겼다.

결국 그 때문에 박승희의 질에서 정액과 콘돔 윤활제가 함께 검출된 것이었다.

그녀가 가출 한 7년 동안 어떤 일을 겪었는지, 어떻게 그녀가 이런 끔찍한 살인마가 되었는지는 알 수 없었다. 다만 잔혹하고 교묘한 범죄 성향은 충분히 우려할 만했다.

그녀의 범행은 인기 TV 시사 프로그램에 자세히 다뤄지면서 잔혹하고 냉정한 만행이 전국에 알려져 온 국민의 공분을 불러일으켰다. 몇 주간 방송국과 경찰서로 목격 제보가 쏟아져 들어왔지만 진설아의 행방을 알 만한 유의미한 제보는 없었다.

×××

"살, 살려주세요."

박승희는 온몸이 결박된 채 눈물을 흘리며 사정했다.

진설아는 박승희를 향한 칼을 거두지 않았다.

"목소리 낮춰 입에 재갈 물리고 싶지 않으면."

진설아는 잘게 부순 수면제를 탄 물을 박승희에게 내밀고 말했다.

"입 크게 벌리고 전부 마셔. 한 방울이라도 흘리면 그대로 모가지를 따 버릴 테니까."

진설아가 컵의 물을 박승희의 입에 천천히 흘려 넣자 박승희는 몸을 떨면서 받아 마셨다.

잠시 후.

박승희는 의식이 몽롱해지고 눈꺼풀이 서서히 감겨갔다.

진설아는 그런 박승희를 내려 보면서 천천히 그녀의 목에 비닐 끈을 감았다.

×××

"아. 추워."

어서 집에 들어가려는 듯 김민정의 손놀림이 빨라졌다. 그에 맞춰 디지털 도어 록의 전자음이 멜로디처럼 이어졌다.

마침내 도어 록의 잠금장치가 풀리고 김민정은 현관문을 열어 집 안으로 들어가려 했다.

그 순간. 누군가 김민정의 뒤에서 열린 현관문 끝을 잡고 활짝 열어젖혔다.

김민정은 깜짝 놀라 고개를 돌려 등 뒤의 괴한을 보려 했다.

그러나 김민정은 고개를 돌릴 수 없었다. 등 뒤의 괴한이 거칠게 왼쪽 팔로 김민정의 입을 틀어막고 현관 안으로 밀어붙였기 때문이다.

김민정은 옴짝달싹 할 수 없이 그대로 현관 안으로 밀려들어갔다. 기칠게 저항하려 했으나 이내 포기하고 말았다.

김민정의 옆구리로 날카로운 칼끝이 느껴졌기 때문이다.

이윽고 도어클로저로 현관문이 닫히고 디지털 도어 록이 자동으로 현관문을 잠갔다.

등 뒤의 괴한은 칼끝을 김민정에게 댄 채 천천히 몸을 돌렸다.

괴한은 캡모자를 깊게 눌러 쓴데다 얼굴을 가린 마스크 때문에 쉽게 누구인지 알아볼 수가 없었다.

마스크를 쓴 괴한은 김민정을 주시한 채 천천히 마스크를 아래로 내렸다.

김민정은 자신을 위협하는 괴한의 정체를 확인하고 경악했다.

연일 TV 뉴스에 보도되는 진설아였다.

진설아는 김민정을 보며 나지막이 물었다.

"박승희는 왜 죽였니?"

진설아의 손에 입이 막힌 김민정은 사시나무 떨듯 몸을 떨었다. 진설아가 입을 막았던 손을 천천히 때자 김민정은 참았던 숨을 토해냈다.

진설아가 재차 물었다.

"박승희는 왜 죽였니? 내가 모를 줄 알았어? TV에서 사체 상태를 그렇게 자세하게 알려 주는데 말이야. TV를 보고서야 알았어. 네가 아주 맹랑한 짓을 저질렀다는 걸."

겁에 질린 김민정의 눈에서 눈물이 방울져 흘러내렸다. 진설아는 개의치 않고 말을 이었다. "난 개한테 재갈을 물린 적이 없어. 그래서 어떻게 된 일인지 곰곰이 생각해 봤지." 진설아가 캡모자를 고쳐 썼다. "박승희는 죽지 않았었나봐. 내가 목을 조른다고 졸랐는데 말야. 힘이 부족했었나? 체! 쪽팔려 진짜." 김민정은 겁에 질린 얼굴로 진설아를 바라봤다. "아침에 박승희 집에 찾아간 넌 아직 숨이 붙어있던 박승희를 발견한 거지? 수면제에 취해 정신을 못 차리는 박승희를 말야. 근데 넌 구조대를 부르지 않았어. 대신 입에 재갈을 물렸지. 그리고 내가 못 다한 일을 마저 해치웠던 거야. 나야 고맙긴 하지. 목격자를 없애줬으니까. 근데 이유가 너무 궁금해서 참을 수가 없는 거야." 진설아는 한쪽 입 꼬리를 올리며 씩 웃었다. "그래서 찾아왔어. 그 이유를 들으려고. 직접."

진설아는 망설이는 김민정의 배에 한층 칼을 깊이 밀어 넣었다.

"힉." 칼끝이 셔츠 섬유를 뚫고 맨살에 닿은 김민정은 순간적으로 몸을 뒤로 뺐다.

"어서 말해. 당장. 난 참을성이 그렇게 많지 않아."

진설아의 협박에 김민정이 심호흡을 한 뒤 천천히 입을 열었다.

"시, 시골에서 온 촌년이 얼굴 하나 가지고 인기를 얻는 게 눈꼴시었어요."

진설아는 계속하라는 듯 고개를 끄덕였다. 김민정이 이어서 말했다.

"게다가 승희의 진짜 모습도 모르면서 온통 찬양만 해 대는 멍청한 사람들도 싫었고요. 사실 걔가 빠져 있던 인스타는 내가 처음 알려 준 거였어요. 그런데 어느새 내 팔로워를 훌쩍 넘기더니 두 배, 세 배, 끝도 없이 늘어만 갔어요. 무슨 짓을 해도 스포트라이트를 받는 승희의 주변에서 들러리밖에 될 수 없는 신세에 좌절했어요. 그리고 결정적으로.... 회사에서 짝사랑하던 사람을 보란 듯이 채갔어요. 내가 좋아하는 걸 뻔히 알면서.... 아무것도 몰랐다는 듯이 그 사람과 사귀고 내게 남자친구라고 소개를 하더군요. 피가 거꾸로 솟는 기분이었어요. 그래서 승희가 싫었어요. 찢어 죽이고 싶을 정도로..." 말을 하면서 박승희에 대한 분노가 떠오르는 듯 김민정의 눈은 분노로 이글거렸다. "그래서.... 그래서 죽였어요. 사실 제가 봤을 땐 거의 죽은 거나 다름없는 상태였어요."

"큭큭큭큭." 진설아가 참을 수 없다는 듯 웃음을 터트렸다. "잘했어요. 내 대신 죽여 준 걸 상이라도 주고 싶은데. 그래서 넌 고통 없이 아주 제대로 보내 줄게. 알겠지?"

김민정은 엄습하는 공포로 얼굴빛이 사색이 됐다. 진설아는 천천히 김민정을 이끌어 화장실 안으로 들어가 문을 닫았다.

'딸깍' 화장실 문이 잠겼다.

텅 빈 거실에는 고요한 적막이 내려앉았다.